KB248777

마음에서 마음으로, 입에서 입으로 전해오는

야담찾아 五千年

편 집 부 엮음

太乙出版社

머 리 말

옛부터 전해져 내려오는 설화(說話 : 재미있는 이야기)를 전설
(傳說)이라고 한다. 전설은 그 생성의 원인이 있다. 왜 그 전설이
태어났는가가 비교적 명확하다. 어떠한 고장에 하나의 사건이
생겨났을 때 비로소 한 편의 전설이 태어난다. 그리고 그 사건의
전말은 세월을 거치면서, 수많은 사람들의 입과 입을 통하면서
가감되고 수정되어 때로는 애절하게, 때로는 으시시하게, 그리고
때로는 통한의 눈물로 우리의 가슴을 파고든다. 그래서 전설하면
흔히 '한(恨)의 이야기'로 불리운다.

우리나라에 전해져 내려오는 각 고을마다의 전설에는 특히
즐겁고 유쾌한 내용의 이야기보다는 오히려 슬프고 애절한 한
(恨)의 이야기가 많다. 그것은 어쩌면 우리 조상들의 삶과 의식
속에서 면면히 우리에게 이어져 내려오는 민족성과도 무관하지
않을 성싶다. 유달리 정감이 많고, 권선징악을 삶의 푯대로 삼아왔
던 우리 민족이었던 터에, 어쩌면 우리의 전설이 모두 한의 응어
리를 풀어나가는 내용으로 점철되어 있는 것도 당연한 현상인지
모르겠다.

　이 책은 우리나라 방방곡곡에 전해져 내려오는 전설들 가운데
가장 흥미있고, 교육적인 것만을 골라 엮어만든 일종의 전설 야화
(傳說野話) 모음집이라고도 할 수 있다. 한 편 한 편의 내용 속에
서 우리들이 어떻게 살아가야 하는 것인지를 스스로 깨달을 수
있다면, 이 책이 지니는 의미도 또한 각별한 것이 아니겠는가?
부디 독자 여러분의 앞날에 행운이 뒤따르기를 바란다.

엮은이 씀.

차 례

12

차 례

호원사(虎願寺)의 유래(由來)

경상남도 경주(慶州)에 가면 호원사(虎願寺)라는 절이 있다. 이 절이 건립되기 까지에는 다음과 같은 재미 있는 전설이 깃들어 있다.

즉 신라(新羅)의 풍속에는 해마다 봄이되면(仲春) 초여드래 부터 보름 동안 도하(都下)남녀들이 흥륜사(興輪寺)에 모여 탑을 돌면서 그 해의 복(福)을 비는 일이 연중행사(年中行事)의 하나로 행해 지고 있었다.

신라 원성왕(元聖王)때 얘기다.

따스한 햇살이 서라벌을 포근히 감싸주는 봄날, 흥륜사의 탑 둘레에는 성장으로 차린 선남선녀들이 모두 제각기의 복을 빌면서 조용히 돌고 있었다.

그 가운데는 김현(金現)이란 젊은 사람도 끼어 있었다. 그는 염불을 열심히 외면서 밤늦게까지 탑 둘레를 돌고 있었다. 어느새 다른 사람들은 모두 돌아간 뒤였고 탑 둘레를 돌고 있는 사람은 김현이 혼자 뿐인듯 했다. 그는 문득 뒤를 돌아다 보았다. 자기 혼자라고 생각하고 있는 김현 뒤에는 뜻밖에도 미모가 수려한 아가씨 하나가 염불을 열심히 외면서 탑을 돌고 있는 것이 아닌가.

그러나 서로 말 한마디 건네지 못한채 탑 둘레를 돌았다.

드디어 탑돌기가 끝나는 날 밤이었다. 김현은 탑에서 벗어나는 그 미모의 아가씨 곁으로 다가서며,

"아가씨의 정성에 놀랐습니다. 이렇게 탑돌기에서 만난것도 우연은 아닌 것 같은데 이제 헤어지면 다시는 못뵙게 될것 같군요."

하고 그 처녀에게 섭섭한 감정을 말한다. 그러자 그 처녀도 동감이란듯,

"글쎄요."

하며 얼굴을 약간 붉힌다.

"댁이 어디 십니까?"

하고 김현이 묻자,

"저의 집은 산 넘어 저쪽 숲속이에요."

한다.

"그래요. 그렇다면 가시는 길이 험하겠습니다."

"아니, 괜찮아요. 그럼 이만……."

하고는 발길을 돌려 혼자 가려고 했다. 그녀가 몇걸음 발길을 옮기자 잠시 망서리고 있던 김현은 뒤를 따라가는 것이다. 김현이 자기 뒤를 따라오고 있음을 알아차린 처녀는 걸음을 멈춰서더니

"제 뒤를 따라오시지 마세요."

하면서 난처한 표정을 짓는다.

"아가씨 혼자서 밤길이 어려우니 제가 바래다 드리겠습니다."

"아니 괜찮아요. 늘 다니는 길이니 조금도 불편하지 않아요.
어서 돌아가세요."

그러나 김현은 대답하지 않고 그대로 그녀의 뒤를 따라갔다.
얼마쯤 가다가 그 처녀는 다시 뒤돌아 서며,

"제발 저를 혼자 가게 해주세요."

하고 애원 하듯 말했다.

"염려마십시오. 조금만 더 바래다 드리겠습니다."

이러면서 김현은 계속해서 그녀의 뒤를 따라가는 것이다. 어느
덧 그들은 깊숙한 산길로 접어들게 되었다. 이때 그 처녀는 다시
돌아 서더니,

"이젠 돌아가 주세요."

하고 또 애원하듯 간청했다.

그러나 김현은 그녀가 만류하면 할수록 묵묵부답으로 더 쫓아
가고 싶은 심정이 되는 것이다.

"정말 이러시면 제 입장이 심히 난처해 집니다. 그러니 그만
발길을 돌려 주세요. 네?"

"……"

그 처녀는 대답 없이 물끄러미 바라다 보고 섰는 김현을 남긴채
또 앞으로 걸음을 옮기기 시작했다. 어쩌면 체념하고 될대로 되라
는 식인지도 몰랐다.

이렇게 실랑이를 하며 얼마를 가니 숲이 우거진 산속에 초가
한채가 나타났다.

그 처녀가 문 앞에 이르자 기다렸다는듯 노파 하나가 나와 아주
반가이 맞이 하는 것이 아닌가? 그러나 한쪽 귀퉁이에 서 있는

김현의 모습을 발견한 그 노파는,

"저기 서 있는 분은 누구냐?"

하고 그 처녀에게 묻는 것이었다. 그러자 그 처녀도 이쪽으로 얼굴을 돌리며

"저하고 같이 탑을 도시는 분이에요."

하고 자초지종을 모조리 고하는 모양이었다.

서로 다정다감하게 얘기하는 것으로 보아 그 노파와 처녀는 모녀(母女)간이란 것을 알 수 있었다.

한편 그 처녀와 헤어지기가 아쉬워 이곳까지 따라온 김현이지만 막상 노파를 대하고 보니 무색한 생각만 들뿐 선뜻 나서서 무어라고 할 말이 떠오르지 않는 것이다.

그 처녀는 김현을 응시하던 시선을 노파에게로 옮기더니 근심스러운 듯

"어머니 어떻하면 좋죠? 오라버니들이 오면 야단이 날터이니 말에요."

"글쎄나 말이다. 어쩌면 좋단 말이냐. 오랫동안이나 정성을 들여왔는데 이 자리에서 살생이 있었다간 부정할 게고……."

저 쪽 산비탈에서 별안간 바람이 일며 이쪽으로 다가오는 괴성이 들렸다. 그러자 그 처녀는 발을 동동 구르며,

"에그머니. 어쩌나! 오라버니들이 돌아오시는가 본데……."

그러자 노파는 재빨리,

"애야. 이대로 있다간 살생을 면치 못하니라. 그러니 어서 저 분을 어디 숨겨 드려야겠다."

하면서 노파는 김현을 집안으로 데리고 들어가 안방 다락에 숨겨

놓았다. 순식간의 일이었다. 무슨 영문인지도 모르는 김현은 다락에 틀어박혀 살며시 문틈으로 바깥을 내다보고 있었다.

잠시후. 대문 밖에 당도한 그 처녀의 오라버니들.

그런데 이게 웬일인가. 오라버니라는 그들은 사람이 아닌 세마리의 호랑이가 아닌가!

'어흥!' 소리를 지르며 세마리의 큰 호랑이가 문바깥에서 들어서자 노파와 처녀도 안 마당에서 홀떡홀떡 재주를 넘더니 호랑이로 변하는 것이었다.

다락 속에서 이 광경을 바라다 보고 있던 김현은 몸에 소름이 끼치며 놀라지 않을 수 없었다.

그 처녀는 사람이 아니라 호랑이의 화신(化身)이었던 것이다. 그러고 보면 호랑이한테 홀려서 호랑이 굴에 유인되어 들어온 결과가 된 것이다.

"이제는 꼼짝 없이 죽었구나."

이렇게 생각하며 공포에 떨고 있는데 그 오라버니라는 세마리의 호랑이들은 앞마당에 들어서자 마자 코를 실룩 거리며 저마다 무슨 냄새를 맡고 있는 것이다.

"이상한데. 아무래도 사람의 냄새가 나는 것 같다."
하고 그 중 한 마리의 호랑이가 말하자 다른 호랑이도 동감이라는 듯이,

"정말, 나도 아까부터 냄새를 맡고 있는 참인데……웬일까?"
하면서 방안을 두리번 거리는 것이 아닌가.

이 말을 들은 김현은 이젠 죽었구나 하고 가슴이 철렁 내려 앉는 것 같았다.

그러자 노파 호랑이가 자식들을 나무라듯,

"너희들은 별 소리를 다하는구나. 인내가 무슨 인내란 말이냐. 이 애가 날마다 탑 둘레에서 사람들과 섞여 돌다와서 그런게로 구나."

하고 딴청을 부렸다.

그러자 그들 세 호랑이는 더욱 코를 실룩거리면서,

"아니요. 확실히 이 안방에서 사람의 냄새가 납니다. 어디 사람 이 숨어 있는지 모릅니다."

하면서 다락 있는 곳으로 다가오려는 것이다.

다락 안에서 이런 광경을 마음을 조여가며 내다 보고 있던 김현 은 꼼짝없이 죽은 목숨이 되었다.

그때였다. 노파 호랑이는 다락 쪽으로 다가서는 세 호랑이를 몸으로 제지하며 꾸짖었다.

"경거망동하지 말고 이 에미의 말을 명심해 듣거라. 오늘 밤 산신령께서 너희들은 살생을 많이 했으므로 중벌을 내리겠으니 조심하라는 경고가 있었다. 조금 있으면 너희들 목숨이 달아날 판인데 왜 이다지도 정신을 차리지 못하고 덤비느냐."

이 말을 듣자 세 호랑이는 갑자기 풀이 죽어 얼굴이 새파랗게 질리는 것이다. 그들은 구석 자리에 앉아 다가오는 죽음의 공포에 떨고 있었다. 그 처녀 호랑이도 눈이 동그래지며,

"어머니 그게 정말이에요?"

"내가 언제 거짓말 하더냐?"

처녀 호랑이는 세 오라버니의 풀 죽은 모습을 둘러보며 무언가 깊이 생각에 잠겼다. 잠시 후 처녀 호랑이는,

"세 오라버니께서 진정 마음 속으로 부터 죄를 뉘우친다면 제가
대신하여 그 천벌을 받겠어요."
한다.

이 말을 들은 세 호랑이는 만면에 희색을 띄우며,

"그럼 우리 셋은 이제부터 마음을 고치기로 맹세하겠다. 그리고
살생을 하지 않겠다. 하지만 우리 대신 네가 죽어서야 되겠느냐
……."
하며 그 처녀 호랑이의 표정을 살피는 것이다.

"그것은 조금도 마음에 두지 마세요. 제 한 몸을 희생하여 세
오라버니를 구할 수 있다면 저는 그것으로 만족하게 죽을 수
있어요. 그러니 오라버니들은 더 주저하지 마시고 사냥이나
갔다 오세요."

그 처녀 호랑이는 이렇게 해서 세 호랑이를 집밖으로 내 보내는
데 성공했다.

이 호랑이가 나가자 노파 호랑이와 처녀 호랑이는 다시 사람으
로 변해 가지고 김현을 다락에서 내려 오라고 재촉 했다. 김현은
혹시 이 모녀 호랑이가 자기를 해치지나 않으려나 겁을 집어 먹으
며 조심 조심 다락에서 내려왔다.

"이제 모든 것을 다 아셨지요. 이런 꼴을 보여드려 참으로 죄송
합니다. 그러나 보시는 바와 같이 저희들은 호랑이들 입니다.
우연한 인연으로 당신을 알게 되어 비록 사람의 몸은 아니오나
저는 연연한 정을 금할 수가 없었던 것이예요. 하지만 그동안
정답게 대해주신 것만으로도 저는 만족하옵니다. 이제 저는
세 오라버니의 지은 죄과로 인해 자칫하면 온 집안에 천벌이

내릴지도 모르는 일. 제 한 몸을 희생해서 집안을 구하기로 작심했습니다. 어차피 누구의 손에 죽어 죄값을 갚아야 할거라면 인연도 예사가 아니오니고 또 저를 사랑해 주신 은혜도 있사오니 바라옵건데 차라리 당신의 손에 죽기가 소원이 옵니다. 제발 저를 어여삐 여기는 마음으로 저의 소원을 들어주시지 않으렵니까."

그 아름다운 처녀는 눈물을 머금고 이렇게 애소(哀訴)하는 것이었다.

"하지만 차마 어떻게 내 손으로 당신을 죽일 수 있단 말이요. 그것은 너무나 잔인한 청이오."

하고 김현은 괴로워 하면서도 거절하지 않을 수 없었다.

"아니옵니다. 어차피 저는 천벌을 면치 못할 몸이 옵니다. 꼭 죽어야 할 몸. 그럴 바에야 꼭 당신의 손에 죽고 싶은 마지막 소원이옵니다. 제발 저의 청을 들어주십시오."

처녀는 울면서 간절히 원하는 것이다. 김현은 그마저 거절할 용기가 없었다. 기왕 살릴 수 없는 몸이라면 그녀의 마지막 소원을 거절할 수 있겠느냐 싶었다. 그리하여 하는수 없이 승낙했던 것이다.

그의 승낙을 받자 그녀는 희색을 띄며 또 입을 열었다.

"내일 아침 날이 밝거든 저는 호랑이가 되어 장터로 뛰쳐나가겠어요. 그리하여 장꾼들을 해치울 것입니다. 그러면 반드시 나라에서 저를 잡으라고 령(令)을 내릴 것이며 호랑이를 잡는 자에게는 큰 상을 준다고 방을 붙일 것입니다. 그때 당신은 저를 쫓아 성북 숲 속으로 오시어 죽여 주십시오."

이 말을 들은 김현은 또 주저하지 않을 수 없었다. 그는 난색을 표명하면서,

"그렇지만 그 짓만은 못하겠오. 단 며칠동안이지만 나는 그대를 사랑하였고 비록 인간은 아니라 하더라도 나는 그대를 잊기 어렵거늘 어떻게 내 손으로 그대를 죽이고 상을 받는단 말이오. 정말 이 짓만은 마음이 허락치 않아 못하겠소이다."

하였더니 그 처녀는,

"그 처럼 저를 아껴주시고 사랑해 주시는 마음 더없이 감사하오나 저는 이미 세 오라버니를 위해 이 몸을 바쳐 속죄하기로 결심한 것입니다. 진정 저를 사랑하는 마음이 계신다면 제 청원을 거절하지 마시고 마지막 또 한 가지 청을 들어 주십시오."

"그 또 한가지 청이란 무엇이오?"

"제가 죽거들랑 조그만 절 하나를 지어주시고 저의 명복을 빌어 주신다면 그 보다 큰 은혜 없을 줄도 아옵니다."

눈물 어린 이 너무나도 간절한 애소에 그만 김현도 결심한 바 있어 모든 그녀의 청을 들어 주기로 하고 집으로 돌아 왔다.

그 이튿날이다.

아침 일찍이 김현은 장터로 나갔다. 장터에는 이른 아침부터 많은 사람의 왕래가 있었다.

그때였다. 돌연 저쪽에서,

"호랑이다!"

"도망쳐라!"

"사람 살려!"

하는 아우성이 들렸다.

과연 큰 호랑이 한 마리가 나타나 이리 뛰고 저리 뛰고 마구 사람들을 물고 할켜 일대가 수라장이 되었다. 호랑이는 미친듯이 날뛰었다.

이 보고를 접한 관가에서는 곧 방을 써 붙이고 한편으로는 무사들을 보내어 호랑이를 잡게 했으나 워낙 날뛰는 호랑이인지라 감히 누구 하나 접근하지도 못하는 형편이었다.

나라에서는 다급한 나머지 누구든지 이 호랑이를 잡는 자는 작이급(爵二級)을 주고 많은 상금을 내린다고 포고하기에 이르렀다.

김현은 나라에 나가 자기가 그 호랑이를 잡아 없애겠다고 자원했다. 나라에서는 크게 기뻐하며 우선 김현에게 벼슬을 주고 호랑이를 잡아 백성들의 근심을 덜게 하라고 당부했다.

왕 앞에서 복명하고 나선 김형은 허리에 칼을 차고 다시 시중으로 나왔다. 그곳에서 여전히 행인들을 괴롭히며 온갖 횡포를 자행하고 있던 호랑이는 김현이 나타난 것을 보자 전날 밤 언약한 대로 숲 속으로 달아나는게 아닌가.

김현은 말을 달려 단신으로 그 뒤를 쫓아갔다. 그 호랑이는 벌써 숲 속으로가 어느새 어여쁜 처녀로 둔갑을 하고 있었다. 이윽고 나타난 김현을 보자 그 처녀는,

"어젯 밤의 언약을 잊지 않으시고 이렇게 와주시니 정말 고맙습니다."

하며 무척 반기는 것이다.

"하지만 내 손으로 당신을 죽이는 것 만은 차마 못할 것 같소."

이렇게 말하는 김현의 심정은 몹시 괴로웠다.

"그것은 약한 말씀입니다. 그리고 그것은 저를 생각해 주시는 일이 안됩니다. 저를 위하는 일이란 저와의 약속을 이행하는 것 뿐입니다. 그러하오니 마음을 단단히 갖고 죽여 주십시오. 당신 손에 죽으면 저는 아무 여한이 없습니다. 그리고 오늘 시중에는 저로 인하여 다친 사람이 많습니다. 그들에겐 홍륜사에 가서 된장을 얻어다 발라 주시면 상처가 곧 아물 것이온즉 어서 저를 죽이고 무고한 백성들을 구해 주십시오. 끝으로 제가 죽은 뒤에 절을 하나 세워주십시오."

그녀는 이렇게 말끝을 맺고 어서 죽여 주기를 재촉했다. 그러나 미모의 처녀를 베일 수가 없어 주저하고 있었다. 그러자 그녀는 김현으로부터 칼을 빼어 들더니

"그럼 부디 안녕."

한마디 인사를 남긴 채 그 자리에서 자결하고 말았다.

순식간의 일이었다. 너무나 뜻밖에 일이 전개되자 김현은 쓰러진 그녀를 부둥켜 안고 슬퍼하다가 정신을 차려보니 그 아름다운 자태는 없어지고 호랑이 한 마리가 그의 앞에 쓰러져 있는게 아닌가.

김현의 슬픔은 금할 길 없었다. 그러나 이제는 돌이킬 수 없는 일. 모든 것을 체념하는 수 밖에 없었다.

그는 무거운 발길을 옮겨 시름없이 산을 내려와 나라에 보고했다. 왕은 크게 기뻐하며 그에게 많은 상금을 하사하였다.

김현은 다시 호랑이에게 상처를 입은 사람들을 불러 홍륜사의 된장을 얻어다 바르게 하였더니 신음하던 부상자들의 상처는 곧 아물어 그의 이름은 순식간에 크게 떨치게 되었다.

　그 후 김현은 죽은 호랑이의 유언을 받들어 서천(西川)쪽에
절을 하나 세우고 호랑이가 소원해 세운 절이라는 뜻을 새겨 그
이름을 호원사(虎願寺)라고 명명하며 범망경(梵網經)을 외워
호랑이의 명복을 빌었다.

　이것이 호원사가 생긴 유래인 것이다.

금도야지와 최치원(崔致遠)

평안북도(平安北道) 철산(鐵山) 고을에 동고암산(東顧岩山) 이라는 산이 있다. 그런데 이 산은 다음과 같은 전설을 지니고 있다.

아득한 옛날이다. 이 동고암산에는 금빛을 한 도야지 한 마리가 살고 있었는데 이 금도야지는 몇 천년 묵은 것이어서 온갖 조화를 다 부렸다는 것이다.

그런데 이 금도야지는 가끔 철산 읍내로 들어와 갖은 만행을 저질렀다. 그 중에도 특히 세상 사람들을 놀라게 한것은 이 고을 원의 부인을 잡아가는 일이었다.

이 고을에 새로운 원이 부임하기만 하면 이 금도야지는 사람으로 변해 가지고 읍내로 내려와 어떤 술책을 써서라도 원의 부인을 납치해 가는 것이었다. 그리고 그 잡아간 부인들은 동고암산 깊은 골짜기에 있는 굴속에 감금해 놓고 자기의 첩을 삼는 것이었다.

벌써 새로 부임한 원의 부인을 합쳐 네명의 부인이 금도야지의 행패에 끌려간 것이다.

그때마다 원은 온 고을에 방을 써붙이고 현상금을 내걸었으나 조화가 무궁무진한 금도야지의 행방을 알아낼 도리가 없었다.

　이런 소문은 이 고을에는 물론 멀리 서울에 까지 퍼져 좀처럼 철산의 원으로 가겠다고 나서는 사람이 없게 되었다.

　그리하여 조정에서 철산의 원을 제수할라치면 집안 일을 핑계 하거나 혹은 신병을 핑계로 도무지 가려고 하질 않았다.

　그렇다고 누구 한 사람 자원해 나서는 사람도 없고 자연히 철산 고을은 폐읍을 염려하지 않을 수 없게 되었다.

　조정에서는 이 일을 크게 걱정하여 의견이 분분했으나 그렇다 고 폐읍을 만들 수도 없었다.

　그래서 이번에는 아주 담력이 세고 힘깨나 쓰는 장수 한 사람을 뽑아 철산 고을의 원으로 제수해 보냈다.

　다섯번째로 부임한 신관 사또는 철산에 도착하자 마자 곧 관속 들을 불러 모아 금도야지의 행패에 대해 소상히 묻기 시작했다.

　"이 고을에 금도야지란 괴물이 있어 백성들을 괴롭힐뿐 아니라 원의 부인을 잡아간다니 도대체 어찌된 영문인지 말하렸다."

　"참으로 괴이한 일이옵니다. 신관 사또께서 부임하는 그 첫날 밤에 예상치 않았던 변이 일어나곤 하는데 저희들도 아직 그 정체를 알 수가 없습니다."

　참으로 막연한 대답이었다.

　"그래 어떻게 하면 좋을지 무슨 계책이 없겠느냐?"

　이렇게 의견을 묻자,

　"……황송합니다."

　할뿐 모두 묵묵 부답으로 고개만 숙이고 있다.

　"답답한 일이로구나."

원은 개탄하듯 한마디 내뱉고는 잠시동안 무슨 생각에 잠기더
니,

"듣거라. 이제부터 너희들은 돌아가 오늘 저녁 안으로 명주실
오천발을 구해 오도록 하여라."

하고 엄명을 내리는 것이었다.

관속들은 대답을 하고 나오긴 했으나 도무지 무엇에 쓰려고
그러는지 궁금하기 짝이 없었다. 그러나 원의 명이 지엄힘으로
그들은 그 날 저녁때 까지 명주실 오천발을 구해다가 원에게 바쳤
다.

모든 관속들을 물린 뒤 신관 사또는 그 명주실을 가지고 내실로
들어갔다. 그리고 그 실 한끝을 자기 아내의 치마 끝에 꼭 매어
놓는 것이다.

밤이 되자 모두 잠자리에 들어 누웠다. 원도 자기 아내의 곁에
누워 자는체 눈만 감고 동정을 살피고 있었다. 그런데 야밤 삼경
쯤 되었을까 그때였다.

아무 까닭 없이 그의 아내가 부시시 일어나더니 방안 동정을
한번 살핀 다음 슬그머니 밖으로 나가는 것이 아닌가.

"참 괴이한 일도 다 있구나!"

원은 혼자 중얼거리며 정신을 번쩍 차린뒤 옆에 끼고 있던 명주
실을 슬슬 풀어 주었다.

"도대체 이 한밤중에 어딜 가는 것일까?"

명주실은 자꾸만 풀렸다. 거의 오천발이 다 풀리자 더 당겨지지
않는 것이었다.

"이제 됐다. 내 기어코 그 금도야지란 괴물을 잡고야 말테다."

그는 이렇게 다짐하면서 그 명주실 끝을 잔뜩 움켜쥔채 날을
밝혔다.

이튿날 새벽 동녘이 훤히 밝아오자 원은 그 명주실을 따라 집을
나섰다. 그 실은 철산 뒷산으로 뻗어 있었다.

한참 따라가니 산 골짜기에 조그만 굴이 있는데 명주실은 그
굴속으로 들어가 있었다. 원체 겁이 없고 담력이 큰 원은 컴컴한
굴속으로 발을 들여놓고 조심 조심 걸어갔다.

한참 굴 속으로 들어가니 과연 그 속에서 사람의 소리가 들리기
시작했다.

"여기구나!"

원은 몸을 구부리고 살금 살금 걸어 더 앞으로 전진했다. 그
안에는 촛불이 켜져 있었고 여러명의 여인이 수심에 찬 표정으로
앉아 있는 것이었다.

원은 한발 한발 주위를 살피며 그들 앞으로 다가갔다.

"억!"

그는 깜짝 놀랐다. 그 여인들 가운데는 자기 아내도 공포에
찬 얼굴을 하고 울고 있었던 것이다.

"여보, 나요, 나야!"

하고 원은 소리를 질렀다. 그리고 그는 한걸음에 다가가 자기
아내를 끌어 안았다.

"이게 어찌된 일이오?"

그러자 그의 아내는 훌쩍 울면서,

"저도 몰라요. 어떻게 왔는지 지난 일이 도무지 생각나지 않아
요."하는 것이다.

다른 부인들도 모두 그렇다고 했다. 어떻게 이 굴 속까지 왔는지 전혀 기억에 없다는 것이었다. 그러면서,

"사또님, 제발 저희들을 구해 주세요. 저희들은 날마다 그 도야지 놈에게 갖은 욕을 당하고 있답니다."

하며 살려 달라고 애원하는 것이다.

그는 여인들로 부터 금도야지에 대한 여러가지를 듣다가

"혹시 그놈이 가장 무서워하는 것이 무엇인지 아십니까?"

하고 물었다.

"글쎄요. 그건 모르겠어요."

"그럼 오늘 들어오거든 이 세상에서 가장 무서운 것이 무엇이냐고 알아 보시오. 치밀한 계획을 세우지 않고는 당신들을 구하기가 어렵겠습니다."

그는 이렇게 다짐해 두었다.

이러고 있는데 굴 저쪽에서 음침한 소리가 들려왔다. 그러자 그녀들은 깜짝 놀라며,

"이제 그 놈이 들어 옵니다. 어서 저쪽에 가 숨으세요. 만일 그 놈에게 발각되는 날이면 큰 일 납니다."

하며 그녀들은 원을 감쪽같이 숨겨 놓는 것이다.

드디어 흉칙하게 생긴 금도야지가 여인들 앞에 나타났다. 그는 의기양양하게,

"오늘 별일 없었겠지?"

하고 묻는다.

여인들은 시녀마냥 그 놈을 반가히 맞아 들이고 그 중 한 여인은 생글 생글 웃으면서,

"그런 염려는 마세요. 아니 예가 어디라고, 감히 당신이 계신 곳에 무슨 일이 있겠어요. 늘 그렇게 염려하시는 것을 보니 아마 당신도 무서운 것이 있는가 보군요."

그러자 금도야지는,

"나라고 없진 않지."

하고 퉁명스럽게 대답한다.

"어머! 그게 뭔데요?"

"왜 새삼스레 그런걸 물어?"

이 말에 그 여인들은 가슴이 뜨끔했다. 그러나 태연한 표정으로

"어머나, 당신도. 아 그래 앞으로 평생을 모셔야할 저이들이 무엇을 당신이 싫어하시고 또 무엇을 무서워하는지 모르고 어쩌겠어요. 그런 것을 미리 알아 두어 당신에게 근심이 되지 않도록 조심해야 할게 아니겠어요."

하고 아양을 섞어가며 말했다.

그제서야 그놈은 마음이 느긋하여 입이 벌어지며,

"참으로 기특하도다. 진정 그처럼 나를 생각해 줄줄은 몰랐구나."

그는 감탄을 하며,

"내 누구에게도 말하지 않던 일이었으나 나를 극진히 생각하는 너희들에게 만은 특별히 말하리라. 사실인즉 나겐 무서운 적이 없다. 그런데 단 한가지 사슴의 가죽만 보면……."

그는 사슴의 가죽 얘기만 해도 무서운지 눈이 둥그레지며 말꼬리를 흐리고 만다.

"넷? 그까짓 사슴의 가죽이 뭐가 무서워요?"

하며 그 여인들은 우습다는 듯이 말하자 그 놈은,

"뭐가 무섭다니? 난 그것만 보면 꼼짝 할 수 없단 말야."

그러면서 불쾌하다는 듯 얼굴을 찡그리는 것이다.

이렇듯 그들이 주고 받는 얘기를 한마디도 놓치지 않고 듣고 있던 원은 자기 몸에 혹시 사슴의 가죽이 없나 살펴 보았다.

그런데 천만다행하게도 자기가 지니고 있던 인장 주머니가 사슴의 가죽으로 만든 것이었다.

참으로 다행한 일이다.

그는 인장 주머니를 꺼내 들고 금도야지 앞으로 뛰쳐 나오며,

"예잇, 이 놈아! 네 놈이 무섭다는 사슴 가죽이 예 있다!"

하고 달려 들었다.

그놈은 원의 손에 들린 사슴 가죽을 보자 정신을 잃고 벌벌 떨고 있는 것이었다.

원은 허리에 찼던 칼을 빼어 들고 재빨리 금도야지의 목을 찔러 그자리에 꺼꾸러 뜨렸다.

금도야지 놈이 외마디 소리를 지르고 쓰러지자 여인들은 원에게 달려들어 치사를 아끼지 않았다.

"자 어서 돌아 갑시다."

원은 자기 아내와 다른 네명의 여인을 구해 가지고 돌아왔다.

그런데 그로부터 몇개월이 지나자 원의 아내에게는 태기가 있었다. 금도야지의 새끼를 밴 그녀는 몇번이나 죽으려고 했으나

남편의 간곡한 만류와 위안으로 그럭 저럭 만삭이 돼 옥동자를 낳았으니 그가 바로 신라때의 유명한 고운 최치원(孤雲 崔致遠) 선생이다.

그후 부터 이 지방에서는 최씨 성을 가진 사람을 가르켜 도야지의 자손이라 부르게 되었다고 한다.

취적산(吹笛山)의 원혼

경상북도에 가면 취적산(吹笛山)이라는 산이 있고 그 산에는 계림사(鷄林寺)라는 절이 있다.

그런데 이 산 이름을 취적산이라 부르게 된 것과 계림사를 세우게 된 데에는 다음과 같은 슬픈 사연(事緣)이 깃들어 있다.

그러니까 지금으로 부터 약 삼백여년전 이 산에는 송모(宋某)라는 젊은 사람과 그의 젊은 아내가 단촐한 살림을 하고 있었다. 송서방의 직업은 산을 지키며 수목의 남벌을 금하는 임무를 맡고 있는 산지기였던 것이다.

지금도 취적산에는 나무가 무성 하지만 그 당시엔 말할 수 없이 나무가 울창했었다. 취적산 아래의 촌락에 사는 백성들은 몰래 들어와 나무를 함부로 베어가곤 했다.

그리하여 송서방은 날마다 산골짜기를 돌아다니며 나무의 도벌을 막는데 여념이 없었다.

남편이 아침을 먹고 산을 돌보러 집을 나가면 아내는 집을 지키며 바느질이나 빨래를 해가며 남편을 받들고 집안 일을 보살폈다.

　그리고 송서방은 산을 돌아 보고 으례 저녁때가 되어 집에 돌아오는 것이었는데 그는 집근처에 까지 와서는 큰 소리로 아내를 부르는 것이었다. 그러면 그 소리를 들은 아내는 피리를 불어 남편의 귀가를 맞곤했던 것이다.

　참으로 이들 젊은 부부는 행복하기만 했다. 남편 옆에 아내가 있고 아내 곁에 남편만 있으면 그저 즐겁고 기쁘기만 하던 다정한 부부였다.

　하루 종일 산속을 헤메며 나무를 도벌하는 자들과 실랑이를 벌이고 돌아오다가도 그 아내가 불어주는 피리 소리만 들으면 머리끝까지 치밀었던 울화도 봄눈 녹듯 스르르 사라지는 것이었다.

　지난해 겨울에는 무서운 불한당들이 이 산을 습격해 나무를 도벌해 가려고 했다. 그때 송서방은 이 문제를 혼자 해결 할 수 없음을 판단하고 기민하게 관가에 알려 관가에서는 군사를 보내 불한당들을 톡톡히 혼내준 일이 있었다.

　겨울만 되면 떼를 지어 이 산의 우거진 나무를 베어가려고 습격하는 불한당떼들 외는 이산에 별로 위험한 일이라고는 없었다.

　그러므로 그들의 생활은 남들이 부러울 만큼 재미 있었고 행복했던 것이다. 그리고 산을 지키는 보수로 나라에서는 양미를 대주어 먹고 사는데도 별로 부족한 것이 없었다.

　어느 날이었다.

　이날도 마찬가지로 송서방은 산을 돌아보고 해가 져서야 슬금슬금 그리운 아내가 기다리고 있을 집을 향해 내려왔다. 집 근처까지 와서는 늘 하는대로 소리를 질러 그 아내를 불렀다. 아내는 역시 고운 피리 소리로 그 부름에 응했던 것이다.

그들은 도란 도란 하루의 일을 속삭이며 저녁상을 물렸다.

그리고 얼마후 그 아내는 별안간 근심스러운 표정으로 조심스럽게 입을 열었다.

"참 여보……."

"응 왜 그래"

송서방은 아내의 근심어린 안색을 살피며 대답했다.

"저 오늘 마을사람들 한테서 들었는데 그 불한당 놈들이 또 다녀갔다는구려."

"뭐? 그 놈들이 또 왔다 갔다구?"

송서방은 약간 놀라는 표정을 지었으나 곧 대수롭지 않게 여기는 모양이었다.

"또 작년 모양으로 쳐 들어오면 어떻게 해요?"

"오기는, 제 놈들이 그렇게 혼나고 도망쳤는데 또 올라구."

"그래도 알 수 있어요. 제 생각 같아서는 미리 관가에 알려두는 것이 좋을 것 같아요."

"괜찮아. 제깐 놈들이 감히 어디를 또 온단 말야. 너무 염려하지 말고 편히 잠이나 잡시다."

송서방은 이렇게 말하므로 근심하는 아내를 안심 시켰다.

그날 밤.

밖에는 함박눈이 펑펑 쏟아지고 사방은 적요한데 송서방 내외는 잠이 들었다.

밤이 얼마나 되었을까? 송서방 집 밖에서 나는 떠들썩한 소리에 놀라 먼저 잠을 깬 사람은 아내였다.

"문 열어라. 문 열어……."

"……."

대문이 부서질 듯이 두드리는 소리와 함께 굵직한 사내들의 음성이 웅성거린다. 이처럼 밤늦게 남의 집 대문을 마구 흔들어 제끼는 소리는 예사로 찾아온 사람이 아니란 것을 직감할 수 있었다.

송서방의 아내는 공포에 떨고 있었다.

"문 열어라. 안 열면 부수고 들어갈테다."

거치른 이 소리에 송서방도 잠에서 깨어,

"누구얏?"

하고 소리를 지르며 벌떡 일어났다.

그의 옆에는 사랑하는 아내가 온 몸을 떨며 말도 못하고 앉아있었다.

"누구얏! 이 밤 늦게……."

송서방은 다시 큰 소리를 지르며 옷을 주워 입으며 일어 섰다.

"그 그 놈들인가 봐요. 그 놈들이 또 왔어요."

아내는 겁에 질린 눈을 뜨고 혼잣말처럼 이렇게 말했다.

송서방은 재빨리 옷을 입고 밖으로 나가 대문을 열었다.

그러자,

"꼼짝 마라. 소리를 지르던가 대항하면 이것이다."

하며 파아랗게 선 칼날을 번쩍거리며 그의 코 앞에다 들이대는 것이다. 그러자 그의 부하인 듯한 몇 놈이 송서방의 주위로 둘러서며 도끼 창등 흉기를 휘둘러 위협했다.

"어떤 놈들이냐? 도대체 무엇 때문에 남의 집을 침입하는거냐 말이다."

송서방은 그래도 용기를 잃지 않고 소리를 질렀다. 그러나 자기들의 숫자에 힘 입었음인지 그들은 눈 하나 까딱하지 않는다.

그들은 두 패로 나누어 한패는 집안으로 들어가 방과 광을 샅샅이 뒤져 옷가지와 양식을 끌어 내는 것이었고 다른 한패는 송서방을 꼼짝 못하게 창으로 위협하며 붙들고 있었다.

집안에서 값진 물건을 다 훔쳐낸 다음 그들은 다시 산으로 올라가 닥치는 대로 나무를 찍어 넘기는 것이었다.

"이 놈들아 너희들은 어쩌려고 함부러 고목을 베이느냐."

송서방은 산으로 쫓아가 또 소리 소리 지르는 것이었다.

"이놈아 아가리 닥치지 못할까. 더 이상 발악을 하면 목을 베어 죽일터이다."

하며 그들은 송서방의 몸을 밀쳐 버리고 여전히 큰 나무들을 찍어 넘기는 것이었다. 쓰러졌던 송서방은 다시 일어나며,

"야 이 불한당 놈들아! 나무는 왜 베느냐!"

하고 야단을 쳤다.

이때 그들 중 한 놈이 송서방의 뒤로 다가서더니 도끼를 번쩍 들어 송서방의 뒷통수를 힘껏 내리 찍었다.

"억!"

송서방은 외 마디 비명과 함께 그 자리에 쓰러졌다. 그의 몸은 순식간 에 선혈로 빨갛게 물들었다.

송서방이 쓰러지자 겁을 집어 먹었는지 그 불한당들은 약탈한 물건과 베인 나무를 짊어지고 슬금 슬금 꽁무니를 빼어 달아나고 말았다.

얼마후.

송서방의 아내는 남편을 찾아 나섰다. 혹시 불한당 놈들한데 납치 당하지나 않았나 싶어 산속을 헤메었다.

얼마를 산속으로 들어가니 어둠 속에서도 희끗한 물체가 보였다. 아내는 불길한 예감이 들었으나 조심스럽게 다가갔다. 가까이 다가가자 그녀는,

"악!"

하고 비명을 질렀다. 그것은 분명히 사람의 시체였다. 송서방의 아내는 관솔불을 가까이 비쳐 보았다. 그런데 이게 어찌된 일인가?

그것은 불한당 놈의 시체가 아니라 바로 자기가 찾고 있던 송서방의 시체가 아닌가.

"아니? 여보!"

하면서 달려든 그녀는 시체를 끌어안고 산중에서 통곡을 하는 것이다.

송서방의 몸은 이미 싸늘해져 있었다.

깊은 산중에 송서방 아내의 애끓는 울음 소리는 그칠줄을 몰랐다. 그녀는 실성한듯 시체를 얼싸안고 울어제끼는 것이다.

그러나 아무리 애통하게 눈물을 흘려도 한번 숨을 거둔 사람이 살아 날리 없었다.

날이 밝자 그녀는 송서방의 시체를 집뒤 언덕에 묻고는 날마다 그 무덤에 가서 남편을 부르며 슬픈 나날을 보냈다.

이제는 해가 지고 어둠이 깃들어도 더이상 남편의 부르는 소리는 들리지 않았다. 따라서 그녀는 피리를 불지 않게 되었다.

슬픈 한 해가 지나고 다시 새 해의 겨울이 돌아왔다.

단풍잎도 다 지고 앙상한 나무 가지에는 흰 눈이 소복히 쌓였다.

송서방의 아내는 그 집에 그대로 머물러 살면서 정성껏 남편의 상식을 받들어 모시고 있었다. 그러면서 남편을 대신해 이 산을 지키며 생활하는 것이다.

그런데 불행은 그것으로 그치실 않았나.

그해 겨울이다.

누구인지 어느 날 밤 문을 두드리는 사람이 있었다.

한번 놀란 송서방의 아내는 가슴이 철렁 내려 앉는 것이었다. 그러나 한편 그녀에게는 복수심이 불타오르고 있었다.

"오냐. 작년에 왔던 불한당 놈들이 또 온 모양이구나. 이번에는 그놈들의 원수를 갚아 돌아가신 남편의 영혼을 달래주어야겠다."

그녀는 이를 갈며 늘 머리 맡에 준비해 두었던 도끼를 불끈 집어 들었다.

"문 열어라! 문 열어!"

거친 그 목소리는 틀림 없이 불한당들의 목소리였다.

"어디 보자. 작년에 우리 주인을 죽이고 물건까지 약탈해 가고서도 무엇이 부족해 또 왔단 말이냐."

송서방의 아내는 속으로 이렇게 꾸짖으며 도끼를 든채 가만히 앉아 있었다.

"쾅 쾅 쾅!"

밖에서는 여전히 문을 두드린다. 그래도 송서방의 아내는 죽은

듯이 가만히 앉아 있었다. 문을 두드리다 지친 놈들은 문을 발길로 때려부수고 집안으로 달려 들었다.

그래도 그녀는 가만히 앉아 있었다.

그때 어느 한 놈이 방문을 열고 얼굴을 쑥 들이 밀었다.

덥석부리 수염이었다. 그것은 분명히 불한당의 두목이었다.

송서방의 아내는 있는 힘을 다해 도끼를 쳐들고 섰다가 그 놈의 머리를 후려 찍었다.

"억!"

하고 외마디 소리를 지른 그 놈은 문밖으로 나뒹굴었다.

"이제 그이의 원수를 갚았다."

이렇게 부르짖으며 그녀는 뒷문으로 뛰어나가 송서방의 무덤에 엎드렸다.

"여보. 기뻐하세요. 당신의 원수를 갚았습니다. 여보! 으흥 흐흐흐"

그런데 두목을 잃은 불한당의 잔당들은 그녀의 뒤를 쫓아와 남편 무덤가에서 넋을 잃을 채 통곡하는 그녀의 뒷통수를 쳐 죽이고 말았다.

그런뒤 그들은 산지기 없는 이 산에서 마음 놓고 나무를 베어 짊어지고 내려갔다.

송서방도 죽고 또 그의 아내도 죽었다. 뼈에 사무치던 남편의 원수를 갚고 아내는 남편의 뒤를 따랐다.

이런 일이 있은 뒤, 날씨가 흐리거나 깊은 밤이 되면 산 속에서 구슬픈 피리 소리가 들려왔다.

이 피리 소리는 송서방의 아내가 살았을 때 그 남편의 부름에 응대하느라고 불던 그 피리 소리와 꼭 같았다.

그래서 그후 부터는 송서방 부부의 죽은 원혼이 이 산을 헤멘다고 해서 나무꾼들은 감히 도벌을 하지 못했다고 한다.

그래도 겁을 집어 먹지 않고 산에 들어와 도벌을 하기만 하면 산 위에서 큰 바위가 굴러내려 도벌꾼을 치어 죽였다.

어떤 사람이든지 나무를 베기만 하면 큰 바위가 굴러 내려와 치여 죽였으니 그 후토는 아무도 감히 도빌할 생각조차 못하게 되었다.

그래서 이 산 아래 마을 사람들은 계림사(鷄林寺)라는 절을 지어 그들의 원혼을 위로했다. 그랬더니 그 뒤 부터는 돌이 굴러 내리지 않고 또 구슬픈 피리 소리도 들려오지 않았다 한다.

이 산을 취적산(吹笛山)이라 부르게 된 것도 그때부터 였으니 이것은 송서방 아내의 피리 소리가 나는 까닭에 피리부는 산이라 하여 붙여진 것이라 전한다.

장사못(壯士沼)

황해도 신천읍(黃海道 信川邑)에서 서쪽으로 약 삼십정보쯤 가노라면 작은 산을 등지고 큰 벌을 끼고 있는 수백호쯤 되는 마을이 있다.

이곳이 율곡(栗谷)선생이 이름을 지었다는 반정(泮亭)이란 곳이다. 이 반정이란 동리 앞에서 약 십정보 가량 떨어져 있는 벌판 가운데 잡초가 우거진 웅덩이가 있는데 이것이 장사못(壯士沼)으로 거기에는 다음과 같은 재미있는 전설이 전해지고 있다.

그러니까 지금으로 부터 삼백년 전.

이때 반정이란 동리에는 세력이 당당하고 돈 많은 양반이 살고 있었는데 이 양반에게는 단 남매의 자녀가 있었다. 그중 딸은 인물이 출중한데다가 재주가 뛰어나 그야말로 재색을 겸비한 처녀였던 것이다.

나이가 들수록 그녀의 아름다움은 더욱 빛을 냈으며 아울러 학문이 깊은 재원이라 사방에 그녀의 이름은 널리 알려졌다.

그녀의 부모는 과년한 딸의 신랑감을 구했다. 물론 용모가 아름답고 재주있기로 소문난 그녀인지라 사방에서 청혼이 쇄도했다.

그러나 그 양친에게 꼭 마음에 드는 사내가 없어 모두 퇴해 버렸다.

그러던 어느날 밤이다.

봄이 되자 봄풀은 파릇 파릇 돋아나고 뜰에 핀 화초는 방긋 방긋 미소지으며 후원 초당에서 혼자 글을 읽는 아가씨를 유혹하는 것이다.

그녀는 훈훈한 봄바람과 향긋한 꽃향기에 이끌려 초당에서 나와 화초 사이를 걸으면서 글 한수를 읊었다. 그러자 곧 그 글에 화답하는 소리가 들리는 것이 아닌가!

"어머나! 누구일까!"

그녀는 깜짝 놀라 사방을 두리번 거렸다. 겹겹이 문이 있고 뒤에는 높은 담으로 둘러져 있는 초당에 감히 누가 들어 올 수 있단 말인가. 그런데 분명히 그의 귀에는 사람의 음성이 들렸던 것이다.

"누구세요?"

이 말이 떨어지자 그녀 앞에 건장한 사내의 그림자가 다가서는 것이었다.

"어멋!"

또 한번 그녀는 놀랐다. 그리고 몸을 돌려 초당으로 도망치려 했다.

"작은 아씨 접니다."

그녀는 돌리던 발길을 멈추었다. 그 사내의 음성이 악의가 없었을뿐 아니라 분명 귀에 익은 음성이었기 때문이다.

"누구요?"

"작은 아씨. 저 용길이올시다."

이 한마디를 하면서 그녀의 희디 흰 손목을 덥썩 잡는 것이다.

"뭣! 용길이?"

그는 용길이란 말에 일편 마음을 놓으면서도 붙잡힌 손을 본능적으로 뿌리쳤다.

용길이는 자기집 종의 아들이긴 하지만 사내답게 씩씩한데다가 그 음성마저 무게가 있었다.

언젠가 집에서 기르던 사나운 말이 고삐를 끊고 달아나는 것을 그 말 뒷다리를 잡아 한참 말을 끌고 다니더니 길을 들여 외양간에 집어 넣었다는 힘센 장사였다.

그리고 언젠가는 오백리나 되는 서울길에 심부름을 보냈더니 하루에 돌아왔다는 아주 날센 사내였다.

또 용길의 겨드랑 밑에는 비늘과 같은 날개가 달려 있다는 소문도 있었다.

그 처녀의 아버지도 그의 늠름하고 씩씩한 모습에 놀란 나머지 늘 경탄하면서,

"참 아까운 놈이야. 양반 집에 태어났다면 훈련대장감인데 그만 상놈의 자식으로 태어났으니……."

했던 것이다.

이런 말을 아버지로 부터 늘 들어오던 그녀인지라 비록 천한 종놈의 자식이기는 하지만 좀 다르게 여겨오던 터였다.

그렇지만 아무리 그렇기로서니 무엄하게 후원에 침입하여 더우기 처녀의 손목을 잡다니 망칙한 일이 아닐 수 없었다.

"이게 무슨 무례한 짓이냐!"

"작은 아씨 용서해 주십시오. 저는 어쩔 수 없이 그만……."

이렇게 말하는 용길의 음성이 떨리고 있었다. 그는 말을 이어서,

"작은 아씨. 자고로 장사가 나면 용마가 나고 군자가 나면 숙녀가 나는 것은 하늘의 뜻이었습니다. 작은 아씨는 제 신분이 천한 종의 자식이라는 것을 망칙하게 여기시겠지만 왕후장상(王候將相)이 어디 씨가 있느냐는 글을 책에서 못 보셨습니까? 저라고 뒤에 현달하지 말라는 법이 어디 있습니까?"

아까와는 달리 용길의 음성은 차분히 가라앉았고 아주 점잖게 말하는 것이다.

처녀는 고개를 숙인채 아무 대답을 못했다. 무슨 말을 어떻게 해야 좋을지 몰랐다.

그러자 용길이는,

"작은 아씨의 그 고운 자태와 아름다운 마음씨에 저는 벌써부터 모든 것을 다 바쳐 사랑하고 있습니다. 그것이 죄라면 아씨 마음대로 처벌해 주십시요. 아씨의 벌이라면 무슨 벌인들 달게 받겠습니다."

그러면서 용길은 다시 처녀의 손목을 덥썩 잡는 것이다. 그 손은 약간 떨렸으나 불처럼 뜨거웠다.

그 처녀는 그 뜨거운 감촉에 위압감 같은 것을 느껴 뿌리치지도 못하고 그대로 한참동안 침묵이 흘러갔다. 다만 그들 두 가슴은 저마다 고동치고 있을 따름이었다.

"작은 아씨!"

얼마 후 용길은 떨리는 목소리로 나직히 불렀다.

"이러다가 누가 보면 어쩌려고 그래요. 어서 돌아 가세요. 얘기
는 다음날 조용한 틈을 보아하도록 해요."

처녀는 수줍은듯 이렇게 말하며 서둘러 초당으로 들어가고
말았다.

그녀의 뒷모습만 바라보던 용길의 입가엔 만족한 웃음이 흐르
고 있었다.

이런 일이 있은 그 다음날 밤이다. 밤이 어지간히 깊었을 무렵
돌연 초당 밖에서,

"작은 아씨!"

하고 나직히 부르는 음성이 들렸다.

"게 누구요?"

하고 문틈으로 내다보니 용길이가 아닌가.

"아니! 어쩌자고 이 밤중에 오시었소. 누가 봐요."

"어서 문 좀 열어줘요. 작은 아씨."

그녀는 여러말 없이 문을 열고 그를 맞아 들였다.

그리하여 후원에 외따로 떨어져 있는 초당에서는 젊은 남녀의
사랑이 무르익어 갔다.

그 후 부터 용길이는 밤마다 그녀의 초당을 찾아들었고 또 그녀
도 용길이를 기다리게끔 되었다.

세월이 흐름에 따라 그들의 사랑은 성숙해졌고 이제는 헤어질
수 없는 사이가 되고 말았다. 이미 그들은 앞날을 약속하였다.
그러나 이것은 어디까지나 그들 둘만의 약속이다. 만일 어른들이
알게되는 날이면 날벼락이 떨어질 판이다.

달빛이 온 누리에 고요히 흐르는 어느날 밤이다.

이날도 용길이는 여느날과 같이 초당에 이르러 처녀와 시간이 가는줄도 모르고 속삭이고 있었다.

그런데 이 때다.

밤잠을 잃은 어머니가 오랫만에 과년한 딸과 이야기나 나누려고 돌연 초당에 이른 것이다.

마침 불이 켜있어서 무심히,

"아직 안자는구나."

하며 방문을 여니 이게 웬일인가?

어떤 젊은이가 뒷문으로 뛰어 나가질 않는가! 그 짧은 동안에도 그 사내의 정체가 용길이라는 것을 뒷모습으로 알아낸 그 어머니는 자기도 모르게,

"저 저 저놈이!"

하고 소리를 질렀다.

자는체 하고 자리에 누웠던 처녀는 그 소리에 벌떡 놀라 깨는척 하며,

"어머니 한 밤중에 웬 일이세요?"

하고 자기 어머니의 얼굴을 쳐다보는 것이다.

그러나 어머니는 전신을 바들 바들 떨고 선채 아무 말이 없었다.

"어머니, 왜 그러세요?"

"웬 일이라니, 도대체 이게 어떻게 된 일이냐?"

어머니는 처녀를 매섭게 노려보며 되려 반문하는 것이다.

"어머니, 왜 그러세요. 무슨 일이 일어났어요?"

"조심해라. 방금 용길이란 놈이 이 방에서 뛰어 나가더라."

"네! 용길이 놈이?"

"그래 너는 그것도 모르고 잠만 잤더란 말이냐?"

"용길이가! 용길이가 여기 들어 왔다고요!"

그녀는 전혀 상상조차 할 수 없는 일이란듯 시치미를 딱 떼는 것이다. 아직까지 반신반의 했던 그 어머니도 이처럼 시치미를 잡아떼는 데 속아 넘어가지 않을 수 없었다.

그래서 용길이란 놈이 처녀에게 음흉한 마음을 품고 잠이 든 한밤중에 침입한 것으로 여기게 되었다.

"큰 일 날뻔했다. 어쨌든 그런 고약한 놈을 그대로 두었단 안되겠다. 아버지에게 말씀 드려 어서 조처를 해야지."

그 어머니는 치를 떨며 황급히 안채로 돌아가 잠이 든 남편과 아들을 모두 불러 깨워 이사실을 얘기했다.

이 말을 잠자코 듣고 있던 부자는 펄쩍 뛰었다.

"뭣이! 용길이 놈이? 그 놈은 범상치 않는 놈입니다. 그대로 두었다간 큰 일을 저지를 놈입니다. 그러니 어서 때려 죽이고 막아야 합니다."

당장이라도 요절을 낼 듯이 그 아들이 분개하여 이렇게 말하는 것이다.

그러나 그의 아버지는 용길의 비범함을 잘 아는지라,

"용길이는 보통 놈이 아니란다. 그 놈의 겨드랑이에 날개가 있느니라. 그 놈은 장사란 말이다. 잘못 건드렸다간 되려 후환을 남기기 쉬우니까."

하고 경고하였다.

이 말을 듣자 당장에라도 달려가 해치울 듯이 날뛰던 아들도 냉정을 되찾고 아버지와 앞으로의 계책을 논의하기에 이르렀다.

"그러면 아버지. 우선 그 놈의 날개를 떼어야 하겠습니다. 옛말에 장수는 날개가 떨어지면 힘을 못쓴다고 하지 않았습니까?"

이렇게 아들이 의견을 제의하자,

"그게 좋겠다. 그럼 하인을 시켜 분부를 내려야겠다."

이튿날 아침 아버지는 하인들을 비밀히 불러들여 용길이가 자는 틈을 보아 그 날개를 떼어 버리도록 명령했다.

그렇잖아도 용길이의 용맹을 은근히 시기하던 하인배들은 좋은 기회라 기뻐 날뛰며 저마다 공을 세우려고 앞장 섰다.

한편 용길이는 그날 밤 초당에서 뛰쳐나와 마음을 조이며 무슨 변이 일어날까 초조히 마음을 졸이고 있었으나 예상했던 대로 아무 일이 일어나지 않음을 다행으로 안도의 긴 한숨을 내쉬는 것이었다. 그러나 한편 공연히 자기 때문에 작은 아씨가 봉욕을 당하고나 있지 않은가 해서 진종일 근심하던 나머지 밤이 들자 또 슬그머니 그 초당엘 들어갔다.

그런데 후원 초당에는 불이 꺼져 있었으며 아무리 불러도 아무 인기척이 없었다. 불길한 예감에 사로잡힌 용길이는 살그머니 문을 열어 보았으나 그 방은 텅 비어 있었다.

"……?"

용길의 마음은 더욱 초조해졌다.

그는 재빨리 돌아와 자기 어머니에게 오늘 작은 아씨에 관한 동정을 알아 보았다. 그랬더니,

"얘야 정말, 오늘 아침 부터 작은 아씨가 안채로 처소를 옮기더라. 그런데 하루 종일 수심이 만연해서 아무리 우스운 일을

보아도 웃지도 않더라."

아무 영문도 모르는 그의 어머니는 이렇게 말하는 것이다.

이 말을 들은 용길은 더욱 불안하고 안타까웠다. 그렇다고 문이 겹겹으로 된 안채에까지 들어가 처녀를 만나기란 여간 어려운 일이 아니었다.

그래서 들어가지는 못하고 밖에서만 왔다갔다 서성대다가 뜰 앞 연못가로 갔다. 거기엔 큰 들 메나무가 서있었는데 용길은 그 밑에 거적이 깔려 있으므로 풀석 주저앉아 이런 궁리 저런 궁리를 하다가 벌떡 들어 누웠다. 그리고 얼마후 그는 잠이들고 말았다.

기회만을 엿보며 미행하던 하인들은 용길이가 잠이 든 것을 보고 때가 왔다고 함성을 지르며 깊이 잠이 든 용길이를 밧줄로 꽁꽁 동여 매고 겨드랑이 밑의 날개같은 비늘을 떼고 말았다.

아무리 용맹이 있고 힘이 센 장수일지라도 잠든 사이에 별안간 달려드는 데는 어쩔 수가 없었던 것이다.

하인들은 다시 주인의 명을 받아 용길의 몸에다 큰 돌멩이를 여러개 매달았다. 그리고 들어다 못으로 풍덩 집어 처넣고 말았다.

비늘을 떼어 힘을 못쓰는 데다가 몸에는 무거운 돌멩이를 매달았으니 제아무리 장수인들 살아날 수가 없다. 더구나 그 연못은 천길못(千丈沼)이라 하여 깊이가 천길이 되는지 만길이 되는지 알 수 없을만큼 깊은 연못이었다.

하인들이 내던진 용길이는 물속으로 깊이 가라 앉았다가 다시 불끈 솟아 올라 못가에서 하인들 틈에 서 있는 주인의 아들을

흘겨 보면서

"이 놈 똑똑히 들거라. 이제 나는 네놈의 흉계에 말려들어 죽어
간다마는 내 죽은뒤 반드시 작은 아씨도 따라 죽을 것인즉 그
시체라도 나와 같이 이 못 속으로 던져다오. 만일 내 말을 어길
시엔 집안에 후환이 있으리라."

이렇게 말하고는 다시 물 속으로 가라앉고 말았다. 그리고 얼마
후다. 용길이가 가라앉은 물 속에서 왕벌 하나가 윙하고 소리를
지르며 나와 하늘 높이 날아가는게 아닌가?

그리하여 그 뒤부터 이 천길못을 장사못(壯士沼)이라 불렀다는
것이다.

그 이튿날이다.

사랑하던 용길이가 오라버니의 손에 무참히 연못에 던져저
죽었다는 소식을 들은 처녀는 하루 종일 수심에 잠겨 있더니 밤새
온 데 간 데 없이 그 자취를 감추고 말았다.

집안은 온통 뒤집히다시피 법석을 떨었다. 아무리 찾아도 집안
에는 없었다. 하인들을 풀어 사방에 수소문토록 했다. 그런데 얼마
후 한 하인이 헐레벌떡 들어오더니,

"주인마님! 큰 일 났습니다. 아씨가 그만 저 뒷산에서……."

"뭣이? 뒷산에서 어쨌다는거냐?"

"목을 매고……."

그 뒷산으로 달려가 보니 처녀는 유서 한장을 남겨놓고 목을
매고 죽어 있었다. 유서에는 '아버님, 어머님, 불효자식은 먼저
갑니다. 용서하세요. 그리고 저의 시체는 용길이가 죽은 연못에

던져 주세요.'
라고 씌여 있었다.

그러나 체통과 지위를 중히 여기던 이 집에서 그 유서대로 용길
이와 함께 연못에 합장하질 않았다.

이리하여 이 집에선 딸만 나면 열다섯살을 넘기지 못하고 죽곤
하였다 하며 그래서 딸애를 열다섯이 되기 전에 시집을 보내 구명
토록 했다고 전하고 있다.

그리고 굿을 해도 반드시 그 용길의 넋이 나타났다하여 소다리
하나씩을 못에 던져 주었다는 것이다.

그후 이 지방에선 해마다 장사못에 제사를 지내 용길의 원혼을
달래었다고 한다.

염열부인(廉烈婦人)의 죽음

경상도(慶尙道) 초계군 약면리(草溪郡 藥面里)에 가면 염씨의 정렬(貞烈)을 표창한 정문과 비각이 서 있다.

염씨(廉)는 이조(李朝) 영조(英祖)때 초계땅에서 태어 났다.

남달리 미모가 뛰어나고 언행이 얌전한 그녀는 동리 사람들의 칭찬 속에서 자라 어느덧 열 일곱이란 아름다운 처녀가 되었다. 그러자,

그 고을에서는 저마다 며느리를 삼기를 바라는 것이었다. 동리 총각들은 그녀의 모습만 보아도 넋을 잃고 감히 말 한마디 건네어 보지 못할 만큼 황홀경에 도취되는 것이었다.

그러던 그녀는 고모님의 중매로 같은 고을의 송씨댁으로 시집을 가게 되었다.

시댁은 가난하였다. 그러나 그녀는 아무런 불평 없이 남편과 정을 나누며 아기자기하게 살아왔다. 그러나 모시고 있던 노모가 긴 병환에 눕게되자 몇마지기 되지 않던 전답을 팔아 간호하지 않을 수 없었다.

그러나 병환은 노력한 보람도 없이 중해지고 가산만 탕진한채

노모는 죽고 말았다.

장례를 마치고 차츰 슬픔도 가셨다. 허나 그들 신혼 부부의 앞에는 무서운 가난만이 닥쳐왔다. 때로는 끼니를 걱정할 정도로 가세는 기울어졌던 것이다.

이때 그의 뛰어난 자색에 은근히 욕심을 품고 있던 윤씨라는 부자집 사내가 음흉한 흉계를 꾸며 가지고 그들 앞에 나타났다.

"송서방 집에 있나?"

방안에서 가마니를 짜고 있던 염씨부인과 송씨는 방문을 열며,

"뉘신지요?"

하고 밖을 내다 보았다.

사립문 앞에는 부호의 아들 윤모가 싱글벙글 서 있는것이 아닌가. 정말 그들 부부에게는 뜻밖의 일이 아닐 수 없었다.

"어찌된 일이 옵니까? 이렇게 누추한 곳을 다 찾아주시니……
어서 들어오십시요."

그들 부부는 윤씨를 반가히 맞아 들였다. 방안에 앉은 윤씨는 염씨부인과 송씨를 번갈아 처다 보더니 점잖게 서두를 꺼내는 것이다.

"내가 이렇게 돌연히 찾아온 것은 다름이 아니라 동리에서 소문
을 듣자니 몹시 곤궁한 모양인데 이웃에서 하도 보기가 딱해서
실정이나 알아 보려고 찾아온걸세."

이 말을 듣자 그들 부부는 마치 구세주나 맞은듯 정색을 하며,

"감사합니다. 정말 동리 어른들에게까지 심려를 끼쳐드려 송구
스럽기 그지 없습니다."

하며 정중히 감사를 표했다.

"원 천만에 자네가 노름을 하다가 그렇게 된 것도 아니고 모두가 지극한 효심에서가 아니었든가. 그러니 내 생각은 장사 밑천을 대줄터이니 서울로 가서 물건을 해다가 파는 것이 어떻겠나싶어 상의를 하려고 온 것인데 어떤가? 자네만 승락하면 내곧 밑천을 대줌세."

하며 여진히 염씨 부인과 송서방의 표정을 번갈아 쳐다 본다.

"정말 송구스럽습니다. 그렇게만 해주신다면 열심히 해서 돌봐주신 은혜에 크게 보답하겠습니다."

이렇게 하여 장사 밑천을 두둑하게 받아 든 송서방은 염씨부인을 얼싸 안으며 기뻐했다.

"여보, 이제는 우리도 가난에서 벗어나게 되었구려. 내 내일이라도 서울로 떠나겠으니 길차비나 해주구려."

"내일 가시면 며칠이나 걸릴까요? 아무쪼록 먼 길에 몸 조심하세요."

그들은 이런 말을 주고 받으며 오랜만에 단잠에 빠져들었다.

그 이튿날 새벽 송서방은 장사차 서울로 떠나고 염씨부인 혼자남아 남편의 초행 길에 별고없이 소원성취해 돌아오길 빌었다.

그날 저녁때 윤씨는 다시 찾아왔다. 끼니를 끓일 양식이 없음을보자 그는 쌀가마니도 들여다 주는등 일체의 살림에 깊은 관심을표명하는 것이다.

참으로 고마운 분이다. 이제 그들 부부에게는 윤씨는 구세주처럼 군림하게 된 것이다. 그 음흉한 계교를 순진한 농부의 아내가알턱이 없었다.

　그다음 날도 또 그 다음날도 윤씨는 찾아와서 온갖 호의를 다 베푸는 것이다.

　송서방이 서울로 떠난지도 벌써 닷새가 되었다. 그날도 일찌감치 저녁을 끓여먹고 염씨부인은 마당에 나와 달을 쳐다보고 있는데 사립문 밖에서 인기척이 들렸다. 염씨부인은 혹시나 하는 마음에서 어둠이 깃든 바깥에 신경을 세우며 바라보고 있었다.

　그러나 들어서는 자는 윤씨였다. 그는 어디서 한잔했는지 얼큰해 있었다. 술을 마시고 찾아 오는 그가 좀 못마땅하였지만 은인인 그에게 푸대접을 할 수는 없었다.

　윤씨는 덥썩 방안에 들어와 염씨부인과 마주 앉아 횡설수설을 늘어놓기 시작하는 것이다.

　"참 염씨부인은 언제 보아도 어여쁘단 말야. 그런 자색을 하고
　이런 고생을 하고 있는걸 보면 더욱 내 가슴이 아프단 말이오."
하며 능청을 부리는 것이다. 이제야 말로 윤씨는 본바탕을 들어내기 시작했다.

　"아이, 망측하게시리……."

　염씨부인은 이렇게 응수했지만 생각같아서는 그 능구렁이 같은 윤가 놈에게 당장 나가라고 호통을 치고 싶은 심정이었다.

　"망측하다니. 아 그럼 송씨댁이 미인이 아닌 것을 내가 그런게
　요? 정말 나는 송서방의 고생보다 송씨댁의 고생이 애처로워
　장사 밑천도 천냥이나 대준거라오."
하면서 윤씨는 조금씩 염씨부인이 앉은 자리로 다가 앉는 것이다.

　그의 속셈은 점차 노골적으로 표출되기 시작하였다. 당장이라도

그 자리를 피하고 싶지만 차마 그럴 수가 없어 치미는 울화를
꾹 참고 그를 상대해 한마디 한마디 말대꾸를 해주었다.

그러나 마음은 바늘 방석에 앉은것 처럼 불안하기만 했다.

밤이 깊어도 윤씨는 돌아갈 생각을 않고 음흉한 소리만 지껄이
는 것이다.

어느새 첫닭이 울었다.

그래노 윤씨는 놀아갈 생각을 않고 비스듬히 누었다 앉았다
하며 염씨부인을 유혹하는 것이다.

"참 송씨댁, 실은 내가 오늘 얘기하려고 했던 용건을 잊을뻔
했구려."

하며 일어나 앉는다. 그리고 염씨부인의 얼굴을 뚫어지게 바라본
다.

"무슨 말씀이신데요?"

염씨부인도 내려 깔았던 눈을 바로 뜨며 윤씨를 쳐다 보았다.
그는 염씨부인의 시선이 마주치자 빙긋이 웃는다.

염씨부인에겐 그 모습이 징그럽기만 했다. 그래서 다시 시선을
떨구고 말았다.

"실은…… 송씨댁."

하고 낮은 목소리로 부르더니 바싹 다가 앉는다.

염씨부인은 민망한 나머지 그 자리에서 일어나려고 하였으나
윤씨는 덥석 대들어 염씨의 손목을 잡으며,

"송씨댁, 아무도 보는 사람이 없으니 과히 심려할 것은 없오."

하며 애원하듯 달래는 것이다.

"아니 점잖으신 분이 이게 무슨……?"

하고 뿌리치자 윤씨의 손목은 갑자기 억세지며 달아나지 못하게 하는 것이다.

"이럴거 없지 않소. 난 염씨부인을 벌써부터 사모하고 있었다오. 제발 오늘 하루밤 만이라도 내 청을 들어주구려."

이 말을 듣고 염씨부인은 더럽고 분한 마음에 당장 따귀라도 후려갈기고 싶었으나 그럴 수록 냉정을 잃지 않고 점잖은 말로,

"점잖으신 양반이 그게 무슨 당치도 않은 말씀이옵니까. 더 체신을 잃지 마시고 어서 돌아가세요."

하고 책망했다.

그러나 윤씨는 그 말을 들은채 만체하고 점점 노골적인 육박을 해오는 것이었다.

염씨 부인은 더 이상 참을 수 없어 벌떡 일어나 밖으로 나가려 했다. 그러자 윤씨는 말로 달래서는 자기의 욕망을 관철할 수 없음을 알고 드디어 폭력으로라도 기어이 그녀를 정복하리라 결심했다.

그는 일어선 염씨부인을 잡아끌어 방에다 눕히고 강제로 욕을 보였다.

일을 당한 뒤 염씨부인은 통분한 마음을 금치 못하여 그대로 자결을 해 버릴까도 생각했으나 남편이 돌아온 후 모든 일을 상세히 고하고 목숨을 끊으리라 마음먹고 어서 남편이 돌아오기만을 기다렸다.

그리고 또 닷새가 지났다.

그러니까 송서방이 서울로 떠난지 십일만에 서울서 돌아왔다.

염씨는 원로에서 돌아온 남편을 붙잡고 눈물로 애소(哀訴)했

다.

"여보, 이 일을 어쩌면 좋소. 당신이 서울로 떠난뒤 그 윤가 놈이 매일처럼 와서는 선심을 보이더니 결국은 저를 이렇게…… 여보, 제발 굶어 죽는 한이 있더라도 그 더러운 돈을 돌려 주고 말아요. 그리고 제 울분을 풀어 주세요. 네? 그 윤가 놈을 당장이라도 처치해 주세요."

이 말을 다 듣고 난 송서방도 울분이 치솟아 온 몸을 떨며 앉아 있다가 무슨 생각을 하였는지,

"참으로 분통이 터질 일이로구려. 내가 가난하여 당신에게 그런 봉변을 당하게 했구려. 그러나 물건을 사왔으니 당장 돈을 갚을 수도 없는 노릇 . 차라리 이왕 저질러진 일을 지금에 와서 떠들고 야단을 쳐봤자 되려 우리의 망신이니 꾹 참고 그대신 돈을 벌어 설욕을 하도록 합시다."

하고 말하였다.

분한 생각을 하면 당장에라도 달려가 그 윤가 놈을 찔러 죽여 분풀이라도 하고 싶지만 가난이 원수라고 집안 사정이 그렇고 남편이 그처럼 말하므로 염씨도 그대로 참고 지내기로 했다.

그런데 고약한 윤씨는 그것으로 만족하지 않았다.

이번에는 아주 염씨부인을 자기의 소실로 만들고 싶어 하루는 그 남편을 불러다 온갖 감언이설로 염씨를 자기에게 주고 새로 장가 들기를 권하는 것이었다.

원래 마음이 착하고 게다가 돈에 눈이 어두워진 송서방은 그 자리에서 딱 잘라 말을 못하고 아내와 의논하여 가부를 전하겠노라 하며 반승락을 하다시피 하고 돌아 왔다.

집으로 돌아온 송서방은 아내 앞에서 조심스럽게 윤씨의 의사를 이야기 했다.

그러자 염씨부인은 아연실색하면서,

"아니 그게 무슨 당치도 않는 말씀이세요."

하고 펄쩍 뛰는 것이다. 그녀는 죽기로서 거절했다.

아내에게 핀찬을 받은 그 남편은 다시 윤씨에게로 가서 아내가 말을 듣지 않는다는 말을 하고,

"그 생각은 단념해 주십시오."

하고 애원했다.

그러나 윤씨는 마음을 돌리지 않고 어떻게 하든지 염씨를 차지할 야심을 품고 또다른 계략을 꾸며냈다.

"염씨부인은 나하고 전부터 정교 관계가 있었던 바 이제는 나와 더불어 살기를 바라고 있다."

하는 헛소문을 온 동리에 퍼뜨리고 다녔다.

이 소문을 알게 된 염씨부인은 분통을 참지 못해 관가로 뛰어가 청소를 했다.

그러나 윤가는 많은 뇌물을 관속과 관원들에게 주어 매수해 놓았다. 그래서 염씨 부인의 억울한 사정은 묵살되고 도리어 윤가의 말이 옳다는 판단이 내려졌다.

염씨부인은 억울한 마음을 억제치 못하여 침통한 표정으로 삼문을 나오는데 어떤 관노 한놈이 그녀를 조롱하며 젖을 만졌다.

머리끝까지 분통이 치민 염씨 부인은 그 자리에서 칼로 그 놈이 만졌던 젖을 싹 잘라버린 후 자결하고 말았다.

옆에 있던 사람들은 모두 놀라는 한편 그녀의 정절에 눈물을 흘렸다.

한편 궁궐안에서는 때마침 영조대왕께서 문무신하들과 더불어 국사를 논의하고 있었다.

이때 어느 여자가 궁궐 안으로 뛰어들어 어전에 부복하더니

"상감마마께 아뢸 말씀이 있사옵니다."

한다.

일동은 별안간의 일이자 모두 그녀를 바라 보았다. 그녀는 젖을 베어 앞이 피투성이가 되어 있었다. 이때 동승부지가 그녀를 향해

"예가 감히 어디라고 그 추한 꼴로 지존 앞을 더럽히느냐!"

하고 소리를 질러 꾸짖었다. 그러나 그 여자는 물러가지 않고 여전히 엎드려 자기의 원통하고 억울한 사정을 하소하고 가슴에 맺힌 이 원한을 풀어달라고 애원했다.

영조대왕은 곧 경상감사에게 명하여 이 사실을 철저히 규명하여 보고하라고 하여다.

얼마 후 경상감사는 염씨부인이 억울하게 죽어간 사연을 적어 복명했다.

영조께서는 곧 윤가를 잡아 능지처참토록 명하시고 염씨의 집문에 정문을 세워 그녀의 정렬(貞烈)을 표창케 하시었다.

그후 윤가의 집에는 요괴가 날마다 나타나더니 드디어 패가하였다고 하며 동리 부녀자들은 염씨부인의 정렬을 추모해 매년 비각에다 제사를 지냈다고 한다.

그리고 그 뒤 어떤 취한 사나이가 염씨부인의 정문을 지나 다가

욕을 하고 비석에다 오줌을 누었더니 그 자리에 쓰러져 허덕이다
가 얼마 후 겨우 소생하였는데 그 자는 놀라 자기 잘못을 뉘우치
게 되고 곧 돈을 내어 그 비각을 증수케 하였다 한다.

명월사(明月寺)의 흥망(興亡)

경부선 구포(龜浦)역에서 내려 낙동강 다리를 건너가면 경남 김해(金海)땅이 된다. 김해는 옛날 가락국(駕洛國)의 도읍터로 지금도 그 부근에는 가락국 당시의 유적이 남아 있다.

그런데 김해에서 남쪽으로 약 사십리쯤 가면 명동이라는 마을이 있는데 이 마을은 사방이 높은 산으로 둘러싸여 있다.

명동마을 뒤로는 명월산(明月山)이라는 산이 있고 이 산을 넘어서 서남쪽으로 약 십리쯤 가노라면 부인당(婦人堂)이라고 하는 동리가 있다.

이 부인당이라는 마을의 뒤에는 역시 산이 둘러 있고 앞은 바다에 접해 있는 이를테면 진해만(鎭海湾)의 작은 어촌인 것이다.

이 부인당 동리 어구에는 높이가 약 아홉자 넓이가 약 넉자 정도 되는 큰 비석이 하나 우뚝 서 있는데 그 비문을 볼 것 같으면

대가낙국태조왕진주대명 허씨유단지지「大駕洛國太祖王普州大名許氏維丹之地」

라고 새겨져 있다.

그리고 이 비석이 있는 곳에서 바라보면 멀지 않은 곳에 묘하게

생긴 섬이 하나 눈에 띈다. 그리고 그 섬에서 조금 떨어져 있는 곳에 배를 엎어 놓은 것 같은 길이가 열다섯자 정도 되는 돌이 있는데 이곳 사람들은 이것을 돌배(石舟)라고 부른다.

지금까지 기술한 명월산, 부인당, 비석, 그리고 돌배 등은 모두 옛 가락국 태조 김수로왕(金首露王)과 왕비 허씨(許氏)가 만나어진 인연을 맺은 당시의 옛자취와 전설을 지니고 있는 것이다.

즉, 가락국의 시조 김수로왕은 금란(金卵)에서 태어나 가락국의 임금이 되었는데 그는 왕위에 오른 뒤에도 왕비를 맞아 들이지 않았다.

그리하여 어느날 한 신하가 왕께 아뢰기를,

"소신 말씀 드리옵기 황공하오나 만백성의 어버이요 한 나라의 임금이신 마마께옵서는 아직 왕후를 맞아 들이지 않으시와 국모가 않계시온, 즉 상감께서는 신하들의 자녀중에서 왕비를 간택함이 지당하오실줄 아룁니다."

하자 수로왕은,

"내가 가락국에 강림한 것은 오직 하늘의 뜻이니라. 그렇다면 나의 후비도 또한 천명(天命)이 있을 것인즉 경들은 이를 염려 말라."

하고 조용히 근신 하나를 불러서 무엇인가 분부를 하여 내 보냈다.

왕명을 받은 신하는 군마 한필을 배에 싣고 지금의 부인당 앞 바다 섬있는 곳으로 나가보니 홀연 바다의 서남쪽에서 붉은 돛을 단 배 한척이 순풍에 쏜살 같이 이 편을 향해 다가오는 것이 아닌가.

그 신하는 왕으로 부터 분부받은 말이 있으므로 곧 횃불을 들여 군호를 하니 그 배는 이 횃불을 보고는 배를 섬에 대는 것이었다.

그 배 안을 자세히 살펴 보았더니 거기에는 여러명의 종자에 둘러쌓여 아름다운 여인이 타고 있었다. 왕의 명을 받은 근신은 곧 사한을 보내어 왕에게 보고 하였다.

김수로왕은 다른 신하를 보내어 곧 그 색시를 궁중으로 맞이 들이도록 명했다.

그 신하는 섬에 이르러 배에 타고있는 여인 앞으로 가서,

"가락국 김수로왕의 명을 받자와 소신이 왔습니다."

"어명이라니 무슨 일이죠?"

"네, 궁으로 모시고 오라는 분부이옵니다."

그러자 한참 망서리던 그녀는,

"하지만 어떻게……"

하며 의상이나 모든 준비가 소홀한데 무턱대고 갈 수 있겠느냐며 사양하는 것이었다.

신하는 다시 이대로 왕에게 복명했더니 왕은

"과인의 생각이 모자랐도다. 그럼 과인이 몸소 가서 만나는게 도리 일 것이다."

하고 곧 거동할 행장을 갖추라고 명했다. 그리고 종들을 거느리고 바다 가까운 곳에 까지 와서 장막을 치고 색시를 맞아 들이려는 심산이었다.

배안의 색시는 배를 육지에 대고 상륙해 잠깐 쉬는 동안에 입고 왔던 비단 옷을 벗어 산신께 제사를 지내고 김수로왕이 기다리고

있는 장막으로 갔다.

색시가 타고 온 배에는 금수, 능라, 금, 은, 주옥이 가득히 실려 있었고 시신(侍臣) 두사람에 시녀들을 합해 20여명이나 타고 있었는데 그들이 모두 상륙하여 왕 앞에 나와 예를 드렸다.

색시도 왕 앞에 나와 조용한 어조로,

"소녀는 아유타국의 공주이옵니다. 성은 허(許)요 이름은 황옥 (黃玉)이라 하오며 금년에 이팔의 봄을 맞이하였습니다. 그런데 오월 어느날 부왕께서 모후(母后)와 함께 앉으시어 소녀를 부르시옵기에 가 뵈온 즉 이상한 꿈을 꾸시었다고 하시면서 꿈 이야기를 하시는 것이었습니다."

그녀는 잠시 말을 그쳤다가,

"그런데 부왕마마 꿈에 옥황상제께서 현몽하시어 이르시되 가락국의 왕 김수로는 하늘에서 내려와 가락국의 임금이 되었 는바 아직 배필을 얻지 못하였은즉 너의 공주 황옥이를 보내어 그의 아내가 되게 하여라 하셨으니 너는 가락국을 찾아가 왕비 가 되라고 이르심으로 부왕의 명을 받으러 삼가 이르렀나이 다."

하고 가락국에 온 사유를 아뢰는 것이었다.

수로왕은 공주의 말이 끝나자,

"나도 공주께서 여기 오실 것을 미리 알고 있었소이다."

하고 말을 했다.

그후 그들은 좌우 제신들을 물리고 단둘이 이야기를 주고 받는 것이었다. 그러는 동안에 샘솟 듯하는 달콤한 애정이 두 남녀의 사이를 오갔던 것이다. 그리하여 수로왕과 공주는 사랑을 속삭이게 되었고 마침 동산에 달이 솟아오르므로 산으로 올랐다.

두 남녀는 다시 달빛의 축복이라도 받듯 깊은 살골짜기로 들어 섰다. 그리고 얼마를 산책하는데 암자가 달빛에 비치는 것이었 다.

그들은 그 암자로 가서 그날 밤을 그 곳에서 지냈다.

수로왕은 나중에 달이 밝게 비쳐주던 이 산을 명월산(明月山) 이라 명명하였고 그 암자에도 달빛이 비쳐주었던 그날의 일을 생각하여 명월사(明月寺)라고 명명했다. 이것이 명월산과 명월사 의 유래인 것이다.

또 부인당이라는 마을의 이름도 왕비가 내린 마을이라 해서 그 연유로 생겨났으며 섬 앞에 돌배라는 돌은 왕비가 타고 왔던 배라고 전해 내려온다.

그리고 돌비는 왕비가 배를 내린 곳을 기념하기 위해 세운 것이 라고 전한다.

김수로왕은 또 많은 돈을 내려 명월사를 크게 증축케 하고 앞 뜰에 있는 토지를 하사하였다. 그 때문에 절은 크게 번창하였고 중도 삼백명이나 되었으며 그 절에 소속된 암자도 여럿 있게 되었 다. 그런데 당시 서울로 가는 길이 그 절 앞으로 났으므로 하루에 도 수백명의 손이 그 절에 오고 가고 되었다.

절의 중들은 나중에는 손들을 맞는 것이 귀찮아서 행장과 모양 이 이상한 사람만 보면 대접을 후히 하고,

"어떻게 하면 이 절에 손님이 안오겠습니까?"

하고 물어보았다.

어느날 행색이 표표한 젊은 과객이 이 절에 들자 중들은 그를 조용히 찾아와 역시 어떻게 하면 손이 안오겠느냐고 물어 보았다. 젊은 손은 중의 위아래를 훑어 보더니,

"그렇게 손 오는 것이 귀찮거든 이 절 뒤에 쑥내민 산봉우리가 있지 않소. 그것을 끊어 놓으면 다시 손이 아니 올 것이오."

하고 일러주고는 표연히 가 버렸다.

중들은 이튿날 곧 일꾼을 시켜 산봉우리를 끊어 버렸다. 그랬더니 그 뒤부터는 손이 오지 않게 되어 중들은 뛸 듯이 기뻐했다.

그후 부터는 이 절에 환란이 그치지 않고 날마다 중이 몇명씩 죽어가는 것이었다. 그래서 웃절에서 죽은 중은 웃절 근처에서 화장을 하고 아랫절에서 죽은 중은 아랫절에서 화장을 했다.

그래서 지금까지도 그 화장터를 가르쳐 웃영장골 아래영장골이라고 부른다. 그리고 그 터에는 돌들이 불에 타서 넘어져 있는 것들이 보인다.

좋은 유래를 가진 명월산의 명월사는 이리하여 멸망해 버렸고 그 자리에 빈터만 남아 대나무 숲이 우거져 있는 것이다.

아랑(阿娘)의 정절(貞節)

경상남도(慶尙南道) 밀양(密陽)에 가면 영남루(嶺南樓)가 있고
그 영남루 아래 대숲 가운데 외로히 서 있는 아랑(阿娘)의 비와
그의 사당인 아랑각(阿娘閣)이 서 있어 옛날 아랑의 슬픈 이야기
를 말해 주는듯 하다.

그 아랑이라는 처녀는 지금으로 부터 약 오백여년전 그러니까
이씨왕조의 초기에 밀양부사(密陽府使)의 무남독녀 외동딸로
태어났다.

용모가 남달리 아름다우며 마음씨가 고운데다가 글까지 출중하
여 그녀의 부모는 물론 온 동리의 총애를 받고 있는 터였다.

그리하여 그녀의 이름은 밀양 고을 뿐만 아니라 인근 고을에
까지도 알려지게 되어 귀한 집 자제들은 모두 이 처녀에게 장가
들기를 원했다.

아랑의 나이 어느덧 혼기에 들어서자 각처에서 청혼이 쇄도해
들어 왔으나 그 부모는 사위를 고르는 것이 또한 범연치 않아
한 곳도 그의 맘에 드는 곳이 없었다. 그래서 문이 닳도록 드나드
는 매파들은 헛 걸음만 쳤다.

그런데 이 고을의 관노중 한 젊은 사람이 있었는데 그는 아랑의 아름다운 자태를 한번 본 뒤로 늘 마음이 살란해 자기 신분에 넘치는 외람된 생각을 품게 되었다.

그러나 한쪽은 관노이고 한쪽은 부사의 딸이니 그 신분의 차이는 이만 저만이 아니었다. 감히 혼담 같은 것을 입밖에 내는 날이면 목이 달아날 판이다. 하여 그런 생각은 동료들 사이에도 나타내지 못하고 혼자 속으로만 가슴을 태우고 있었다.

아무리 궁리하여도 무슨 흉계를 꾸미지 않고는 도저히 아랑처녀를 자기 것으로 만들 수가 없었다. 그는 얼마를 두고 생각했다. 그러나 이렇다할 묘안이 떠오르진 않는다. 그러는 중에도 그의 가슴에서 불타 오르는 연정은 갈 수록 깊어만 갔다.

"어떻게 하면 좋단 말인가?"

"아랑만은 어떤 수단을 써서라도 내 색시로 만들어야 한다."

그는 이렇게 마음 속에 다짐하는 것이었다. 그러면서 그는 주야를 가리지 않고 아랑을 차지할 방도를 강구하는 것이다.

얼마후 그는 한 계책을 생각해 냈다. 그것은 아랑의 유모를 이용하자는 것이었다. 그는 아랑의 유모를 꾀어 내는데 우선 성공했다. 그리고 그는 많은 돈을 유모에게 주며 자기 심중에 간직하고 있던 비밀을 하소했다.

처음에는 그 유모도 펄쩍뛰고 반대하였으나 한번 만나고 두번 만나는 동안에 많은 재물이 그녀의 손에 들어가고 보니 이제는 어쩔 수 없이 그의 하수인이 되지 않을 도리가 없었다. 그래서 하는 수 없이 그 주인을 배신하고 관노의 청을 들어주게 되었다.

어느 달 밝은 날 밤이었다.

유모는 아랑에게 달구경이나 가자고 꼬여 영남루 아래까지 유인해 왔다. 달이 하도 밝아 아랑처녀는 유모의 꼬임에 속아 그녀를 따라 영남루 앞까지 왔다.

사람의 그림자 조차 없는 영남루는 고요한 달빛에 감싸여 그야 말로 절경을 이루고 있었다.

"아씨, 여기 잠깐 계십시오. 소변을 좀 보고 오겠습니다."
히므로 아랑은 무심히,

"얼른 다녀 와요."
하고 허락을 했다. 저쪽 대나무 사이로 사라지는 유모의 뒷모습을 바라보고 아랑은 다시 발걸음을 뒤로 돌려 달빛에 혼곤히 젖어 들고 있는데 돌연 뜻하지 않은 남자의 발소리가 나더니 아랑앞에 불쑥 나타나는 것이었다.

깜짝 놀란 아랑은,

"애그머니, 누구얏!"
하고 외마디 소리를 지르며 뒤로 물러섰다. 그러나 그 사나이는 태연히 아랑의 앞으로 다가서며,

"아씨, 그리 놀라실 것 없습니다."
하며 징그럽게 빙긋이 웃는 것이었다.

뜻밖에 외간 남자를 대하자 아랑은 몸둘바를 몰라 당황한 목소리로,

"젖엄마, 어서 와요."
하며 유모를 불렀다. 그러나 미리 각본을 꾸미고 일부러 피해 간 유모가 대답할 리 없다.

"아씨, 조금도 겁낼 필요는 없습니다. 나는 아씨를 해치려는

72

사람은 아닙니다. 다만 아씨를 한번 뵙기 원하다가 오늘 우연히
도 이렇게 뵈옵게 되니 여간 기쁜 것이 아닙니다. 아마 하늘이
지시하신 것인가 봅니다."
하고 말하며 그 사나이는 아랑의 앞으로 다가서는 것이다.

아랑은 겁도 나고 또 어이가 없어,
"당신은 대체 뉘집의 누구요? 남녀가 유별하거늘 무례한 언동
이 어디 있소. 어서 물러 가시오."
하고 준절히 책망했다. 하지만 그 사나이는 되려 껄껄 웃으며,
"어찌 꽃 본 나비가 그대로 갈 수 있단 말이오. 이것도 하늘이
정한 연분인가 보오. 그러니 너무 책망 마시오."
하며 덥석 아랑의 조그만 손을 잡는 것이었다.
"애그, 망칙해라. 어서 이 손을 놓지 못하겠느냐!"
하고 아랑은 성을 버럭냈다. 그리고 붙잡힌 손목을 뿌리치려 했으
나 원체 힘이 연약한 여자 인지라 어쩔 수가 없었다. 그래서 아랑
처녀는 그 사내의 얼굴에 침을 뱉는 등 온갖 욕설을 퍼부며 저항
했다. 그러나 그 사나이는 불같은 욕정을 억제치 못하여 아랑에게
덤벼들어 겁간을 하려고 했다.

아랑은 죽기로서 악을 쓰며 반항했다. 닥치는 대로 물어 뜯고
할키며 위기를 모면하려고 했다. 그러자 화가 발끈 난 그 사나이
는 비수를 꺼내어 그 자리에서 아랑을 찔러 죽여 대나무 숲속에
내던지고 달아나 버렸다.

그 이튿날 고을에서는 야단법석이 났다. 부사의 외동딸 아랑이
하룻밤 사이에 온데간데 없이 자취를 감추었다고 온통 고을 안이
뒤집혔다. 사람을 풀어 찾고 수소문 했으나 도무지 아랑의 종적을

잡을 수가 없었다.

금이야 옥이야 애지중지 하든 아랑의 부모는 침식을 끊은채 슬퍼하였다. 도대체 어디로 갔을까 하고 사방을 찾아 보았으나 헛수고였다. 슬픔과 눈물로서 날을 보내는 중에 나라에서 전근 발령이 내려 부랴부랴 그 곳을 떠나지 않으면 안되게 되었다.

아랑의 아버지는 떠나고 밀양에는 새로운 부사가 부임해 왔다. 그런데 이상하게도 그는 부임한 첫날 밤에 원인 모르게 급사하고 말았다.

별로 병도 앓지 않고 누구에게 살해 당한 흔적도 없는데 힘없이 죽고 만 것이다.

새로 보낸 부사가 급사하였으므로 조정에서는 다시 새로운 부사를 임명해 내려 보냈다. 그런데 괴이하게도 두번째 부임한 부사도 첫날 밤에 아무 까닭없이 세상을 떠나고 말았다. 조정에서는 할 수 없어 또 다른 부사를 임명해 내려 보냈다. 그런데 이 부사도 예외가 아니었다. 마찬가지로 부임 첫날 급사를 하고 말았다.

조정에서는 또 부사를 보냈다. 그도 역시 첫날 밤에 원인 모르게 죽고 말았다. 이리하여 부사가 오기만 하면 하룻 밤 사이에 죽어 버림으로 조정에서는 큰 문제거리가 되었다. 보내기만 하면 죽어 나오니 밀양부사를 제수하면 다 사퇴를 해버리고 아무도 자진해 가려는 사람이 없었다.

그리하여 밀양은 폐읍이 될 지경이었는데 시골 서당으로 봇짐을 짊어지고 돌아다니는 붓장수 하나가 이말을 듣고,

"에라, 하루 원노릇을 하다가 죽더라도 어디 내가 한번 자원해

보자."

하고 서울로 올라가 밀양부사를 자원하고 나섰다.

조정에서는 아무도 갈 사람이 없어 걱정하던 참에 아무나 나선 것 만으로도 다행으로 여기며 그로 하여금 밀야부사를 제수해 내려 보냈다.

붓장사 밀양부사는 부임하는 즉시로 관속들의 현신을 받고 그 동안 고을 안의 사정을 물은 뒤 사령들을 시켜 초를 많이 구해 오게 하였다.

밤이 되자 신임 부사는 대청마루에다 촛불을 많이 켜 놓아 대낮 같이 밝게하고 사령들을 모두 물린 뒤 잠을 자지 않고 혼자 앉아 있었다.

밤이 깊어지자 별안간 음풍이 불며 녹의 홍상의 어떤 처녀 하나 가 머리를 풀어 헤치고 온 몸에는 피투성이가 된채 부사 앞에 나타나는 것이었다.

부사는 이 가공할 모습을 보고 놀라 자빠질 지경이었으나 원래 담력이 세던 그였던지라 눈을 똑바로 뜨고 그 처녀를 쏘아 보았 다. 그 처녀는 부사 앞으로 가까이 다가오더니 조용히 허리를 굽히는 것이다.

"네가 도대체 누구냐?"

부사는 위엄을 잃지 않고 엄한 목소리로 이렇게 물었다.

"소녀는 전임 부사의 무남 독녀 아랑이 온데 원통한 죽음을 당하였기에 저의 원한을 갚아 주십사고 나타나면 사또께서 놀라 돌아가시고 돌아가시고 해서 원한을 풀지 못하고 있사온 데 오늘 다행히 담력이 크옵신 사또님을 만나 뵙게 되니 이제야 저의 원수를 갚게 되는가 봅니다."

이렇게 말하며 그 처녀는 눈물을 흘리는 것이었다.

"네 원통한 일이란 도대체 무엇이며 원수는 누구란 말이냐? 자세히 아뢰렸다."

아랑은 그 자리에 엎드려 자기가 원통하게 관노에게 피살된 자초지종을 모두 이야기하고 그 원수를 갚아달라고 애원했다.

"그럼 원수는 갚아주겠거니와 너를 죽인 그 관노란 대체 누구 냐?"

하고 부사는 물었다.

"소녀도 그 관노의 이름은 알지 못하오나 내일 아침 제가 흰나 비가 되어 그놈의 갓에 앉겠아 오니 그 놈을 처치해 주십시오."

이렇게 말하고 아랑은 슬며시 사라져 버렸다. 부사는 비로소 새로 부임한 부사들이 도임하는 날밤에 죽은 까닭을 알 수 있었 다.

이튿날 아침.

여러 관속들은 이번에도 부사가 죽었으려니 하고 쑥덕거리며 나와 보았다. 그런데 이번 부사는 멀쩡하게 살아 있었다. 그래서 그들은 신기한 일이라고 여기며 모두 놀라 대청마루 앞으로 나와 문안을 드렸다.

부사는 태연한 기색으로 관속 하리들의 문안을 받으며 가만히 그들의 갓과 벙거지를 살폈다. 그때 흰 나비 한 마리가 훨훨 날아 오더니 어떤 젊은 관노의 갓에 가 앉았다.

아무 말도 하지 않고 앉았던 부사는 별안간 위엄있는 목소리로 그 관노를 가르키며,

"얘들아, 저기 저놈을 묶어 이리 오너라."

하고 호령을 하는 것이다.

돌연한 분부에 관속들은 저마다 얼굴 빛을 잃었다. 그러나 생사의 권리를 잡은 사또의 명령이니 어찌 거역하랴. 그래서 그 놈을 잡아 꿀리었다.

부사는 다시 형구를 차비하라고 호령했다. "예——이——"하고 형리의 긴 대답 소리가 나며 집장 사령들은 형구를 채려놓고 곤장을 들고 대령했다.

부사는 소리를 높여,

"이놈아, 너는 큰 죄를 범하고도 시치미를 떼고 있었구나. 매를 대기 전에 바른 대로 모든죄를 아뢰지 않고 숨기려 들면 이 자리에서 때려 죽이고 말터이니 그리 알고 이실직고 하렸다."

하고 호령했다.

그러자그 관노는,

"나으리, 제가 무슨 죄를 졌다고 이러십니까? 소인은 아무 죄도 없습니다. 깊이 통찰하소서."

하고 처음 부터 부인하려 들었다. 그러자 부사는 형구에다 그놈을 올려 놓고 곤장 열대를 치게 한 다음 그에게로 다가가서,

"이놈아, 네가 네 죄를 모르느냐? 그 전의 부사 따님 아랑아씨를 죽인 것이 네가 아니고 누구냐!"

하니 그때서야 그 놈은 얼굴 빛이 달라지며 어쩔 줄을 몰라하더니,

"아랑아씨를 제가 죽였다니 정말 원통하옵니다."

하고 펄펄 뛰는 것이었다.

부사는 다시 형리에게 명하여 매우 치게 하였더니 아픔에 못이겨 그 자는 아랑을 죽여 대숲 속에 감추어 둔 것을 자백하였다.

부사는 사람을 시켜 그 대숲 속을 가 보라 하였더니 과연 그 곳에는 칼에 맞아 죽은 아랑의 시체가 있더라고 보고 해 왔다.

부사는 곧 그 자를 죽여 아랑의 원수를 갚아 주고 아랑의 원혼을 위로해 주었더니 그 다음날 밤에 아랑의 원혼이 다시 나타나 백배사례하고 사라지자 그 뒤로는 다시 그 원혼은 나타나지 않았다고 한다.

그 뒤 밀양의 처녀들은 아랑의 정절을 기념하기 위해 사당을 지어 놓고 해마다 제사를 지냈다.

지금의 영남루 아래 있는 아랑각이 그 사당이며 대숲 속에 비를 세운 자리가 아랑의 죽은 자리라고 전한다.

지금도 그 곳 처녀들은 4월 16일 아랑이 죽은 날이 되면 제사를 지내어 정절을 지키다 원통하게 죽어간 꽃다운 아랑의 원혼을 위로한다고 한다.

퉁소로 맺은 사랑

평안북도(平安北道) 압록강 변에 중강진(中江鎭)이라는 읍이 있는데 이 읍에서 서쪽으로 약 칠십리 내려 가노라면 도마봉(刀磨峯)이라는 봉우리가 우뚝 솟아 있다.

이 도마봉 꼭대기에 올라가면 그 곳에는 연못이 있는데 그 연못이 운림지(雲林池)요, 거기엔 다음과 같은 전설이 전해지고 있다.

그러니까 지금으로 부터 약 천년 전 얘기다.

이 운림지라는 연못 가에 초막집 한 채가 외롭게 있었고 그 안에는 운림(雲林)이라는 사람이 살고 있었다는 것이다.

그는 날마다 연못 가에 앉아 퉁소로 자기의 고독을 달래며 살아 갔다. 원채 퉁소를 잘 부는지라 산 아래 사는 마을 사람들은 그를 가리켜 퉁소선생이라 부르기도 했다.

그는 달 밝은 밤이면 곧잘 연못 가의 바위에 올라가 퉁소를 불어 듣는 이로 하여금 애간장을 끓게 하는 것이었다.

이렇게 지내던 어느해 가을이다.

이 해도 팔월 보름달은 맑은 하늘에 높이 떠 온 천지를 환하게

비쳐주는 것이었다. 운림은 달빛을 따라 통소를 들고 운림지 옆의
바위에 올라가 구슬픈 가락을 불기 시작했다.

가을 밤 은은히 그리고 흐느끼듯 울려 퍼지는 통소 소리는 온통
천지를 슬픔 속에 몰아 넣는 것 같았다.

그는 쌓이고 쌓인 고독을 이 통소의 한 가락에 실어 마음을
달래 보는 것이다.

이렇듯 한참 가락에 열중해 있을 때 돌연 등 뒤에서,

"여보세요."

하고 부르는 소리가 들렸다. 옥을 굴리는 듯한 그 맑은 음성의
주인공은 분명 여자였다.

"……."

통소를 입에서 떼고 뒤를 돌아다 본 운림은 놀라지 않을 수
없었다.

바로 자기 뒤에는 선녀같이 아름다운 미녀가 수줍음을 머금은
미소를 짓고 섰는 것이 아닌가.

운림은 아무 말도 못하고 그저 쳐다 보고만 있었다. 그러자
그 여인은,

"당돌한 소녀를 용서하세요. 산 아래 마을을 지나다 은은히
들려오는 통소 소리에 그만 도취되어 저도 모르는 사이에 예까
지 오게된 것입니다."

하고 더 말을 할듯 하다가 그만 입을 다물고 말았다.

도대체 이것이 꿈인지 생시인지 운림으로서는 분간할 수가
없었다. 이런 산중에서 더구나 한밤중 미녀를 만났으니 그런것도
무리는 아니리라. 그는 한참 머뭇거리다가,

"그대는 누구시요?"

하고 입을 열었다.

"……."

그녀는 아무 말이없다.

"어디서 오신 분인지요?"

"저는 부모도 없고 집도 없이 이렇게 떠돌아 다니는 사람이옵니다. 우연히 이 골짜기를 지나다 유려한 그 퉁소 소리에 마음이 이끌려 염치를 불구하고 여기까지 올라온 것이옵니다."

아무리 보아도 그 미녀는 이 세상 사람같지 않았다. 그는 자꾸만 천상선녀(天上仙女)가 아닌가 하고 의심해 보는 것이었다.

그녀는 달빛이 보라색으로 물든 운림지를 바라 보더니,

"한곡 더 부세요."

하고 퉁소 불기를 청하는 것이었다.

"뭐 변변치도 못한 솜씨인데……."

"겸손의 말씀이십니다. 정말 퉁소의 명수이십니다. 아직 제가 떠돌아 다니며 그만큼 실감나게 들어본 적이 없었습니다. 자 어서 들려 주세요."

"그처럼 원하시니 그럼!"

운림은 퉁소를 입에다 대고 호흡을 고르더니 한 곡 불기 시작했다. 한 곡이 끝나자 또 한 곡, 또 한 곡 재청을 받았다. 그 여인은 운림의 곁에 앉아 다소곳이 퉁소 소리에 도취되어 있었다.

이러는 동안 밤은 어지간히 깊었다. 밤 바람은 제법 싸늘해지기 시작했다. 그래도 그녀는 돌아갈 생각을 않고 있는 것이었다.

하는 수 없이 운림이 입을 열었다.

"그만 밤도 깊었는데 돌아 가셔야 하지 않겠습니까?"

하고 돌아 가기를 은근히 권했다. 그러나 그 여인은,

"말씀 올린 바 대로 저는 갈곳이 없는 몸이옵니다. 정처 없는 길에 돌아갈 곳이 어디 있겠습니까? 그러하오니 저를 가엾게 여기시거든 선생님께 의지토록 허락해 주시오. 그러면 제 일생을 모시고 지낼까 하옵니다."

너무나 뜻밖의 말에 운림은 또 한 번 크게 놀랐다. 아직까지 독신으로 혼자 외롭게 지내던 자기에게 이 뜻하지 않은 어여쁜 여인이 자청해 모시겠다니 꿈같은 일이었다.

"나같이 보잘것 없는 사람을 보필해 주겠다니 믿어지지가 않는군요."

하고 운림이 말하자,

"소녀 배운 것은 없사오나 사람 됨됨은 좀 알아 볼줄 안답니다. 제 마음이 정한 것이오니 받아 주시렵니까?"

그녀는 애원이나 하듯 자기의 뜻을 재차 밝히는 것이었다.

"진정이라면 좋소."

이리하여 그들은 같이 오막살이로 내려와 그날부터 부부가 되었다.

두 사람의 정은 보통 부부의 금슬에 비할 것이 아니었다. 그들은 잠시도 헤어지지 않았다. 아내가 밥을 지을때 남자는 물을 길어다 주고 아내가 반찬을 만들 때 남자는 불을 때 주곤했던 것이다. 그리고 밤이면 도란 도란 날이 새는 줄도 모르고 정담이 흘러 나왔던 것이다.

　가을이 지나고 겨울이 가고 이듬해 봄도 지나 갔다. 초여름에
접어들면서 부터 이 지방에 가뭄이 왔다. 농번기에 한참 비가
필요한데 한달이 가고 두 달이 가도 비 한방울 내리지 않았다.
　심어 놓은 곡식은 채 자라지도 못한채 누렇게 말라 비틀어지기
시작했다. 농부들의 아우성은 목이 탈 지경이었다. 하늘에 한점
구름만 떠도.
　"오늘은 비가 내리려나?"
　"하늘도 무심하지 않으면 한 줄기라도 내리겠지."
　이렇게 하늘을 우러러 보며 비가 내리기를 기원했다.
　농사를 지어 생활하는 운림 또한 예외일 수는 없다. 그의 근심
은 곧 아내의 근심이기도 했다. 되려 아내의 근심이 몇 배 더 했는
지도 모른다.
　그러나 하늘은 파아란 몸둥아리를 드러 내놓은채 비 한방울
내리지 않는 것이었다.
　그런데 날이 가물자 운림에게는 또 한가지 근심이 생겼다. 그것
은 아내가 자꾸만 말라가는 것이었다. 얼굴에 그처럼 넘치던 생기
가 가시고 병색이 되어 가는 것이다.
　"여보, 올 농사를 못 지어도 양식은 되니 너무 상심 마오."
하고 운림은 아내를 위로 했다. 그러나 날이 가물면 가물수록
아내는 침식마저 잃어가는 것이다.
　날이 계속 가물어 운림지의 물도 밑창이 드러나게 되었고 초목
마저 시들시들 말라 죽기 시작했다.
　농부들은 기우제를 지내고 가진 방법을 다 동원해 보았으나
아무 소용이 없었다. 운림의 아내 역시 날이 갈수록 초조한 빛을

감추지 못하고 고민하는 것이다.

"여보, 정말 왜 이러는거요. 당신 혼자 당하는 일도 아니잖아.
모든 백성들이 겪는 일을 당신 혼자 애태운다고 될일이오. 가뭄
도 하늘의 뜻이 아니겠오. 제발 마음을 느긋하게 갖고 식사나
좀 하오."

운림은 이렇게 달래고 위로했으나 아내는 괴로운 가슴을 안고
억지로 쓴 웃음을 보일 뿐이다.

곁에서 갖은 말로 아내를 격려도 하고 위로 하다가 그만 자리에
누운채 잠이 들고 말았다.

이튿날 새벽 운림은 눈을 떴다. 그리고 아내의 건강이 염려되어
돌아 보았을 때 그는 또한번 놀라지 않을 수 없었다.

자기 옆에 누워 있어야 할 아내가 없지 않은가. 잠시 변소에라
도 나갔는가 싶어 기다렸으나 얼마가 지나도 아내는 돌아오지
않았다.

그는 불길한 예감이 들어,

"여보!"

하고 큰 소리로 불러 보았다.

그래도 아무 대답이 없었다.

"이게 어찌된 일인가? 갈 곳도 없는데 도대체 어디로 나갔을
까?"

그는 자리에서 벌떡 일어나 밖으로 나왔다. 그리고 사방을 두루
찾아 보았으나 도무지 행방을 알 수가 없었다. 그는 다시 방으로
들어와 여러 가지 궁리에 잠겼다. 그러다 문득 방 한구석에 놓여
있는 편지를 발견했다.

운림은 얼른 그 종이 쪽지를 펴서 읽어 보았다. 그 편지에는 다음과 같은 사연이 적혀 있었다.

'방종한 계집을 꾸짖어 주십시오. 차마 헤어질 수 없는 아쉬운 이별을 앞두고 몇자 올립니다. 저는 원래 사람이 아니라 운림지 연못 속에 살던 잉어였답니다. 그런데 당신의 그 아름다운 퉁소 소리에 그만 마음이 이끌려 외람되게 사람으로 화신하여 당신과 백년해로를 언약하였건만 제가 못에서 나온 까닭으로 날이 가물고 저도 더 이상 목숨을 유지할 수가 없게 되었습니다. 이제 제가 못으로 다시 들어가지 아니하면 세상의 생물은 온통 말라 죽게 되었으므로 할 수 없이 당신의 곁을 떠나가는 것입니다. 부디 저에 대한 정을 끊으시고 몸조심 하세요. 그리고 끝으로 한가지 부탁은 예전대로 운림지에 나와 잔잔한 물결 위에 당신의 모습을 비쳐주시고 그 아름다운 가락을 퉁소에 실어 들려 주시면 수중에서 나마 당신의 모습과 퉁소 소리를 들으며 지내겠습니다. 그럼 내내 안녕하시길 빕니다.'

편지를 다 읽고 난 운림은 찢어질 듯 메어오는 슬픔에 그만 그 자리에 엎드려 정신 없이 울었다.

"여보! 이게 어찌된 일이오. 이제 당신 없이 내 어떻게 혼자 살 수 있단 말이오!"

그는 자꾸만 아내를 부르며 통곡했다. 이렇듯 정신없이 울고 있는데 밖에서는 비가 온다고 떠드는 환성이 들렸다.

그 비가 온다는 소리에 퍼뜩 정신이 들어 귀를 기울이 과연 문 밖에서는 빗방울 떨어지는 소리가 들렸다. 빗방울은 차츰 굵어지더니 애타게 기다리던 비는 가뭄에 바싹 마른 대지를 촉촉히

적셔주고 있었다.

마을 사람들은 비를 맞으며 좋아라 춤을 추고 야단들이다. 그러나 비를 보아도 기쁘지 않는 운림은 아내 생각이 나서 더욱 슬프기만 했다.

그런 일이 있는 뒤부터 그는 아침 저녁으로 못가를 거닐며 사랑하는 아내의 모습을 그리는 것이었다. 뿐만 아니라 밤이면 통소를 들고 못가의 바위에 앉아 밤이 늦도록 불어댔다.

그 애련하고 구슬픈 가락은 잔잔한 수면에 울려 퍼지는 것이었으나 아내의 모습은 나타나지 않았다. 그는 통소를 불다 말고

"여보!"

하고 미친듯이 아내를 보르기도 했다. 그러나 그 소리는 어둔 밤 하늘에 흐터질뿐 아무 반응이 없었다.

그러던 어느날 밤이었다.

역시 운림은 못가에 나가 아내가 가장 즐기던 곡을 불었다. 이날따라 달이 밝아 아내에 대한 그리움은 더욱 사무쳤다. 미칠듯이 넋을 잃고 불어대는 통소 소리는 그야말로 흐느낌 그 자체였다.

이렇듯 통소에 도취되어 있을 때 어디선가

"선생님!"

하고 부르는 소리가 어렴풋이 들려왔다. 운림은 자기 귀를 의심하며 주위를 둘러 살폈다. 그러나 아무 그림자도 눈에 띄지 않았다. 그는 착각인가 하고 다시 통소를 입에 대었다.

그런데 또 자기 이름을 부르는 소리가 들렸다. 그것은 분명히 사랑하던 아내의 음성이었다. 그는,

"여보! 어디 있소?"

하며 소리 나는 방향으로 미친 듯이 달려갔다. 그 곳은 연못 가운데였다. 그는 손에 들었던 퉁소도 못가에 버리고 정신 없이 연못 속으로 철벅 철벅 걸어 들어가는 것이었다.

그 후부터는 밤마다 연못 가에서 들리던 퉁소 소리도 그치고 운림의 자취도 없어지고 말았다.

산 아래 사는 마을 사람들은 퉁소 소리가 안들리자 괴이하게 여겨 운림이 살던 오막살이로 가 보았으나 아무도 없었다. 더욱 이상하게 생각한 그들은 연못으로 가 보았다. 그랬더니 사람은 간곳 없고 연못가엔 주인 잃은 퉁소만이 버려져 있었다.

마을 사람들은 못에 빠져 죽은줄 알고 시체를 인양하러 온 못속을 뒤졌으나 끝내 운림의 시체는 나타나지 않았다.

그리하여 이 곳 사람들은 이 연못을 운림지(雲林池)라고 불렀으며 달이 밝고 바람이 잔 밤에는 못 속에서 운림이 부는 퉁소 소리가 들린다고 한다.

그리고 이곳 사람들은 가뭄이 심할때는 반드시 이 운림지에 와서 기우제를 지냈으며 그러면 곧 비가 내렸다고 한다.

뿐만 아니라 이 못 속에는 많은 고기들이 살고 있으나 그 고기를 잡으면 화를 입는다고 하여 아무도 운림지의 고기를 잡는 사람이 없다고 전한다.

백이숙제(伯夷叔齊)의 비(碑)

　황해도 해주(黃海道 海州)에 가면 북쪽으로 수양산(首陽山)이 우뚝 솟아 앞으로 해주만을 내려다 보고 있다.

　그런데 이 수양산 오르는 초엽에 광석천(鑛石川)이란 맑은 내가 해주시를 흘러 내리고 그 상류에 백이숙제(伯夷叔齊)의 사당이 있고 사당 앞에는 세 길이 넘는 큰 비석이 서 있다.

　그 비석에는 백세청풍(百世淸風)이란 단 네글자가 새겨져 있는데 그 글자 획이 얼마나 깊이 파졌는지 쌀을 부으면 닷말이 넘게 들어간다고 한다. 그런데 이 백세청풍이란 비석을 세운데는 다음과 같은 이야기가 전해져 오고 있다.

　옛 주(周)나라의 무왕(武王)이 포악한 주(紂)를 치려고 하자 백이(伯夷)와 숙제(叔齊)는 제후로서 천자를 치는 것은 불의(不義)이니 주를 쳐서는 안된다고 말고삐를 붙잡고 간했던 것이다.

　그러나 무왕은 백이숙제의 간함을 듣지 않았다. 그러자 백이숙제는 주나라의 곡식을 먹지 않겠노라 결의하고 함께 수양산 깊은 골짜기로 들어가 고사리를 뜯어 먹고 지내다 결국 굶어 죽고 말았다.

그 수양산이 황해도 해주에 있으며 조선에서는 여기에 백이숙제의 사당을 짓고 비석을 세우기로 했는데 그 글씨(비문)를 멀리 중국에 까지 가서 주자(走者)에서 받아 오기로 하였던 것이다.

나라에서는 사신을 보내기로 했다. 그리하여 명을 받은 사신은 중국에 들어가 주자를 뵙고 비석의 글씨를 청하였다.

주자는 조선의 그 취지에 크게 감동하여 한참 생각에 잠기더니 필묵을 들었다. 그리고,

'백세청풍(百世淸風)'

이라고 네 자를 써서 조선의 사신에게 주었다.

사신은 그 글을 소중히 갖고 여러 수행원과 함께 배를 탔다. 황해를 건너 해주(海州)로 향한 것이다.

그런데 중국 대륙에서 한나절을 나왔을 때다. 잔잔한 해상엔 차츰 풍랑이 일기 시작하더니 맑은 하늘에 먹구름이 덮히는 것이다.

배가 흔들리기 시작하자 선원들은 자못 긴장하기 시작했다. 돛을 내리고 닻줄을 사리는 등 법석을 떨었다. 그러나 바람은 잘줄을 몰랐다. 배는 노도에 실려 나무잎 처럼 흔들리기 시작했다.

바람은 갈수록 세차게 불어 금시라도 배를 집어 삼킬듯이 무서운 파도가 밀어 닥친다.

위기일발. 자칫하면 그대로 바다의 귀신이 될 지경이다. 사신도 위급하게 되자 얼굴 표정이 굳어졌다. 그는 선장을 불러,

"이 바람이 심상치 않은데 무슨 대책이 없겠느냐?"

하고 물었다.

"글쎄올시다. 아무래도 심상치 않은 바람입니다. 이것은 분명 해신의 농간같은 데 필경 무슨 곡절이 있는가 봅니다."

이 사람 저 사람에게 대책을 물었으나 신통한 수가 있을리 없다. 사방은 막막한 바다뿐 하늘은 자꾸만 어두워 오고 그야말로 모든 운명을 신에 위탁하고 죽음을 기다리는 도리 밖에 없었다.

사신과 수행원들은 배가 흔들리는 대로 이리 쏠리고 저리 딩굴다 배멀미를 하더니 그대로 죽은듯 쓰러지고 말았다.

사신과 여러 선원들은 얼굴이 파아랗게 질려가지고 하늘과 용왕에게 풍낭이 잦기를 빌고 또 빌었다. 그러나 아무 효험이 있을리 없었다.

"이제는 하는 수 없구나!"

하고 사신은 살아서 돌아가기를 체념하는 수 밖에 없었다.

바람은 점점 더 기세를 올려 큰 물결은 미친듯 날뛰었다.

이때 배멀미에 지쳐 쓸어졌던 한 지혜 많은 수행원 한 사람이 부시시 눈을 뜨고 일어나더니,

"참 이상도 하구나."

하고 혼자 중얼거리는 것이다. 그리고는 사신 앞으로 다가오더니

"바람이 불고 풍랑이 심한 까때을 이제야 비로소 알았습니다."

하고 말하는 것이다.

이 말에 사신은 귀가 번쩍 띄어,

"도대체 그 까닭이 무엇이란 말이요?"

하고 다그쳐 묻는 것이었다.

"소인이 방금 뱃바닥에 쓰러져 있는 동안 꿈을 꾸었습니다. 그런데 용왕이 나타나 제게 이르는 말씀이 이 배안에 바람 풍 (風)자가 있어 풍랑을 일으키니 어서 그 바람 풍자를 잘라 바닷 물에 띄워버리라는 것이었습니다."

"그것이 사실이오?"

"네, 분명 꿈에 현몽한 용왕이 분부이옵니다."

이 말을 듣자 여러 수행원과 선원들은 반색을 하고 날뛰는 것이다. 그들의 얼굴에는 금세 생기가 돌았다. 그러나 사신만은 그렇지가 않았다. 그는 혼자 깊은 생각에 잠기더니,

"하지만 그것은 안될 일이오. 넉자 가운데 한자를 띄어버리고 나머지 석자 만을 가지고 돌아가 무슨 면목으로 복명한단 말이오."

사신은 이렇게 말하는 것이다. 차라리 배가 풍랑에 엎어져 모두 물에 빠져 죽는 한이 있더라도 그것만은 못하겠노라고 스스로 결심하였던 것이다.

그러나 여러 사람은 입에서 어서 그 바람풍자를 띄워 물속에 띄우라는 명령이 내리기만 초조히 기다리고 있는 것이었다.

그러나 사신은 눈을 감은채 좀처럼 입을 뗄 염도 않는다. 곁에서 그의 명을 기다리다 못해,

"어찌 하시렵니까? 나리, 어서 명을 내리시어 이 풍랑을 진정케 하시지요."

하고 재촉 하듯 말했다.

그러나 사신은 엄숙하게,

"그것은 할 수 없어."

하고 고개를 좌우로 흔들었다.

이러는 동안에도 바람은 여전히 불었다. 배는 나무조각처럼 나풀거리며 금새라도 물 속에 빨려 들어갈 것만 같았다. 수행원들은 묵묵히 앉아 사신의 얼굴을 원망스러운 듯이 바라보고 있다가,

"나리, 풍랑은 점점 심해질 뿐 아니라 날이 저물기 시작했습니다, 어서 결정을 내려 주십시요."

하고 또 간청을 했다.

날이 어두워지자 그처럼 안된다고 버티던 사신도 마음이 좀 동요된 데다가 배에서는 여러 수행원들이 살기 위해 애원하는 모습을 보고 차마 끝까지 못하고 드디어,

"그럼 너희들의 소원이 정 그렇다면 바람풍자 한 자만을 바닷물에 띄어 버려라."

하고 허락을 하였다.

여러 수행원들과 사공들은 좋아 어쩔줄을 모르며 재빨리 바람풍자를 잘라 파도치는 물결위에 내던졌다.

참으로 이상한 일이다.

그 글자를 바닷 속에 집어 넣자마자 일렁거리던 파도는 잔잔해지며 바람이 자는 것이 아닌가. 해면은 어느새 거울같이 맑아져 저녁노을에 빨갛게 물들었다.

여러 사람들은 환성을 올렸다. 죽음에서 살아난 생의 환희가 그들의 얼굴마다에 새겨졌다.

이리하여 사신 일행이 탄 배는 무사히 황해를 건너 해주에 도착했다.

그리하여 유명한 석수를 뽑아 비를 새겨가지고 세우게 되었는데 백(百), 세(世), 청(淸)의 석자는 있었지만 바람 풍(風)자 한자가 없었으므로 누구에게 부탁해 그 한자를 쓸까 걱정들을 하고 있었다.

그때 어떤 동자(童子) 하나가 나타나더니,

"제가 쓰겠습니다."

하는 것이었다.

"너는 아직 나이도 어린데 뉘 집의 누구이냐?"

하고 물었다.

"나는 수양산인(首陽山人)이라고 하는 사람인데 무엇 배운 것은 별로 없지만은 그 바람풍자는 제가 써 드리겠습니다."

하고 자청하는 것이었다.

그러나 여러 사람들은 그가 과연 글 재주가 있는지 없는지 알 수 없어 대답을 못하고 있는데 그 동자는 어느새 붓을 들고 크게 바람풍자를 써 놓았다.

과연 보기 드문 명필이었다. 주위에 섰던 여러 사람들은 동자의 글을 보자 놀라지 않을 수 없었다.

그리하여 그 글자를 새겨 비를 세우기로 했는데 그 동자는 아무 말 없이 글자만을 써 놓더니 그만 그 자리에 피를 토하고 쓰러져 죽어 버렸다.

참으로 이상한 일이었다. 돌연한 일에 모두들 놀랐다.

너무나 정력을 한 곳에 쏟았기 때문에 그 동자가 죽은 것이라고들 했다.

그 뒤 세종(世宗)대왕때 집현전 학자이던 성삼문(成三問)이가

수양산에 왔다가 백이숙제의 비를 참배하고 거기에 다음과 같은
글 한 수를 지어 붙였다.

'당년고마엄언죄(當年叩馬敢言非)

대의당당일월휘(大義堂堂日月輝)

초군역점주우로(草君亦沾周雨露)

괴군단식수인미(愧君博食首隣薇)'

이 글뜻은 그의 의를 탄상하고 초목도 또한 주나라 비와 이슬을
먹고 자라났으니 고사리 먹은 것도 부끄러운 일이라고 한 것이
다.

그래서 비에서는 땀이 흘렀다는 말이 있다.

해주를 찾는 사람이면 누구나 수양산 밑에 서있는 백세청풍
비를 찾았다 하는데 지금은 분단으로 인해 가 볼 수 없음이 아쉽
기만 하다.

한나루의 영웅(英雄)바위

지금도 충청남도(忠淸南道)와 경기도(京畿道)의 경계에 한나루
(漢津) 라는 큰 나루가 있는데 전설에 의하면 원래 그 곳은 육지
였으며 여기엔 다음과 같은 전설이 전해내려 오고 있다.

선조(宣祖)때의 일이다.

이때 아산현감(牙山縣監)으로 토정(土亭)선생이 있었다. 토정
선생이라면 누구나 알고 있는 토정비결(土亭祕決)을 쓰신 분으로
아주 유명한 사람이다.

그는 원으로 있으면서도 백성들의 살림을 자기 살림처럼 잘
보살피고 민원사범을 신속하고 공정하게 처리하여 백성들의 칭송
이 여간 아니었다.

더우기 토정선생은 풍수지리에 밝고 게다가 축지법(縮地法)
까지 한다는 위인으로 앞일도 내다 보았다.

하루는 저녁식사를 하고 뜰을 산책하던 토정선생이 가만히
밤하늘을 쳐다 보더니,

"아하, 큰일 났구나."

하고 개탄하는 것이었다.

이때 곁에서 같이 수행하던 아전이,

"사또님 무슨 변괴의 징조라도 보이십니까?"

하고 물었다.

"내일 오시(午時)쯤 되면 큰 비가 내려 홍수가 나고 거기에 큰 나루터가 생기겠으니 무고한 백성이 사할 징조가 보인단 말일세."

그는 이러면서 곧 지팽이를 깁디니 홍수가 날 현징으로 딜러 갔다.

그리하여 그 원은 집집을 찾아 다니며,

"여보시오, 내일 큰 비가 내려 홍수가 날테니 어서 피난할 준비를 하시오."

하고 외치며 다녔다.

아닌 밤중에 홍두께격으로 곤히 잠든 집 대문을 두드리며 떠들어 대자 마을 사람들은 웅성거리기 시작했다.

"왜 그래?"

"무슨 변이 일어났나?"

"아니 이렇게 별이 총총한데 무슨 홍수가 난다고 야단이람"

"아마 실성한 사람이 떠들고 다니는 소리인가봐."

그들은 원인줄 모르고 이렇게 투덜대며 좀처럼 믿으려 들지 않았다.

그러나 그중에는 그 소리를 믿는 사람도 있어 한 밤중에 짐을 꾸리고 양식을 준비하여 높은 산으로 피한 사람도 있었다.

토정선생은 다시 다음 마을로 건너가 역시 내일 오정쯤 되면 큰 홍수가 날터이니 어서 이 밤중으로 피난을 가라고 외치고 돌아

다녔다.

이렇게 돌아다니다 보니 벌써 밤은 자정(子正)이나 되었다. 그래도 지칠줄 모르고 백성을 구하기 위해 돌아 다니는데 저쪽에서 한 협수룩한 지게꾼이 원의 곁으로 다가오면서,

"내 발등에 떨어진 불은 못보고 남의 발등에 떨어진 불만 끄러
다니는군."

하고 코웃음을 치며 지나 가는 것이 아닌가.

이 말에 토정선생은 놀라지 않을 수 없었다. 그리하여 곧 그의 뒤를 쫓아가면서,

"여보시오. 잠깐만……."

하고 불렀다.

그러나 그 사람은 뒤를 돌아 보지도 않고 그대로 빠른 걸음으로 걷는 것이다. 얼마나 그 걸음이 빠른지 도저히 따라갈 수가 없어 토정선생은 축지법으로 그를 쫓아가며,

"여보시오, 잠깐만……."

하고 또 불렀다. 그제서야 귀찮은듯 뒤를 돌아 보며,

"나도 길이 바쁜데 왜 자꾸 부르는거요?"

하고 투명스럽게 내뱉는다.

그러나 토정선생은 그가 범상한 인물이 아니라는 것을 벌써 알고 있었기 때문에 조금도 불쾌하지 않게,

"선생이 방금 하신 말씀이 무슨 뜻인지요?"

하고 공손하게 물었다.

그러나 그 협수룩한 사나이는 걸음을 멈추지 않은 채,

"그래도 못 알아 듣는단 말이오?"

한다.

토정은 빨리 그의 뒤를 쫓아가며 간청하듯,

"아직 그 뜻을 새길 수 없습니다. 어서 가르쳐 주십시오."

하였다.

"아까도 말 했지만 지금 당신이 남을 구하고 다닐 때가 아니란 말이오. 어서 자신의 급함을 먼저 깨달으란 말이외다."

그래도 토정선생은 그것이 무슨 말인지 이해가 되지 않는 것이었다.

"좀 더 자세히 말씀해 주십시오."

토정선생은 다시 간청했다.

"정 그렇다면 내 일러 드리리다. 지금 얼마 안되어 이 앞이 터질 것인즉 당신의 생명이 위태롭단 말이오. 그러니 남의 걱정만 하지 말고 어서 자신의 안전을 강구하란 말이외다."

이 말에 토정선생은 깜짝 놀라며,

"아니, 저는 내일 오정에야 터질줄로 알고 있는데요."

"아니오. 자시(子時)와 오시(午時)는 서로 상충하는 법이오. 내일 오정에도 물이 들어 오겠지만 오늘 자정에 먼저 터질 것은 모르고 있군요."

이렇게 말하더니 그는 어디론가 자취를 감추고 마는 것이었다.

토정은 자신의 오산을 비로소 깨닫고 후회하는 것이었다.

"아뿔사, 내가 그것을 몰랐었구나."

이렇게 개탄하고 있을 때 돌연 천지가 진동하는 소리와 함께 큰 비가 쏟아지더니 앞의 전답이 땅 속으로 푹 꺼지며 금시 바다로 변하는 것이었다.

물론 그 안에 있던 집과 사람은 모두 물속에 잠겨버리고 말았다. 하지만 토정선생의 말을 믿고 그 밤중에 피신한 사람만이 살아 났다.

이리하여 지금의 한나루가 생겼다는 것이며 그 헙수룩한 사나이는 산신령으로 토정선생의 생명이 위험하므로 그를 구하기 위해 나타났었다고 전한다.

그리고 이 한나루의 한 가운데에 우뚝 솟은 바위가 있고 그 주위에 많은 바위가 솟아 있는데 그 바위는 그 옛날 큰 부자집 장독대 였다고 하며 지금은 그 바위를 영웅바위라고 부르는데 이 바위에는 또 다음과 같은 전설이 전해지고 있다.

어느 전란 때의 이야기다.

수천의 병정을 거느린 적군이 이 한나루를 건너려고 섰을 때 저 편에서 몸집이 큰 장수 하나가 여러 군사를 거느리고 물을 건너 오는 것이 아닌가. 적장은 겁을 집어 먹고 자세히 살펴 보니 그들은 배도 타지 않고 그냥 물을 건너오는 것이었다.

"참으로 이 나라에는 무서운 장수가 있구나."
하고 망서리고 있는데 곁에 있던 적의 부장이,

"장군, 저 기세가 당당한 장수의 모습을 보십시오. 그리고 그냥 물을 건너는 병졸의 모습 또한 혁혁하지 않습니까? 그런데 우리 군사는 그 동안 행군에 지쳐 있습니다. 그러니 여기서 저들과 일전을 겨룬다는 것은 무모한 일인줄 압니다."
하고 퇴군하길 간하는 것이었다.

적장도 은근히 겁을 집어 먹고 있던터라 곧 그는 전군에게 명하여 퇴진하라고 전했다.

이리하여 화를 면하게 되었는데 그때 물을 건너오던 장수와 군졸들은 실제 인물이 아니라 한나루 가운데 우뚝 솟아 있는 바위였던 것이다. 그것이 달빛에 비쳐 적장을 놀라게 했던 것이라고 한다.

그 뒤부터 이 곳 사람들은 그 바위를 영웅바위라고 부르게 되었나고 전하는 것이다.

상사바위의 유래

"애 억쇠야……."

안방에서 머슴 억쇠를 부르는 소리가 뒷마당에 자리잡은 별당 (別堂)에 까지 들려왔다.

복녀(福女)는 신발을 질질 끄는 소리가 나자 문앞으로 바짝 다가가 앉았다.

미리 뚫어져 있는 구멍에 초롱초롱 샛별처럼 빛나는 눈을 갖다 댔다.

문구멍을 통해서 마당을 오고가는 억쇠의 모습이 일일이 내다 보였다.

'어머나, 저 떡 벌어진 가슴팍, 늠늠한 체격, 부리부리한 눈동 자! 비록 머슴살이를 할망정 준수하고 듬직하게 생긴 모습은 마치 귀공자(貴公子)와도 같애……'

어머니에게 갈려고 부지런히 몸단장을 하는 억쇠 모습은 복녀 의 마음속에 이러한 찬사를 하고도 남음이 있었다.

그만치 억쇠의 모습은 귀골풍이 었고 늠름한 사나이로서의 풍체를 지니고 있었다.

"억쇠……."

가만히 입안에서 불러보는 억쇠의 이름은 부르면 부를수록 정다워지는 이름이었다.

어머니가 억쇠라고 지어 붙힌 이름이 제법 격에 맞는다고 복녀는 생각했다.

복녀는 조용히 자리에서 일어났다.

곱게 다듬이 올린 머리와 엷게 분단장을 한 얼굴이 복사꽃처럼 피어 올랐고, 또한 반회장 저고리에 시원스런 갑사치마가 날아갈 듯 가볍게 보였다.

복녀는 문을 열어 조용히 뒷돌을 딛고 밖으로 나섰다.

밖으로 나선 사람의 기척을 깨닫고는 분주하게 세수를 하던 억쇠가 놀란듯 옷을 주섬주섬 줏어 입는 것이었다.

"……."

복녀는 새침한 표정으로 억쇠의 곁을 스치기라도 할듯 가깝게 지나쳐 갔다.

"……."

지분 냄새가 억쇠의 코를 못견디게 자극하면서 풍겨 왔다.

그러나 그것은 하나도 실속없는 냄새였고 감히 넘겨다 볼수 없는 실로 범할수 없는 것이었다.

억쇠는 준수하게 생긴 반면 스스로의 처신도 어디까지나 말끔하고 깨끗했다.

머슴살이를 하는 자신과 부자집 김정승의 딸 복녀와는 도저히 엉킬수 없는 담이 가로놓여 있음을 너무나도 잘 알고 있었다.

그런 생각이었기 때문에 감히 생각할 수 조차도 없는 것이라고 억쇠는 마음 깊숙히 다짐하고 있었다.

옷을 주섬주섬 줏어 입으며 억쇠는 머리를 쓱쓱 손가락으로 끼고는 헛기침을 하면서 안마당으로 기침을 하면서 다가갔다.

그때였다.

갑사 치마를 조용히 끌면서 복녀가 또다시 억쇠의 옆을 스쳐가는게 아닌가?

스쳐가는 복녀의 눈에는 잔잔하고 싸늘한 미소가 담뿍 담겨져 있었다.

웃음을 보는 억쇠의 마음은 보지 말아야 할 것을 본 그러한 느낌이었다.

"어쩌자고 나에게 웃음을 보여 주는 것일까?"

억쇠는 복녀가 자기에게 보내는 웃음이 새삼스러운 것이 아니었으나 이날 따라 마음이 이상스럽게 뒤설레이는 것이었다.

"마음이 약해져서는 아니된다. 나는 머슴놈이 아니냐?"

마음씨 착하고 어진 억쇠는 이렇게 스스로의 마음을 자제하면서 조용히 주인 마님의 분부를 기다리는 수밖에 없었다.

그러나 눈 앞에는 조금전 자기 곁을 스쳐가면서 잔잔한 눈웃음을 주던 복녀의 탐스러운 얼굴이 아련히 맴도는 것을 어쩔 수는 없었다.

김정승은 말만 정승이었지 이미 모든 부귀영화를 버리고 이 단양(丹陽)땅에서 농사를 지으면서 하루하루를 즐기고 있었다.

김정승에게는 다만 무남독녀 복녀가 있을 뿐이었다.

자식 얻기를 수없이 애를 썼고 유명한 산수를 찾아 다니면서 공들여 지성을 들였으나 끝내 아들은 얻지 못하고 나이 육십을 넘겼던 것이었다.

인생의 모든 즐거움과 슬픔을 오직 복녀 하나에게만 의지해 가면서 살아가고 있었다.

그러니 복녀는 김정승 내외에게는 금이야 옥이야하고 길러낸 귀염둥이 중에서도 귀염둥이 었다.

귀염둥이 복녀의 미색(美色)이 또한 절색인지라 나이가 성숙해 지사 이곳 저곳에서 혼담이 쏟아져 들어 오기 시작했다.

김정승 내외는 이 많은 혼담 중에서도 신중을 기하고 있었다.

그것은 다름 아니라 아들이 없는 집안이라 김정승의 가사를 다스리고 이끌어 가야할 아들을 겸한 데릴사위가 필요했던 것이다.

"영감, 정말 우리들 욕심만 차리다간 좋은 혼처 다 놓치겠수……."

"글쎄 좀 기다려 봅시다. 적당한 배필이 나타날지 누가 압니까?"

김정승 내외는 끝내 어떤 결정을 짓지 못하고 망서리고만 있었다.

그러던 중 단양 땅에서 과히 멀지 않은 곳에서 적당한 혼처가 나타났다.

집안도 양반이고 당자도 착실한 편이며, 둘째 아들인고로 데릴사위를 해도 좋을 그런 자리였다.

김정승은 데릴사위로 삼을 수 있다는 조건 하나로 쾌히 승락하고야 말았다.

이러한 집안의 일을 까마득하게 모르고 있는 복녀는 그저 즐겁기만 했다.

미남머슴 억쇠에게 향하는 연정(戀情)을 불태울 뿐이었다.

"어떻게 하면 이 불타는 나의 마음을 전할 수가 있을까?"

자나 깨나, 앉으나 서나 복녀에게는 이러한 생각이 가슴 벅차게 끌어 오르고 있을 뿐이었다.

이러한 생각으로 마음과 몸이 안달이 날대로 나 있는 복녀는 그저 마당을 오르고 있을 뿐이었다.

그러던 어느 날이었다.

어머니 윤씨가 복녀를 조용히 불러 앉히는 것이었다.

"덥지 않니?"

"어머님두 언제 부터 그렇게 알뜰히 걱정해 주셨습니까?"

"앗다 너두 이젠 능청스럽게 못하는 소리가 없구나……."

"나이가 몇살인데요?"

"안다, 알어, 그렇지 않아도 그 일 때문에 널 부른거다."

"그 일 때문이라니요?"

"앗다, 너의 혼사 문제다."

"혼사요?"

"그럼, 아주 안성맞춤이기에 오늘 너의 아버지가 정해 버렸다."

"……."

순간 복녀의 마음은 이루 말할 수 없이 뒤흔들리는 것이었다.

"그렇게 알고, 너도 열심히 성혼 준비 해야만 한다. 쓸데 없는 잡념은 버리고 알겠느냐."

복녀는 어떻게 제방으로 돌아 왔는지 도무지 생각을 종잡을 수가 없었다.

문고리를 잡고, 그저 흐르는 눈물을 주체할 수가 없었다.

흐르는 눈물은 고운 갑사 저고리에 얼룩을 지웠고, 나중에는 엉엉 소리까지 내며 슬피 울었다.

"결혼을 하다니, 그럼. 난 내가 좋아하는 억쇠와는……."

억쇠의 부리부리하게 시원스런 눈동자가 복녀의 눈앞에 어리는 것이었다.

"아씨! 아씨!"

그때 문밖에서 복녀를 찾는 억쇠의 음성이 들려 왔다.

복녀는 후딱 정신이 드는 것이었다.

"아씨!"

억쇠는 문밖에서 또 한 번 불렀다.

소리 없이 우는 복녀가 틀림없이 머리가 몹시 괴롭거나 아프기 때문이라고 믿은 억쇠는 얼마를 망서리다가 용기를 내어서 아씨의 이름을 부른 것이었다.

아씨의 이름을 부르는 억쇠의 마음도 초조했다.

이러한 제 꼴을 마님이나 정승영감에게 들키는 날이면 살아남을 가망이 없는 노릇이었기 때문이었다.

"아씨!"

"누구?"

복녀는 퉁퉁 부운 눈을 부비면서 장지문을 삐죽이 열었다.

"아니? 어쩐 일로……."

"행여나 아씨가 어디가 몹시 불편하지는 않나 해서……."

"아니야 아무것도……."

"그렇담, 아씨는 왜 우시는겁니까?"

"아 그건……저 마음이 좀 괴로우니……."

한동안 두 사람은 말이 없었다.

억쇠는 다소곳이 고개를 숙이고 있었고, 복녀는 열심히 억쇠의 다정스럽고 탐스러운 모습을 훑어 내리고 있었다.

"억쇠!"

"네?"

"내 방에 좀 들어 올래……."

"그건…… 그건 안됩니다. 만약 마님이 보시는 날이면……."

"괜찮아, 그건, 어서 좀 들어 와……."

"그렇지만……."

"괜찮대두……."

"그럴 수가 없습니다. 아씨!"

억쇠는 조용히 허리를 굽히면서 저쪽으로 슬금슬금 사라져 가는 것이었다.

그것을 바라보는 복녀의 마음은 더한층 설음이 복받쳐 올라왔다.

말할 수 없는 설움이 가슴에 가득히 넘쳐 흘러 내리는 것이었다.

"억쇠……."

복녀는 자리에 와락 쓰러지면서 울음을 터트렸다.

억쇠는 한결 몸을 조심했다.

될 수 있으면 아씨가 거처하는 이 별당엔 출입을 금했고, 쓰레질을 하거나 나무손질을 하는 시간도 아씨가 자리에서 깨어나기

전을 택하여 말끔히 치웠다.

복녀의 뜨거운 눈이 어떠한 예측할 수 없는 일을 저지를까가 두려웠던 것이었다.

이러한 억쇠의 내심을 헤아릴길 없는 김정승 내외는 요즘따라 억쇠가 부지런해졌다고 기뻐하면서 대우도 전보다 훨씬 달라지는 것이었다.

그러나 복녀는 억쇠가 쓰레질을 하는 동안 새벽 잠이 든 것은 결코 아니었다.

혼자 자리에 누워 골똘히 생각에 잠기었고, 억쇠를 두고 다른 누구와 결혼을 할 수 있을까를 열심히 생각하고 있었다.

어떻게 하던지 사랑하는 억쇠에게 스스로의 마음을 전해야만 되겠다고 혼자 잠못 이루는 밤을 뒤채고 있었다.

이날 아침도 날씨가 채 밝기도 전에 억쇠는 별당에서 부터 조용히 쓰레 질을 하면서 나오기 시작했다.

쓰레질에 여념이 없는 억쇠의 눈앞에 다른것이 보일 리가 없었다.

억쇠가 나무가지에 걸려 펄럭이는 천조각이 버린 물건이려니 생각하고 잡아당긴 순간, 억쇠는 소스라치게 놀라지 않을 수가 없었다.

그것은 버린 천조각이 아니라, 복녀의 펄럭이는 치마자락이었던 것이다.

"아씨! 이 아침에 웬 일이십니까?"

"……."

억쇠는 정중히 말하면서 복녀의 깨끗한 모습을 더듬어 올라갔다.

"날씨가 새벽이라 몹시 찬데 감기라도 드시면 어쩌실려구……."

"……."

그러나 복녀에게서는 아무런 대답이 없었다.

"어서 방안으로 들어 가시지요."

억쇠의 이러한 말이 떨어지기도 전에 억쇠는 품안으로 와락 뛰어드는 복녀의 몸무게를 어쩔 수가 없었다.

억쇠의 품에 달려든 복녀는 와락 울음을 터트려 놓는 것이었다.

"아씨! 이러시면 안됩니다. 마님이 보시면……."

"난 몰라 몰라……."

"뭘 모르신다는 말입니까?"

"몰라, 몰라, 억쇠는 남의 속도 모르고."

"글쎄. 뭘 모르신다는 말입니까?"

"벽창호, 억쇠는 벽창호야……."

"벽창호라도 어쩌는 수가 없습니다."

말을 끝낸 억쇠는 복녀의 몸을 가볍게 밀치고는 재빨리 바깥 마당으로 사라지는 것이었다.

복녀는 그 자리에 쓰러져 창자를 토하는 듯한 울음을 쏟아 놓았다.

"벽창호……."

달아 오르는 스스로의 마음을 몰라주는 억쇠가 밉기까지 했다.

복녀의 성혼 날짜는 야금야금 다가왔다.

하루하루 가까워져 오는 결혼날을 앞두고 복녀의 마음은 한결 초조해지기 시작했다.

"억쇠가 아닌 다른 남자에게 시집을 가느니 차라리 죽어 버릴까 보다."

집 안팎은 결혼에 쓸 혼수감을 떠다가 마련하기에 남녀 노소할 것 없이 웅성웅성 분주하게 움직여 갔다.

그러한 사람들의 모습을 보는 복녀의 마음은 더한층 괴로웠고 쓰라렸다.

"정말 이토록 호화로운 잔치 준비를 해 보기는 내 난생 처음이 구만……."

아낙네들은 부지런히 바느질을 하면서 서로들 깔깔거리고 웃음을 터트리는 것이었다.

남한강(南漢江) 줄기가 산골짜기를 타고 흘러 내리며 지류(支流)를 이루는 이 단양 땅도 장마철이면 놀라울 정도로 골짜기 물이 불어났다.

복녀의 결혼을 이틀 앞둔……벌써 장마철도 지났고 줄기차게 퍼부을 비도 없을 때인 데 천둥이 치고 번개가 번쩍거리더니 세차게 비가 쏟아져 내리는 것이었다.

산골짜기에서는 집이 떠내려 오고, 닭이며 돼지 소가 떠내려 오는가 하면 사람살려 달라고 아우성을 치면서 떠내려 가는 사람도 적지 않게 있었다.

이 단양땅의 조그마한 마을……복녀가 살고 있는 집앞에 흐르고 있는 냇물도 줄기차게 흐르면서 전답을 휩쓸었다.

"사람살려!"

시뻘건 홍수에 휩쓸려 떠내려 가는 사람들이 단말마의 소리를 지르는 것이었다.

강가에는 물구경을 나온 수많은 사람들이 그저 발만 동동 구를 뿐이었다.

그때였다.

홍수에 첨벙 뛰어드는 사람이 있었다.

그것은 물구경을 나와 참다 못한 억쇠였다.

억쇠는 홍수에 떠내려 오는 사람들을 하나, 둘 억척스럽게도 건져내는 것이었다.

억쇠의 이러한 용감한 모습을 바라보는 사람들은 그저 고마워 어쩔줄을 모를 뿐이었다.

억쇠는 떠내려 오는 수많은 사람을 건져 냈다.

그러는 동안 억쇠의 몸은 지칠대로 지치고 있었다.

강기슭에서 지친 몸을 쉬고 다시 사람을 건지러 들어간 억쇠가 탁류에 휩쓸려 들어간 것이었다.

"억쇠가 휩쓸렸다."

"아이구, 저걸 저걸……누가 억쇠를 살려낼 사람은 없나?"

사람들은 강기슭에서 발을 동동 구르면서 소리쳤다.

그러나 누구 한사람 억쇠를 구해내려고 강으로 뛰어 드는 사람은 없었다.

저마다 발을 동동 구르는데 굽이치는 탁류를 향하여 첨벙 뛰어 드는 사람이 있었다.

그것은 여인이었다.

누구하나 그 여인의 정체를 아는 사람은 없었다.

억수같은 비가 쏟아지고 있기 때문에 얼굴도 분별할 수가 없을 정도였다.

그러나 탁류에 휩쓸려간 억쇠나 여인의 소식이 그대로 되살아 올리는 없었다.

김정승댁에서는 내일로 다가선 결혼을 앞두고 분주하게 움직이고 있었기 때문에 억쇠기 홍수에 휩쓸러 갔는지, 딸 복너기 어떻게 되었는지도 염두에 없었다.

그러나 물줄기가 줄어 들고, 햇빛이 째랑째랑 나자 김정승댁은 발칵 뒤집혔다.

혼사준비를 하던 사람들이 저마다 강기슭으로 몰려나와 복녀와 억쇠의 행방을 수소문하기에 여념이 없었다.

김정승 내외는 그저 실성한 사람처럼 멍청하게 하늘만 우러볼 뿐이었다.

강기슭을 샅샅이 뒤지는 사람들이 억쇠의 시체를 발견한 것은 집 앞에서도 거의 한 마장이나 떨어진 곳에서였다.

그러나 억쇠의 시체는 하나가 아니었다.

억쇠의 시체를 꼭 끌어 안고, 마치 다정한 밀어를 속삭이기라도 하듯 얼굴에 얼굴을 대고 죽어있는 아름다운 처녀……

그것은 말할 것도 없이 복녀였다.

이 놀라운 사실에 김정승댁에서는 또한번 발칵 뒤집혔다.

이쨌던 수많은 말썽을 남긴 채 억쇠와 복녀의 무덤은 하나로 마련되었다.

장정들이 달려 들어 복녀와 억쇠의 시체를 아무리 떼어 놓으려고 해도 뜯을 수가 없는 것이었다.

결국 합장하기로 했다.

물이 완전히 빠지자 복녀와 억쇠가 꼭 껴 안은 채 죽어 있던 자리에서는 어느 사이엔가 커다란 두개의 바위가 솟아 오른 것이었다.

하나는 크고, 또 하나는 좀 작고 그 사이는 다정하게 연결되어 있었다.

이 마을에서는 이 바위를 상사바위라고 불렀다.

상사바위를 가진 이 마을 이름을 상사골이라고 지어 부른것도 결국 이 얘기에서 연유한 것이리라.

이렇게 해서 평소에 뜨겁게 사랑하던 억쇠를 내것으로 만든 복녀와 억쇠의 명복을 빌어주는 반면, 장마가 들지 않게 끔 기원하는 풍습이 전해져 오고 있다.

복녀라는 한 여인의 끈질긴 집념(執念)이 이루어 놓은 신화(神化)라고나 할까?

어쨌든 아름다운 전설이다.

마십굴의 애화(哀話)

황해도 수안군 성동면의 도화리라는 동리에 가면 마십굴이라고 하는 굴이 있다. 이 굴은 깍아 세운 듯한 절벽 한복판에 뚫린 깊은 석굴로 입구의 높이가 약 30척 가량 되기 때문에 서서 들어갈 수가 있으나 한 5, 6간 들어가면 허리를 굽히지 않고서는 들어갈 수 없을 만큼 얕아진다. 더구나 그대로 한 이십여간 들어가면 기어서야만 들어갈 수 있을 만큼 낮기 때문에 끝까지는 들어가 볼 수가 없다. 그래서 이 굴의 깊이가 얼마나 되는지는 아무도 모르지만 그곳 사람들은 한 50리쯤 될것이라고들 한다. 이 마십굴에 대해서는 다음과 같은 재미있는 전설이 전해져 오고 있다.

옛날 이 산골에는 마십이라고 하는 나뭇꾼이 살고 있었는데 마음이 착한 반면 사람이 좀 어리석었다. 그래서 동네 사람들은 그를 바보 마십이라고 별명지어 불렀다. 그러나 그는 누가 놀려도 욕을 해도 화를 안낼뿐 아니라 마음은 정직해 거짓말도 안하는 우직하고 소박한 사람이었다. 그런데 마십이 이렇게 어리석은 반면에 그 아내는 아주 똑똑하고 영리한데다가 얼굴까지 절세미인이었다. 그래서 동네 사람들은 그의 아내로는 참으로 아깝다고

들 했다.

그러니 마십의 아내 위하는 마음은 남달리 깊었고 아내 또한 극진히 남편을 위하고 사랑했기 때문에 두 내외는 금슬이 좋았고 정이 깊었다. 그래 비록 나무꾼의 집에 지나지 않는 가난한 살림이었지만 낡은 초옥 안에는 단란한 웃음소리가 떠날 날이 없었다.

어느해 겨울이었다.

마십은 이날도 여느날과 마찬가지로 나무를 하러 집을 나섰다. 깊숙히 산속으로 들어간 그는 나무지게를 내려 놓고 갈퀴를 들었다. 그리고 나뭇잎을 긁기 시작하였다. 얼마동안을 낙엽을 긁어 내리는데 저것이 무엇인가?

눈이 녹은 양지바른 잔디밭 위에 어떤 사람이 쓰러져 있는게 아닌가.

마십은 깜짝 놀라 그 앞으로 다가갔다. 혹시 죽은 사람의 시체가 아닌가 싶어 조심스럽게 만져 보았다. 몸에는 아직 체온이 남아 있었다.

'옷차림을 보아 사냥꾼인 모양인데 어떻게 된 일인가?'

그는 아직 죽지 않은 그를 살리기 위해 나무는 그대로 두고 그 사나이를 지게에 얹어 집으로 돌아 왔다. 그리고 따뜻한 방에다 눕히고 팔 다리를 열심히 주물러 주었다.

시간이 얼마나 흘렀을까. 죽은듯 꼼짝 못하던 그가 부시시 눈을 뜨는 것이었다. 그 동안 미움을 쑤어 가지고 온 아내가 떠 먹이자 비로소 기운을 내어 말을 띠엄 띠엄 하기 시작했다.

"여 여기가 어디요?"

그들 나무꾼 부부는 그가 말을 하자 기뻤다.

"네. 아무 염려 마시오. 산에 쓰러져 있는 것을 업어 왔습죠."

"누구신지 모르겠으나 이렇게 죽어가는 사람을 구해 주시니 그 은혜 잊지 못하겠습니다."

하고 치사하는 것이다.

"은혜랄 게 뭐가 있습니까. 이렇게 소생하신 것 만도 다행한 일이옵니다. 그런데 어디 사시는 분인데 이런 산골찌기까지 들어와 욕을 보셨습니까?"

하고 물었다.

그 젊은이는 새삼 고마운 인사를 하고 자기 신분과 산속에서 욕보게된 사연를 말하는 것이다.

"저는 이 고을 원의 아들입니다. 마침 날씨가 좋아 몇 사람의 모리꾼을 데리고 사냥을 나왔다가 그만 혼자 떨어져 길을 잃었지요. 그래서 이리 저리 헤메다가 배는 고프고 기운이 없어 쓰려졌던 것이었습니다."

하고 말하는 것이다.

그가 원의 아들이라는 말에 그들 부부는 깜짝 놀라 더욱 깍듯이 대접을 하며 며칠을 머물러 있게 하고 간호를 해주었다.

그러나 사람의 마음이란 참 알 수 없는 것으로 처음은 이 마십 부부의 간곡한 간호에 뼈속 깊이 감명한 원의 아들은 하루 이틀 묵고 있는 동안 마 음 속에 좋지 않은 생각이 깃들기 시작 했다.

그것은 마십의 아내의 자색에 마음이 끌렸던 것이다. 남달리 미색이 아름다운 마십의 아내는 원의 아들의 마음을 단단히 뒤흔들어 놓았던 것이다.

처음에는 다만 그녀의 정성스런 간호에 감격하고 있을 뿐이었으나 차츰 그 아내의 미색에 도취되어 결국은 흠모의 정을 품게까지 되었던 것이다. 게다가 남편되는 마섭이라는 사내는 어리석어 보이니 이것이 원의 아들로 하여금 그 불미스런 마음을 억제치 못하게 한 큰 원인의 하나였다.

신세도 졌고 이제는 몸도 완쾌되었으니 응당 집으로 돌아가야 할 것이로되 원의 아들은 마섭의 아내를 유혹하기 시작했다.

"아주머니, 이 산골에서 고생하지 말고 나를 따라 도망합시다. 나를 따라 가기만 하면 온갖 부귀영화가 있을 것이오. 서로 알뜰이 아끼고 사랑하면서 행복한 생활을 할 수 있을 것이오."

이렇듯 달콤한 말로 유혹하는 것이다. 그러나 마섭의 아내는,

"점잖으신 분이 체통에 맞지 않게 그게 무슨 말씀이세요. 한 아내는 두 사내를 섬기지 않는게 도리이거늘 지아비가 있는 몸이 어찌 다른 마음을 품겠습니까? 그것은 죄악이며 당치않는 말씀이옵니다."

하고 좋은 말로 책하고 다시는 그런 말을 내지 말라고 준절히 일렀다.

서투른 말을 꺼냈다가 도리어 무안을 당한 원의 아들은 자기의 뜻을 이루지 못하게 된것에 무색해지자 마섭이 산에서 돌아오기 전에 그곳을 떠나 돌아가 버리고 말았다.

마섭이 나무를 한 짐 해지고 돌아오자 그 아내는 낮에 있었던 일을 자세히 털어 놓으며 배은망덕한 자라고 원의 아들을 욕하고 분히 여겼다.

한편 뜻을 이루지 못하고 돌아간 원의 아들은 집에 돌아와서도

마십의 아내 모습이 아련히 떠올라 괴로운 나날을 보냈다. 그리하여 어떻게 그 여자를 차지할 수 없을까 궁리하기에 이르렀다.

마침 그의 하인 가운데 꾀가 많기로 유명한 자가 있어 하루는 그를 은근히 불러 의논하였다. 그랬더니 그는

"서방님의 권세로 그만한 일을 가지고 걱정을 하십니까?"

하고 한 계책을 가르쳐 주는 것이다. 그리하여 원의 아들은 계략을 실행하기로 견심했다.

어느날 마십의 집에는 큰 야단이 났다. 원의 아들이 십여명의 하인을 데리고 와서는 빈가마에 마십의 처를 억지로 태워 가지고 간 것이다.

졸지간에 변을 당한 마십은 기가 막히고 어이가 없어 가마 뒤를 쫓아 가며 자기 아내를 내 놓으라고 울부짖었다. 그러나 무지한 하인들은 몽둥이로 마십을 때려 꼼짝도 못하게 해 놓고 달아나는 것이다.

마십은 매를 얻어 맞으면서도 포기하지 않고 쫓아가 원의 아들을 붙들고,

"여보시오. 그래 이런 법이 어디 있습니까. 내가 도령이 다 죽게 된 것을 구해 주었는데 그것을 생각하더라도 남의 아내를 어떻게 빼앗아간단 말이오. 그러지 말고 내 아내를 나에게 돌려 주십시오."

하고 애걸하였다. 그러자 원의 아들은

"자네가 정히 그렇게 말하니 나도 은혜를 생각해 한가지 약조를 해주겠네. 자네가 저기 저 바위를 정으로 쪼아 50리 굴을 파 놓으면 나는 자네 아내를 돌려 보내겠네. 그것을 못하면 자네는

아내를 찾아갈 생각은 말아야 하네."

하고 한가지 어려운 문제를 제안하는 것이다.

"그럼 50리 만 파면 정말 돌려보내 주시겠습니까?"

마십은 한번 더 다짐했다.

'암 돌려주고 말고 자네 손으로 50리 굴을 파기만 하면 꼭 돌려
보내지.'

원의 아들은 이렇게 단호히 약속하고 그냥 가버렸다.

마십은 그 말을 믿고 그날 부터 그 절벽에 굴을 파려고 정을
가지고 바위를 쪼아내기 시작했다.

"50리 만 뚫으면 사랑하는 아내를 도로 찾을 수 있다."

이런 일념으로 바위를 쪼는 일에 착수하기는 했으나 하루 종일
파야 두자나 석자 밖에는 파지 못하는 것을 어느 세월에 50리를
팔 수 있을 것이가.

동네 사람들은 그를 어리석게 여겨,

"이 사람아, 어느 세월에 그것을 다 파려고 그러는가?"

하고 조소하는 것이다.

"그래도 파게 될 날이 오겠지요."

하고 마십은 정을 대고 열심히 바위를 쪼아 나갔다. 한번은 누가
웃음의 말로,

"백날만 파면 될 것일세."

했더니 그는,

"백날만 파면 돼요?"

하고 그 말을 곧이 듣고 그날부터 바위에 금을 백개 그어 놓고
그것을 백날을 세여가며 어서 백일이 지나가기를 기다렸다.

열흘이 지나고 스무날이 지나고 50일이 지나갔다.

그는 비가 오나 바람이 부나 또 낮이나 밤을 가리지 않고 그 바위에 가 붙어서 열심히 굴을 팠다. 날마다 큰 바위는 구멍이 커 갔으나 50리 굴을 파자면 백날은 커녕 십년을 두고 파도 이루어질것 같지 않았다.

그러나 마십은 굳은 신념을 가지고 쉬지 않고 파냈다. 그럭저럭 99일이 지나고 백날이 되었다.

"오늘 하루만 파면 그만이다."

이렇게 생각하며 마십은 백날째 되는날 역시 바위를 쪼았다. 무슨 기적이나 일어나치 않고서는 이날 하루를 더 판다고 50리 굴이 뚫릴 리 없었다.

그러나 마십은 마음 속으로 뚫리리라는 굳은 신념을 가지고 굴을 파고 있었다.

드디어 마십의 정성 앞에는 기적이 일어났다.

저녁때 마지막 정을 냅다 후려치자 바위에 큰 구멍이 뚫리고 말았다.

얼마나 깊은지 헤아릴 수 없는 큰 구멍이 뚫어졌다. 그것은 바위 안에 원이 큰 동굴(洞窟)이 있었던 것인데 바위의 표면을 뚫자 나타난 것이다.

마십은 기뻐 어쩔 줄을 모른다. 그 굴안으로 들어가 한쪽 끝으로 빠져 나오니 공교롭게도 굴의 끝은 원의 집 후원이었다. 마십이 굴 끝에 이르자 때 마침 그의 아내는 후원에 나와 그 남편을 만나게 해 달라고 하느님께 빌고 있는 중이었다. 마십은 달려가 그 아내를 안고 다시 굴속으로 들어오면서 큰 소리로,

"이놈아, 굴파고 내 아내 데리고 가니 그리 알거라."
하고 부르짖으며 달아났다. 그 말에 하인들이 우르르 달려나와
뒤를 쫓아 굴속으로 들어가자 굴 한쪽이 무너져 그들은 모두 갇혀
죽고 말았다.

이 소식을 전해 들은 원의 아들은 많은 하인들을 데리고 말을
타고 달려갔다.

"어서 가자!"

"어디로 가십니까?"

"어딘 어디야! 마십이 살던 동리로 앞질러 가 그 굴 속에서
그 년놈들이 나오기를 기다리는 것이지."

그러나 앞질러간 그들이 며칠을 기다렸으나 마십 부부가 굴밖
으로 나오지를 않자 원의 아들은 생각다 못해,

"굴 초입에다 불을 질러라."
하고 하인들에게 명했다.

그러면 굴 속에서 뜨거워 곧 나올줄 알았던 것이다. 여러 하인
들은 명령대로 굴 초입에다 나무를 쌓고 불을 질렀다. 그러나
불이 한창 붙는데 별안간 굴안으로 부터 물이 쏟아져 나와 불을
모두 꺼버리는 것이다.

그 뿐만 아니라 물이 어찌나 많이 나왔든지 하인들이 모두 떠내
려가 죽고 말았다. 그리하여 원의 아들은 하는 수 없이 모든것을
체념한 채 집으로 돌아가고 말았다.

그런 일이 있는 뒤 부터 이곳 사람들은 이 굴을 마십 굴이라고
부르게 되었으며 지금까지도 그 굴 앞에는 시내가 흐르고 있는데
이것은 불을 끄려고 흘러나온 물이 아직 흐르는 것이라고 전한

다. 그리고 굴에는 불을 놨을 때 그으른 자취가 지워지지 않고 그대로 있으며 마십이 백날을 세느라 고 그어 놓은 백개의 금이 아직도 뚜렷이 남아 있다는 것이다.

논산 미륵불이 세워진 내력

고려(高麗) 광종(光宗) 19년 어느해 봄이었다.

논산(論山)에서 동쪽으로 약 30리 쯤 가면 사제촌이라는 마을이 있는데 어느 날 이 마을에 사는 한 부인이 나물을 뜯으려 인근에 있는 반야산(盤若山)에 올라 갔다.

한창 나물 뜯기에 열중해 있는데 어디선가 산 속에서 어린애 우는 소리가 들려 왔다.

'아니 이 산중에 왠 어린애 우는 소릴까?'

이상하게 여겨진 그 부인은 어린애 우는 소리가 나는 곳으로 가 보았다.

그런데 이게 어찌된 일인가.

큰 돌 하나가 어린애를 업고 땅 위에 솟아나는 것이었다.

그 부인은 깜짝 놀라 그 길로 집으로 달려 갔다. 마침 사위가 짚신을 삼고 있다가 허겁지겁 들어 오는 장모를 보고,

"어머니 어쩐 일이세요? 그렇게 놀란 얼굴을 하고……."

하는 것이다.

"여보게 큰일났어."

"무슨 일이 있었습니까?"

그 사위도 삼던 짚신을 놓고 장모에게 다그쳐 묻는 것이다.

"글쎄 나물을 캐는데 어디서 어린애 우는 소리가 들리지 않겠나."

"그래서요."

사위는 궁금한 듯 장모의 입을 빤히 바라보고 있다.

"그래서 소리 나는 곳으로 가 봤더니 어린애를 업은 큰 돌이 땅에서 솟아 오르는게 아냐. 그런데 그게 좋은 징조인지 언짢은 일인지 모르겠단 말야."

말을 다 듣고 난 사위는,

"이런 일은 우리 집안에서 근심할 것이 아니라 관가에 알려야 합니다."

하더니 그느 그길로 집을 나서 관가로 가는 것이었다.

"무엇이? 그게 사실인가?"

그 사위의 보고를 받은 원은 깜짝 놀라며 이렇게 말하는 것이었다.

"어찌 거짓 보고를 하겠습니까. 분명 소인의 장모가 보고 온 것입니다."

하였다.

그랬더니 관가에서는 곧 이 일을 조정에 고하였다.

광종은 여러 신하들을 조정에 불러 논의를 하였다.

"이 사실을 경들은 어떻게 생각하오?"

하고 중신들의 의견을 묻자 한 조신이 말하거늘,

"그러면 그 큰 바위를 깎아 부처님을 만들도록 하라."

임금은 이렇게 명령하고 곧 유능한 석수를 불러 들이라 일렀다.

조정회의를 마치고 나온 제신들은 전국에 포고를 내려 석수를 모았다. 이리하여 그 가운데서 뽑힌 사람이 혜명(慧明)이라는 중이었다.

그는 어전에 나아가 친히 임금으로 부터 중대한 소임을 맡고 인부 수백명을 거느리고 범상을 만들러 떠났다.

이들은 반야산에 도착하자 마자 곧 공사를 착수할 준비를 했다.

그때 혜명은 그 돌을 한 바퀴 둘러 보더니,

"하아 낭패로구나!"

하는 것이었다. 그러자 그의 곁을 수행하던 한 동자가

"스님 왜 그러십니까?"

하고 물었다.

"이 돌의 부피는 크나 높이가 낮아 이것을 가지고는 부처를 만들기가 어렵겠다."

그는 이렇게 말하며 한참 궁리에 잠기더니 인부들을 불러 이르기를,

"너희들은 이 돌로 부처의 아랫도리(下體部分)만 깎아라. 웃도리(上體部分)는 다른 돌을 구해 만들어야 겠다."

이렇게 이르고 그는 곧 윗도리를 만들 돌을 구하러 돌아 다녔다. 이렇게 여러곳을 돌다가 간 곳이 연산(連山)이다. 마침 이곳에 적당한 돌이 있어 그것을 천여명의 인부를 동원하여 운반해 왔다. 그리하여 윗도리를 깎기 시작하였던 것이다.

혜명은 웅대한 석불을 만들어 후세에 길이 남기리라 결심하며 주야를 가리지 않고 온갖 정성을 다 들여 조각하고 다듬어 완공을 보게 되었다.

높이가 다섯길 하고도 다섯치, 그리고 둘레가 서른자가 넘는 큰 석불이었다. 마을 사람들은 이 석상을 보고 모두 입을 벌려 놀라는 것이었다.

그런데 혜명은 또 큰 걱정이 생겼디. 그는 매끈히게 다듬어진 석불을 바라보며 혼자 궁리를 하는 것이다.

즉 석불을 깎아 놓기는 했으나 그것을 어떻게 올려 세우느냐가 문제였던 것이다.

아무리 궁리하고 생각을 짜내어도 좋은 수가 떠오르지 않았다.

그러던 어느 날이었다.

혜명은 석불을 올려 놓을 궁리를 하며 사제촌 강변을 걷고 있는데 마침 강변 모래사장에서 어린애들이 미륵을 만들어 가지고 이쪽으로 오는 것이었다. 그래서 혜명은 걸음을 멈추었다. 그리고 그들의 동정을 살피고 있는데 어린애들이 만든 미륵은 세 조각으로 나누어져 있었다.

그들은 혜명이 섰는 앞으로 오더니,

"여기에 쌓자. 어서 아랫도리를 편안하게 놔."

하고 그 중 한 아이가 말하자 그들은 모래를 판판히 고르더니 거기에다 미륵의 아랫도리를 놓는 것이었다. 그리고는 그 주위를 모래로 묻은 후 다시 가운데 동아리를 올려 놓고 또 그 주위를 모래로 묻더니 웃도리를 올려 놓는게 아닌가. 그리고 나중에는 그 주위에 묻었던 모래를 파버리니 높은 미륵이 감쪽같이 세워졌다.

'과연 신특한 애들이로구나!'

하고 혜명은 감탄을 금치 못하며 곧 돌아왔다. 참으로 그는 좋은 방법을 배웠던 것이다.

혜명은 공사장으로 오자 곧 인부들에게 그 석불의 아랫 도리를 흙으로 묻으라고 했다. 그리고 웃도리를 그 위에다 올려 세우는데 그다지 힘들지 않았다.

이렇게 하여 웃도리를 힘 안들이고 세우고 난 혜명이 아까 그 어린애들이 놀던 사제촌 강변으로 가 보았으나 그들이 있을 리 없었다.

나중에 안 일이지만 그 어린이들은 문수(文殊) 보살의 화신(化身)으로서 혜명에게 미륵 쌓는 법을 가르쳐 주기 위하여 나타났던 것이라 전한다.

그런데 이 미륵이 머리에 쓰고 있는 갓을 자세히 보면 한쪽이 떨어져 나간 것을 이은 자국을 쉽게 볼 수 있는데 여기에 또 다음과 같은 전설이 숨어 있다.

고려조에서는 외적의 침략을 여러번 받았는데 언젠가 북쪽 오랑캐의 침략이 있을 때였다.

그때 오랑캐 군사들이 압록강을 건너려고 집결했다. 그런데 압록강의 깊이를 몰라 주저하고 있을 때 어떤 중 한 사람이 삿갓을 씌고 강을 건너는데 마치 얕은 냇물을 건너듯 다리만 걷어 올리고 찰박 찰박 건너오는 것이 아닌가.

그 중이 강을 다 건너길 기다리던 적장이 부하들에게,

"이제 부터 진군이다. 방금 제군들이 보다시피 이 강물은 무릎 밖에 차지 않는다. 그러니 조금도 주저 말고 총 진군한다."
하고 군사를 동원하여 강을 건너게 했다.

명을 받은 오랑캐 군사들은 멋 모르고 그냥 강물로 뛰어 들었다.

그런데 이게 어찌된 일인가?

물에 뛰어든 군사들이 아우성을 치며 반수 이상이나 빠저 죽는 것이었다.

이렇게 순식간에 많은 군사를 잃은 적장은 화가 치밀어,

"에잇! 그 놈의 중에게 속았구나. 내 당장 그 놈의 목을 베어 설욕할 것이다."
하며 허리에 찬 큰 칼을 빼어들고 그 중이 간 곳을 쫓아 가 내리 쳤다. 순간 그 중은 간곳 없고 그가 쓰고 있던 삿갓 한 쪽이 떨어 졌다.

그때 논산의 미륵불은 온 몸에 땀이 흘렀다는 것이며 손에 든 연꽃 색이 희미해 졌다고 전한다.

그리고 미륵의 갓 한쪽이 떨어져 나간 것을 그 후에 보수하였다 하며 지금도 자세히 보면 그 갓 한쪽을 이은 자국이 남아 있는 것이다.

이 미륵불은 녹산군 은진면에 있어 은진미륵(恩津彌勒)이라고 도 한다.

금패령(禁牌嶺)

함경도 풍산(咸鏡道 豊産)에 금패령(金牌嶺)이라는 높은 고개
가 있는데 이 고개가 얼마나 높고 험한지 한번 넘으면 지쳐서
쓰러진다고 한다.

그런데 지금으로 부터 수백년 전의 일이다.

다 떨어진 관에다 헤진 옷을 입은 한 나그네가 이 고개를 겨우
넘기는 했으나 산 기슭에 이르러 그만 기운이 다해 풀밭에 쓰러지
고 말았다.

마침 봄철이라 마을의 부녀들이 산나물을 뜯으러 산에 오르다
가 앞에 섰던 한 여인이 그 나그네의 쓰러져 있는 모습을 발견했
다.

"저기 시체가 누워 있다."

하고 놀라 소리를 지르자 함께 동행했던 여인들이 저마다,

"어디?"

"어디에 송장이 있어?"

하며 호기심에 찬 눈을 하고 모여 들었다.

과연 산기슭에는 한 나그네가 가엾게 쓰러져 있는 것이었다.

그러나 누구 하나 가까이 다가 서려고는 하지 않았다. 그저 이만치 떨어져 선채 무섭다면서 구경들만 하고 있었다.

이때 한 여인이,

"우리 다 같이 가까이 가서 누구인지 신분이나 살펴보자구. 혹시 마을 사람인지 알어?"

하고 제의했다.

"그래, 다 같이 가봐."

이리하여 그녀들은 조심스럽게 한발 한발 내딛기 시작했다. 워낙이 여러 사람이기 때문에 무서운 생각도 잊고 호기심에 바짝 다가갔다.

그런데 가까이 가서 보니 그 죽은줄만 알았던 나그네가 가늘게 호흡을 하는것 같았다.

"글쎄."

이러고 머뭇거리고 있을 때 한 여인이 쓰러져 있는 나그네를 만져 보더니,

"죽지는 않았어. 지쳐서 쓰러졌나 봐."

한다.

"뭐? 죽지 않았다구? 그럼 거지 아냐?"

한 여인이 그러자

"가엾어라!"

하고 혀를 차는 여자도 있다.

그러나 원체 여자들인지라 어떻게 처리를 해야 좋을지 망서리고 있었다.

더러는 거지 쯤 죽어 쓰러진들 어떠냐는 투로 그대로 돌아가자

130

는 몰인정파도 있었다. 그러나 인정이 많기로 소문난 박서방댁은
딱한 듯이 바라 보다가 나그네의 가슴을 헤치고 손을 넣어 보더니
  "어머나, 아직 온기가 있어. 시장해서 쓰러졌나봐. 숨결이 아주
  약해. 어떻하지? 이대로 숨져가는 사람을 버리고 갈 순 없잖
  아."
하며 그녀는 서슴치 않고 자기 젖가슴을 헤치고 통통 불은 젖을
꺼내 그 나그네 입에 넣고 짜 넣는 것이다.
  이 광경을 바라보고 있던 여인들은,
  "어머나!"
  "아이구 망칙해라!"
  "아니 박서방댁이 어쩌려고 저러지?"
하고 저마다 입을 비죽거리는 것이었다. 그리고 자기네끼리 뭐라
뭐라 수군거리더니 그 가운데 몇명은 마을로 내려가는 것이 아닌
가.
  그러나 박서방댁은 그녀들이 비웃든 말든 상관하지 않고 이쪽
젖을 또 물리고 열심히 젖을 짜넣는 것이다. 그리고 나서 그녀는
몸을 주물러 주고 물을 먹이는등 극진히 간호를 했다.
  이리하여 한참만에 드디어 기진해 쓰러졌던 나그네는 눈을
부시시 뜨게 되었다.
  "어머나! 눈을 떴어."
하고 그녀는 기쁜듯 소리를 질렀다.
  그러자 나그네는 몸을 몇번 움직여 보더니 제 정신이 든 듯
자기를 극진히 간호하고 있는 박서방댁을 향하여,
  "댁은 누구신데 이처럼 친절을 베푸십니까? 정말 나는 댁이

아니었던 들 살아나지 못했을 것입니다."
하고 감사를 드리는 것이었다.

"그 보다도 이만큼이라도 기운을 차리셨으니 다행이에요."

그녀는 이렇게 말하면서 자기의 체신을 보고 와락 부끄러운
마음이 생겨 엉겁결에 앞가슴을 두 팔로 감싸며 뒷걸음질 쳤다.
지금까지는 나그네의 목숨을 구해야 한다는 생각에 급급한 나머
지 정신이 없었으나 그가 살아나자 제정신이 든 것이었다.

그는 거듭 감사하면서,

"정말 오늘의 은혜는 평생을 두고 잊지 않겠습니다."
하는 것이다.

"별 말씀을 다 하세요. 그런데 어쩌다 그렇게 되셨어요?"
하고 박서방댁은 물었다.

"이 산 고개를 넘어 오는데 기운은 없고 중간에 주막같은 것도
없어 아무것도 요기를 하지 못하니 그만 기진하여 쓰러졌던
것이죠. 아마 조금만 더 내버려 두었어도 나는 죽고 말았을
것입니다."
하며 비틀거리는 몸을 겨우 가누며 일어나는 것이다.

"그럼 우선 요기를 해야겠으니 저와 함께 동리까지 내려 가시
죠. 얼마 멀지 않으니까요."

박서방댁이 이렇게 말하자 그 사나이는 더욱 감격하여,

"참 무어라고 고마운 인사를 드려야 할지 모르겠군요."
하고 발을 옮겨 놓는데 원체 다리에 힘이 없으므로 비틀거리기만
할뿐 걷지를 못한다. 차마 그대로 내버려 둘 수 없어 박서방댁은
다시 그를 부축하여 동리를 향해 내려갔다.

한편 먼저 마을로 돌아간 아낙네들은 박서방에게 그 아내가 어느 쓰러진 거지에게 젖을 먹인다고 일러바쳤다.

이 말을 들은 박서방은 노기 충천하여,

"뭣이? 아 그래 그 년이 미쳤나!"

하며 미친사람 마냥 산으로 달려 가는 것이다.

얼마 안가 산에서 내려 오는 아내와 부축 당한 사내를 만났다. 그는 대뜸 아내에게 달려들더니,

"이 화냥년아!"

하고 다짜고짜로 따귀를 후려 갈기는 것이었다.

박서방댁은 손으로 뺨을 감싸며 왜 이렇게 때리느냐고 부르짖었다.

"뭐야 이년! 왜 때리는지 모르겠느냐! 뻔뻔스런 년 같으니라구."

하며 박서방은 더욱 화가 치밀어 마구 때리고 차고 했다.

갑작스레 봉변을 당한 그 나그네는 어떻게 할 줄 모르고 섰다가,

"저 어르신네. 잠깐만 고정하시고 제 말 좀 들어 주시오."

하며 박서방을 붙들고 만류했다.

그러자 박서방은 나그네에게로 달려들면서,

"뭣이 어째? 도대체 너는 웬 놈인데 남의 계집을 끼고 다니느냐!"

하며 그의 멱살을 움켜 잡더니 마구 따귀를 후려 갈겼다. 아무 준비도 없이 돌연한 기습을 받은 그 사내는 그만 쓰러지고 말았다.

　박서방댁은 그 사내를 부축해 일으키면서,

　"여보, 이 분에겐 아무 죄도 없어요. 저를 때리세요."

했다.

　끝내 이 사내를 감싸주는 아내의 심사가 더욱 괘씸해진 박서방
은 다시 아내에게 달려 들려는 데,

　"아 여보시오, 잠깐만 진정하시오. 그리고 내 말을 들으시
　오."

하며 그 사내는 박서방에게 매달려 사정을 했다.

　그러자 박서방은 귀찮은 존재란 듯,

　"이 놈이 살아 돌아가기가 싫은 모양이구나. 에잇!"

하고 억센 주먹으로 쥐어 질르니 그만 그 나그네는 뒤로 물러
서더니 나자빠지고 말았다.

　이러는 동안에 마을 사람들은 큰 구경거리라도 생긴듯 모두
모여 들었다. 그러나 누구 한 사람 말리려 드는 사람이 없었다.

　박서방은 그 사내를 때려 눕히자 다시 아내에게로 달려 들며,

　"이 년아, 대체 저 놈이 누구냐? 네 기둥서방이라도 된단 말이
　냐 응! 어서 바른대로 말해라!"

하면서 주먹을 움켜쥐고 당장이라도 죽일 듯이 다가섰다. 그대로
내버려 두었다간 큰 일이 일어날 것 같은 광경이 벌어졌다.

　쓰러졌던 그 사내는 죽을 힘을 다 하여 일어섰다. 그리고,

　"여보시오, 제발 내 말을 들어 주시오. 이 부인은 아무 죄가
　없소이다."

하며 좋은 말로 달래는 것이다.

　그러나 화가 머리 끝까지 치민 박서방은 살기가 어린 눈을 뜨

고,

"너 이놈의 자식, 정말 죽어야 말이 없겠느냐!"

하고 팔을 걷어 올리며 대들었다. 형세는 험악해져만 갔다. 이대로 있다간 꼼짝 없이 무슨 봉변을 당하고야 말것이 뻔했다.

그 사나이는 뒤로 몇 걸음 후퇴하면서 주머니에서 무슨 둥근 물건을 꺼내어 그것을 번쩍 들어 올리며,

"네 이놈, 이 패를 보고도 경거망동 하겠느냐! 꼼짝 말고 내 말을 듣거라."

하고 호령하는 것이었다.

이제까지 박서방의 살기등등한 기세에 위축되었던 그 사내는 전과 달리 목소리에 위엄이 있고 힘이 있었다.

박서방도 그 사내의 위엄에 눌리어 힘있게 쥐었던 주먹을 내렸다.

이때 그들을 삥 둘러 싸고 구경만 하고 있던 사람들 가운데서

"마패다!"

하고 떨리는 소리가 들렸다.

이 소리에 모든 사람들은 눈이 둥그래지며 어쩔줄을 모른채 벌벌 떨고 있었다.

그 사내는 팔도강산을 두루 살피며 다니는 암행어사였다.

그의 정체가 드러나자 온 마을 사람은 물론 박서방도 바들 바들 몸을 떨며 어쩔줄을 몰랐다.

허기야 그럴 수 밖에 없다. 암행어사가 한번 출두하면 산천초목 도 벌벌 떤다는 무서운 존재가 눈 앞에 버티고 섰지 않는가.

여태까지 거지로만 알고 또 그렇게 얕보던 사내가 암행어사라

니 기겁을 한 박서방은 그 자리에 풀썩 엎드려,

"소인 죽을 죄를 지었습니다."

하고 머리를 조아렸다. 구경만 하고 있던 마을 사람들도 모두 엎드려 떨고 있었다.

그 사내는 준엄한 목소리로,

"너 이놈 듣거라."

"네이."

"내가 이 고개를 넘어 오느라고 지친데다가 아무 것도 먹지를 못해 쓰러졌던 것을 너의 처가 인정을 베풀어 내가 다시 살아 났는데 그 아름다운 마음씨를 갸륵하게 여겨 칭찬해 줄 일이거늘 너는 어찌하여 죄인 다루듯 때리고 치며 무모한 일을 하느냐?"

하면서 그는 꺼내 들었던 마패를 도로 거두어 주머니에 넣는 것이다.

박서방은 이마에 땀을 흘리며,

"배우지 못한 무지한 백성이 그만 어사또님이신 줄 몰라 뵈옵고 죽을 죄를 지었습니다."

하고 다시금 머리를 조아렸다.

"너는 인정도 눈물도 없는 놈이로다."

하고 넌지시 꾸짖자 박서방의 아내가 어사 앞에 나가 엎드려

"사또님, 오늘의 모든 일은 제가 저질러 소란을 피웠으니 제발 죄를 저에게 내리소서."하고 빌었다.

그러자 어사는,

"부인은 고개를 드오."

하고 이번에는 박서방을 향해,

"너는 마땅히 처벌을 받아야할 것이로되 내가 너의 처로 부터
은혜를 입었으니 용서하노라. 다음 부터는 그런 포악한 짓을
삼가하도록 각별 조심하렸다. 그리고 너의 처는 훌륭한 사람이
니 같이 마을로 내려가 네 잘못을 사죄하고 화목하게 지내도록
하라."

"사또님 참으로 그 은혜 잊지 않겠습니다."

박서방 내외는 절을 하고 일어섰다.

어사는 엎드려 있는 마을 사라들에게 인정 많고 갸륵한 박서방
댁을 본받으라 훈계하고 모두 동네로 돌아가 가사를 보살펴라
명하고 자기도 어디론가 가던 길로 걸음을 옮겼다.

이리하여 마을로 돌아온 박서방 내외는 그래도 마음이 놓이질
않아 초조한 나날을 보내고 있었다.

그런데 어느날 박서방 내외에게 관가로 출두하라는 호출장이
내렸다.

"이제는 죽는구나."

하고 그들은 불안하기 시작했다. 마을 사람들도 무슨 후환이나
있지 않을까 하여 겁들을 집어 먹었다.

그러나 누구의 명이라구 어길 수 있단 말이냐, 그들 박서방
내외는 떨리는 몸으로 관가에 출두했다.

안으로 들어가니 과연 높은 청상 마루엔 어사또가 정좌하고
있으며 그 옆엔 이 고을의 원이 있었다.

박서방 내외가 그 앞에 가 엎드려 대령하자 먼저 원이 소리를
높여,

"네가 어사또께 행패를 부린 박서방이냐?"

하고 묻는다.

"네, 소인이 바로 그 죄인이 올시다."

하고 사색(死色)이 된 박서방은 떨리는 목소리로 대답했다.

"너 이놈 똑똑히 들으렸다. 감히 어사또 어른을 몰라보고 가진 만행을 부렸으니 마땅히 벌을 주어야 할 것이로다."

하고 꾸짖사 어사가 원을 향하어

"그만해 두오."

하고 만류하는 것이다. 그리고 어사는 박서방 내외를 보고

"내가 너를 부른 것은 벌을 주거나 꾸짖으려는 것이 아니라 너의 처로 하여금 막대한 은혜를 입었으므로 그 갸륵한 마음씨에 보답하려는 것이니라."

하고 아주 부드럽게 말하는 것이다.

참으로 뜻밖이었다. 꼭 벌을 받을 줄 알았던 박서방은,

"황송하옵니다."

하고 머리를 조아렸다.

"고개를 들라. 내 이 곳에서 듣자니 너의 생활이 어려운 것 같으니 살림을 좀 도와주고 싶은데 네 원이 무엇인지 서슴치 말고 말해 보아라."

박서방은 더욱 황송하여,

"소인의 첩이 조그만 인정을 베풀었기로 그것이 어찌 은혜가 되겠슴 니까? 보다도 소인은 어사또께 죽을 죄를 지었아온데 이대로 돌려 보내주시기만 하면 그것이 소원이옵니다."

"아니다. 나라에서도 착한 사람을 골라 상을 내리거늘 어찌

갸륵한 사람을 표창하지 않겠느냐. 조금도 사양치 말고 말하여라."

어사의 거듭되는 재촉에 박서방은 한참 생각하더니,

"어사또님께서 소인에게 굳이 상을 내리시겠다니 정 그러시다면 소인의 마을 앞에 있는 연못을 소인에게 내리시면 그 못에 잉어를 길러 여유있게 지낼 수가 있겠습니다."

하였다.

"그것 뿐이냐?"

"그것이면 평생을 잘 지낼 수 있는데 무엇을 바라겠습니까?"

어사는 원을 보고,

"사또는 저 착한 백성에게 연못과 그마을 앞의 전토(田土) 백마지기를 주도록 하오."

하고 명했다.

이리하여 박서방 내외는 많은 상을 받아가지고 너무 고마운 마음에 눈물을 흘리며 돌아 갔다.

그뒤 나라에서는 그 고개에다가 패(牌)를 가진 사람은 넘어가지 말라고 하여 금패(禁)의 표를 해 세웠다.

그리하여 이 고개를 금패령(禁牌嶺)이라고 부르게 되었다고 한다.

선바위의 내력

경기도 연천군 영근면(京畿道 漣川郡 嶺斤面)에 법수동(法水洞)이라는 동리가 있다. 즉 전곡(全谷)이라는 기차 정거장에서 내려 한탄강(漢灘江)을 건너 동남쪽으로 약 2킬로 들어간 곳이다.

그런데 이 법수동에서 얼마 멀지 않는 뒷 골짜기에는 기암 괴석이 많은 조그만 산이 있는데 그 산 중턱에 선바위(立岩)라는 바위가 우뚝 서 있다.

이 선바위의 높이는 약 서른자(三十尺)이며 둘레가 열자 가량 되는 큰 바위이다. 밑에서 부터 위로 올라 갈수록 둘레가 크고 그 꼭대기는 사람 사십명이나 앉을 만큼 넓다.

이 하늘을 찌를 듯 우뚝 솟은 바위 밑으로는 맑은 냇물이 흘러가며 좌우 산에는 소나무가 우거져 경치 또한 아름답기로 이름 높다.

이렇듯 큰 선바위에는 다음과 같은 재미있는 전설이 숨어 있다.

옛날 옛날 아주 옛날이다. 하얗게 내려 덮혔던 눈이 녹자 시냇

물이 몸둥아리를 드러내 놓는 봄이 찾아왔다.

대지에는 파릇 파릇 새 싹이 돋고 나무들은 물이 올라 새 잎이 피었다. 먼 산에는 아지랑이가 끼고 진달래가 만발한 봄 새들은 봄노래를 부르고 마을 색시들은 버들 피리를 불며 나물 바구니를 끼고 산으로 올라갔다.

이런 어느 날이었다.

이 선바위 꼭대기에 곱게 단장을 한 여인 한사람이 앉아 따스한 봄볕 아래서 바느질을 하고 있는 것이었다.

그 희디 흰 옥수에 바늘을 잡고 비단천을 누비는 모습이란 마치 하늘에서 선녀가 하강한 듯 눈부시게 화려했다.

그녀는 바느질을 하다가는 문득 문득 하계의 봄풍경에 추파를 던지기도 하는 것이었다.

이때 그 바위 밑을 지나던 어떤 사나이 하나가 있었다. 그가 마침 그 바위 밑을 지나려는 데 비단 헝겊 조각이 팔랑 팔랑 봄바람을 타고 그의 앞으로 떨어지는게 아닌가?

"이 산중에서 웬 비단 헝겊이 떨어질까?"

이렇듯 중얼거리며 그는 무심히 바위 위를 올려다 보았다.

그런데 이게 웬 일인가. 깊고 깊은 산중에 더구나 20척이나 넘는 높은 바위 꼭대기에 황홀할 만큼 아름다운 미녀가 바느질을 하고 있는게 아닌가. 그는 걸음을 멈추고 한참 동안 정신 없이 쳐다보고 있는 것이다.

"도대체 저 여인은 사람인가 선녀인가? 사람이라면 저 처럼 높은 바위를 어떻게 올라갔단 말인가?"

이렇게 생각하며 혼자 중얼거려 보았다.

어쨌든 한번 만나 봐야겠다고 작심한 그는 어슬렁 어슬렁 바위 밑으로 다가가 기어오르려 했다.

그러나 아무리 애써도 오를 재주가 없었다. 몇자 올랐다간 미끄러져 떨어지고 또 오르다간 떨어지곤 하는 것이다.

이렇게 얼마 동안을 애쓰다가 그만 지쳐서 그 밑에 털석 주저앉고 말았다. 때는 봄, 그렇잖아도 젊은이의 가슴은 들떠 치마자락만 보아도 연연한 정이 뭉클 치솟는 즈음 그처럼 황홀한 미녀를 산중에서 본 그 사내는 가슴이 터질것만 같았다.

어떻게 해서든지 바위에 기어 오르려고 또 일어나 발버둥 쳤으나 허사였다.

이 사실을 바위 위의 여인을 아는지 모르는지 그저 입가에 미소를 머금은 채 여전히 바느질만 하고 있는 것이었다.

"무슨 좋은 수가 없을까?"
하고 궁리를 하기 시작했다.

그러나 선뜻 좋은 수가 떠오르지 않았다. 이러는 동안에도 그는 물끄러미 바위 위에 앉았는 미녀를 보고 있었다. 그녀를 보면 볼수록 젊은 가슴에 소용돌이 치는 격정을 어쩔 수 없었다.

그는 자리에서 펄떡 일어나 어디로 가더니 도끼를 하나 들고 다시 바위 밑으로 왔다. 그리고 바위 밑을 도끼로 깎아내기 시작하는 것이다.

그는 역사(力士)인듯 한번 도끼가 바위에 부딛칠 적 마다 큼직한 돌덩이가 부셔져 나갔다. 예상 외로 바위 밑이 흠뿍 흠뿍 파져 나감에 더욱 힘을 얻은 그 젊은이는 온갖 힘을 다하여 바위를 깎아냈다.

이대로 계속하면 얼마 안가 바위가 쓰러질것 같았다. 그렇게 되면 그 위의 여인도 같이 쓰러질 것이다.

이 광경을 조심스레 살피는 그 미녀의 얼굴엔 한층 불안한 표정이 나타나기 시작했다.

그대로 앉아 있다가는 뜻하지 않은 봉변을 당하게 뻔한 일이었다. 이렇듯 위험을 느낀 그녀는 재빨리 바느질하던 일을 챙기더니 가위나 바늘질 그릇을 그대로 바위 위에 남겨둔 채 구름을 타고 하늘로 올라가고 말았다.

아무것도 모르는 그 젊은이는 얼마 안있어 그 미녀를 가깝게 대할 수 있으려니 하는 희망을 걸고 열심히 열심히 바위 밑을 깎다가 문득 위를 올려다 보았다.

"앗!"

방금까지 있었던 그 여인이 온데 간데 없이 자취를 감추고 말았다. 깜짝 놀란 그 젊은이는 고개를 돌려 시선을 옮기자 이게 어찌된 일이냐.

어느새 그 미녀는 꽃구름을 타고 하늘로 올라가는 것이 아닌가.

실망과 더불어 맥이 탁 풀린 그 젊은이는 하늘을 향해,

"아가씨! 아가씨! 잠깐만!"

하고 소리를 질렀다. 아니 그것은 애원이었다.

그러나 그의 울부짖음을 본 미녀는 그를 향해 손을 살랑 살랑 흔들어 주는 것이다.

이것을 본 그는 더욱 미친듯,

"아가씨! 잠깐만! 너무 무정하오."

하고 또 소리를 질렀으나 어느덧 그녀는 하늘 높이 올라 완연히 자취를 감추고 말았다.

그래도 허공을 바라보며 미칠듯 소리치는 그였다.

그렇다고 승천한 선녀가 다시 내려올리 없다. 그는 크게 실망한 나머지 넋을 잃고 바위를 부둥켜 안았다. 그리고는 언제까지나 그 곳을 떠날줄 몰랐다.

이렇게 하고 있는 동안 어둠이 깃들기 시작했다. 그래도 그 젊은이는 죽은 듯이 꼼짝 않고 있었다.

얼마나 밤이 깊었을까?

캄캄한 어둠 속에 비로소 고개를 들고 일어선 그는 정신 없이 어슬렁 어슬렁 바위 밑에서 걷기 시작했다.

"아가씨! 아가씨!"

그는 여전히 미친사람 처럼 헛소리를 지껄이고 있었다. 그러면서 정처없이 발길을 내딛던 그는 애석하게도 앞 냇물의 깊은 물에 빠져 죽고 말았다.

이 젊은이는 선바위에서 머지 않은 등리에 사는 이사랑(李四郎)이란 장수였다.

그날도 산에 무술 연마차 올라 가다가 그만 선녀의 황홀한 자태에 마음이 솔깃해 이처럼 비참한 말로를 초래케 된 것이다.

그뒤 수천년이 지난 오늘 날까지 선바위를 도끼로 깎아낸 자국이 남아 있으며 선녀가 바느질하던 바위 위에는 그녀가 앉아있던 자국과 그 흔적이 옛날을 얘기하듯 남아 있는 것이다.

효녀의 화신 선녀봉(仙女峯)

　강원도(江原道) 금화읍(金化邑)에서 반대쪽으로 건너다 보이는 산이 있는데 그 산이 바로 오성산(五性山)이다.

　굉장히 높은 산이다. 이 산에서 흐르는 계곡을 따라 약 사십리쯤 골짜기로 올라가면 높이 솟은 바위가 하계를 내려다 보고 있는데 이 바위의 모습이 마치 하늘에서 내려온 선녀(仙女)같아 이 바위를 선녀봉(仙女峯)이라 부르며 이 바위에는 다음과 같은 아름다운 전설이 내려 오고 있다.

　먼 옛날의 일이다.

　이 오성산 아래에 수태동이라는 아주 조그마한 동리 하나가 있었다. 실은 말이 동리이지 가호(家戶)래야 불과 다섯채에 불과했다.

　워낙이 깊은 산골짜기 였으므로 이곳 주민들은 산 나물이나 봄이면 산비탈에 감자를 조금씩 심어서 그것을 유일한 양식으로 생계를 유지해 오는 것이었다.

　그런데 이 마을에는 가난한 살림을 하며 어린 두 남매를 거느리고 살아가는 한씨 부인이 있었다.

딸의 이름은 금순이요 아들의 이름은 길동이라고 했다. 아들은 비록 나이는 어리지만 남 달리 효성이 지극해서 동리에서 온통 귀염을 독차지 하는 등 칭찬이 자자했다.

일찍 아버지를 여의고 가난하게 살아가나 이 집안에선 웃음이 그칠 날이 없이 행복하기만 했다.

그런데 어느날 기둥처럼 두 남매가 의지하고 살아가던 어머니가 병으로 자리에 눕게 되었다.

시름 시름 앓든 병은 날이 가고 달이 가도 차도를 보이지 않고 점점 더 깊어 가기만 했다.

온 정성을 다해 밤낮으로 어머니의 병환을 간호하고 초약을 다려다 드렸으나 아무 효험이 없었다. 그렇다고 이 산골짜기에 의원이 있을 리 없고 첩약을 살 수도 없었다.

행복에 넘치던 이 집에는 근심 걱정이 태산 같았다. 두 어린 남매는 애가 타도록 마음을 조이며 간호하고 신께 빌었다.

이러던 어느 날이었다.

이 동리에 찾아든 한 노인이 있었다. 하얀 수염을 길게 기른 풍신 좋은 늙은이었다. 동리 사람들은 그 늙은이를 둘러싸고 한씨부인의 병에 대하여 좀 보살펴 달라고 애원했다.

그는 친히 가서 한씨부인의 진맥을 짚어 보더니 서른 여섯가지 약풀을 뜯어다 다려 먹이면 나을 것이라고 금순이 남매에게 일러주고 어디론가 훌훌 가버리고 말았다.

그후 부터 이들 금순 남매는 가르쳐 받은 서른여섯가지 약초를 구하느라고 날마다 산으로 쏘다녔다. 워낙이 깊은 산중이라 서른 다섯가지 약초는 쉽게 구할 수가 있었다. 그런데 단 한가지 약초는 아무리 구하러 다녀도 눈에 띄지 않는 것이었다.

그 약초는 모연실이라는 버섯 종류였다. 이 버섯은 높은 바위 위에만 있는데 그것은 저녁때만 돋아 난다는 신비의 약초인 것이다.

금순이 남매는 날마다 저녁때만 되면 이 약초를 구하느라고 뒷산의 바위로 올라가 살폈다. 그러나 어찌하랴! 이 갸륵한 효성에도 그 모연실이란 약초는 나타나질 않는 것이었다.

시간이 가고 날이가고 그러니 자연 어머니의 병은 점점 위독하고…… 정말 이 남매의 마음은 초조하고 애타기만 했다.

이렇게 약초를 찾아 헤멘지 어느덧 많은 시간이 지났다. 오늘도 금순 남매는 바위 위로 올라가 헤메고 있는데 어디선가 중이 나타나,

"애들아 너희들은 날도 저문데 바위에서 무엇을 찾고 있느냐?" 하고 묻는 것이었다.

"저희들은 모연실이라는 버섯을 찾고 있습니다."

"그것은 그렇게 쉽게 얻어지는 것이 아닌데 도대체 너희들은 그 약초를 무엇에 쓰려고 하느냐?"

"네, 지금 어머님이 병환으로 위독하신데 그 약초가 있어야만 살아나실 수 있다기에 매일 산속을 헤메고 있는 터이 옵니다."

"심히 딱하구나!"

그 중도 무척 안됐다는 듯 동정을 보내는 것이었다.

"그러면 우리 어머니는 약을 써보지도 못하고 그대로 돌아가시게 되는건가요. 스님, 어떻게 하면 그 약초를 구할 수 있을까요?"

하면서 눈물을 글썽거렸다.

"너의 정성이 갸륵하구나, 우리 수태사(水泰寺) 부처님께 불공
을 드리고 빌어 보도록 하자. 그러면 부처님이 가르쳐 주실
것이다."

라고 중은 말했다.

이 말을 듣고 있던 금순 남매는,

"스님, 불공을 드리사면 어떻게 합니까?"

"하얀 입쌀로 밥을 지어놓고 부처님께 정성 스럽게 기도를 드리
면 되는 것이다."

그 중은 이렇게 일러주고 어디론가 홀연히 떠나고 말았다.

그들 남매는 쌀밥이라는 말에 또 한번 실망하지 않을 수 없었
다. 말만 들었을 뿐 아직까지 구경도 못해 본 쌀밥이라니 말이
다. 이 산골짜기에서는 금보다 귀한 쌀밥이었다. 이것을 또 어디서
구한단 말인가?

금순 남매는 서로 부둥켜 않고 울었다. 답답하고 안타까운 마음
을 눈물로 달래보려는 가엾은 그들! 울다가 지쳤는지 금순이는
동생 길동이를 달래어 집으로 데리고 왔다. 그리고 쌀밥 대신
감자밥을 정성껏 지어가지고 정한 사발에 담아 동생과 같이 바위
가 있는 편편한 곳에 차려 놓고 수태사를 향하여 절을 하면서,

"부처님, 전지전능하신 부처님, 우리 어머님의 병을 보살펴
주시옵소서."

목매인 소리로 그들 남매는 빌고 또 빌었다.

어느덧 해는 서산을 넘고 사방엔 어둠이 깃들기 시작했다. 해가
지자 수태사의 저녁 종소리가 은은히 산중에 울려 퍼졌다.

이렇게 정성을 다해 부처님께 기도를 드린 금순이는 또 버섯을 찾아 한발 두발 산을 향해 옮겨 딛기 시작했다. 늘 올라가던 큰 바위로 올라 갔다. 그런데 이상스러운 일이 생겼다.

여태까지 볼 수 없었던 바위 위엔 또 한 바위가 높이 솟아 있는 것이 아닌가! 그 뿐만이 아니라 그 높이 솟아 오른 바위 위에는 몇 백년이나 묵은것 같은 노송이 바람에 흔들거리고 있었다.

금순이 남매는 이 눈앞에 전개된 희안한 일에 일종의 희망을 품게 되었다.

혹시 부처님께 기도한 효험이 나타난 것이나 아닌가 싶었다. 그 높은 바위 꼭대기에는 분명 버섯이 있을것만 같은 예감이 들었다.

"누나 우리 저 꼭대기에 올라가 봐. 거기엔 꼭 버섯이 있을거야."

"글쎄다, 웬지 나도 그런 마음이 드는구나."

이들 남매는 이런 대화를 나누고 희망에 찬 표정으로 서로 싱긋 웃었다. 그리고 이들은 위험을 무릅쓰고 그 바위에 오르기 시작했다.

바위에 엉켜진 풀 넝클과 나무 뿌리를 붙들고 애써 올라갔다. 그 뒤로 길동이도 따라 올라왔다.

그 이상하게 생긴 바위 위에는 노송이 하나 서있고 겨우 한 사람이 앉을 만한 자리가 있을 뿐이었다.

그들은 그 꼭대기에서 버섯을 찾느라고 사방을 두루 살펴 보았다.

이때 금순이가,

"어머! 길동아 저것이 버섯이 아니냐?"

하고 손가락으로 가르키며 기쁜 비명을 질렀다.

길동이도 그 가르키는 곳을 보더니,

"맞아! 누나 저것이 모연실이라는 버섯이야. 틀림없어."

하고 기뻐 날뛰는 것이다.

그러나 다음 순간 이들의 얼굴에선 차츰 희색이 사라지며 근심의 빛이 가득하게 된다. 노심초사 백방으로 노력하던 버섯은 발견했으나 그것을 수중에 넣기까지엔 아직도 숫한 위험이 가로 놓여 있었다.

깎아 내린듯 한 바위 중턱에 붙어 있는 버섯을 무슨 재주로 딸 수가 있단 말인가? 한참 내려다 보고 있던 금순이는 길동을 돌아 보며,

"애야, 그런데 저것을 어떻게 딴단 말이냐."

"글쎄말이야. 저렇게 바위 중턱에 붙어 있으니 어떻게 하면 좋지?"

이들 남매는 이렇게 떠들며 어떻게 해야 그것을 딸까 궁리해 보았으나 그들의 힘으로는 도저히 어려운 일이었다. 그러나 천신만고 끝에 겨우 발견한 이 약초를 버려 두고 돌아갈 수는 더욱 없었다. 즉 그것은 어머니를 살리느냐 죽이느냐 하는 중대한 문제이기 때문이다.

"누나 내가 내려가 따올까?"

길동이는 덮어 놓고 제가 내려가 따오겠다고 우겨댔다. 그러나 금순이는,

"네가 어떻게 내려가 따온단 말이냐. 어려워도 내가 내려가

따와야지."

금순이는 그렇게 애써서 발견한 버섯을 어찌 보고 안딸 것인가. 이것을 못 구하면 어머니 병환은 영영 회복되지 못할 것이라고 생각하니 불현듯 결심이 굳어지는 것이었다. 그래서 위험한 것을 무릅쓰고 풀뿌리와 넝쿨 같은 것을 붙들고 바위 밑으로 한발 한발 조심스럽게 내려가기 시작했다.

"누나 조심해야 돼."

길동이는 바위 위에서 초조한 모습으로 누나를 지켜 보며 애를 태우고 있었다.

금순이가 간신히 그 버섯 있는곳 까지 내려와 딸려는 순간, 이 어찌하랴! 그처럼 희망을 걸고 기뻐하던 그 풀은 모연실이라는 버섯이 아니라 다른 풀이 모연실로 헛 보였던 것이다.

그 순간 금순이는 온몸에 맥이 탁 풀리며 그만 풀뿌리를 잡았던 손을 정신 없이 놓고 말았다.

"앗!"

"누나!"

길동이가 이렇게 소리를 질렀을 때 금순이는 벌써 높은 바위에서 아래로 떨어져 버리고 말았다.

누나가 떨어지는 모습을 보던 길동이도 그만 정신이 아득해진 후

"누나!"

외마디 소리를 지르며 그만 바위 위에서 떨어지고 말았다.

순식간에 두 어린 남매는 시체가 되어 바위 밑에 쓰러졌다. 그 시체에서 흘러나온 피는 주위의 풀잎을 붉게 물들였다.

　이날밤 늦게까지 금순이와 길동이가 돌아오지 않자 병석에
누운 한씨부인은 잠을 이루지 못하고 꼬박 뜬 눈으로 기다렸다.
　이튿날이 되자 금순이 남매가 간밤에 산에서 돌아오지 않았다
는 것을 안 동리 사람들은 모두 산으로 몰려 갔다. 바위 아래에
피투성이가 되어 말없이 쓰러져 있는 시체를 발견한 그들은,
　"에그머니, 금순이가!"
　"아니, 길동이도!"
하며 달려들어 그들의 시체를 껴안았다. 어제까지 어머니 병을
근심하고 약초를 구하려 돌아다니던 어린 남매는 이제 싸늘한
시체로 변해 있지 않은가? 그들은 모두 자기 자식을 잃은거나
다름 없이 눈물을 흘리며 슬퍼했다.
　"하늘도 무심하지. 어쩌자고 이 착한 아이를……."
　순박한 그들의 입에서는 저마다 이런 탄식이 흘러 나왔다.
　이 비보는 병석에 누워 있는 한씨부인에게도 알려지게 되었
다.
　한씨부인은 넋 잃은 사람마냥 대성통곡을 하며 자리에서 벌떡
일어났다. 그리고 흩어진 머리에 옷고름마저 맬 겨를 없이 바위를
향해 이웃 사람들의 부축을 받아가며 달려오는 것이었다.
　"금순아!"
　"길동아! 이게 웬 일이냐? 으흐흥……."
　한씨부인의 모습은 가엾다기 보다 처절했다.
　바위 밑에 모여 있던 사람들은 금순이 어머니가 달려오자 또
한번 놀라지 않을 수 없었다.
　아직까지 병객으로 꼼짝도 못하던 그녀가 성한 사람처럼 이렇

게 달려오는 것을 본 사람들은 어이가 없었다.

한씨부인은 바위 밑까지 다가오자 피를 흘리고 쓰러져 있는 길동의 시체를 부둥켜 안고,

"길동아! 어쩌자고 이 꼴이 되었단 말이냐! 길동아!"

하고 울부짖었다. 그 동안 그녀의 뜨거운 눈물이 흘러 길동의 얼굴에 떨어지자 아직까지 숨결도 없던 길동의 얼굴에 갑작스레 생기가 돌고 한숨을 내쉬며 눈을 번쩍 뜨는 것이다.

이 기적 앞에 여러 동리 사람들의 입에서는 경탄의 소리가 흘러 나왔고 한씨부인은 길동을 덥석 안고 뺨을 비벼 대었다. 그리고 그를 안은 채 금순의 시체로 옮겨 갔다.

마찬가지로 그녀는 금순이를 붙들고 통곡을 하는 것이다. 뜨거운 눈물이 역시 금순의 핏기 가신 창백한 얼굴에 떨어졌으나 두번 다시 기적은 일어 나지 않았다.

한씨 부인은 금순의 시체를 안고 길동과 함께 집으로 돌아왔다.

눈물겨운 모성애의 뜨거운 눈물이 길동이는 살렸으나 금순이까지는 살려내지 못했다.

그 뒤로 한씨 부인의 중병은 깨끗이 났고 길동이도 상처가 아물고 곧 회복 되었다. 그러나 한씨부인은 날마다 그 바위로 찾아가 금순이를 부르며 눈물을 흘렸다.

어느 날 저녁때 한씨부인은 역시 금순이를 생각하고 바위 밑에 가 우는데 그 앞 시냇물 속에서 금순의 모습이 어렸다.

"금순아!"

미친듯 한씨부인이 부르며 뒤돌아 보니 뒤에는 바위가 높다랗

게 서 있을 뿐이었다. 그런데 그 바위에는 구름이 어리고 바위의
모양이 전과는 달리 마치 선녀의 모습처럼 돌변해 보이는 것이었
다.

　눈이 흐려 잘못 본 것이려니 생각하고 다시 눈을 부비고 자세히
보아도 바위 모양은 역시 선녀가 내려와 섰는것 같았으며 또 어떻
게 보면 금순이가 서 있는 모양과도 흡사했다.

　이 곳 사람들은 하늘이 금순이 효성에 감동하여 그를 선녀로
만들었고 바위가 선녀 모양으로 변한 것이라 하여 그 전까지는
미륵 바위라고 부르던 것을 선녀봉이라고 부르게 되었으며 그
일이 있은 뒤 부터 이 바위의 모양이 선녀같이 보이게 된 것이라
고 지금까지 전하고 있다.

만석동과 용정

　황해도 장연(長淵) 용정면에 가게되면 그 곳에는 용정(龍井)이라고 하는 아주 조그만 못이 있다. 그 못의 넓이는 약 열평정도밖에 안되나 물은 너무나도 깨끗해 마치 수정과도 같다고 한다.

　지금부터 이 못에 얽힌 사연을 적어 보기로 한다.

　옛날 그것도 아주 먼 옛날에 이 못 근처에는 힘이 매우 센 데다가 무예가 뛰어나 칼 쓰는 것과 활쏘는 것이 귀신같이 날쎄고 비상한 재주꾼인 김무달이라고 하는 사람이 살고 있었다고 전한다.

　그 무달이라고 하는 사람이 어느날 잠을 자고 있는데 그는 이상한 꿈을 꾸었다.

　백발이 성성한데다 풍체가 아주 좋은 노인 하나가 꿈 속에 홀연히 나타나서,

　"나는 옛날부터 쭉 이 앞 연못에 살고 있는 청룡이요. 그런데 요새 갑자기 심술 궂은 황룡 하나가 나타나 내게로 와서는 내가 살고있는 못을 내라고 야단이며 만약 내지 않으면 기어코 뺏는다고 하니 참으로 큰 걱정이 아닐수 없오.

　　그러나 내 힘이 부족하여 그 힘센 황룡을 당할 수 없으니
이 일을 어찌하겠소. 그래 내가 당신께 부탁하오니 나를 좀
도와줄 수 없겠소?"
하며 그에게 도움을 청하였다.

　　이때까지 묵묵히 듣고만 있던 무달이 딱하다는 듯
　　"당신이 정 그렇게 내게 부탁하신다면 내 힘닿는데 까지는 힘껏
도와 드리겠오만 도대체 이렇게 해딜라는 밀씀입니까?"
이렇게 그 노인에게 방법을 물었다.

　　"정말 감사합니다. 그러면 김무달씨 제가 내일 황룡과 만나서
싸움을 청할테니 싸우는 동안 당신이 나타나 숨어 계셨다가
황룡이 몸을 번쩍 쳐들면 그때를 놓치지 말고 활로 황룡을 쏘아
주시오."
하며 그에게 방법을 자세히 일러 주었다.

　　"네 들어 드리지요."

　　그가 승낙의 뜻을 표시하자 노인은 고맙다는 인사를 하고는
어디론지 사라져 버렸는데 그와 동시에 그의 꿈도 깨었다.

　　이튿날 아침 무달은 꿈의 말이 사실인가 시험하기 위하여 활을
메고 못가로 나갔다.

　　그가 나가서 조금 있으니 갑자기 사방이 온통 컴컴해 지며 못
위에 검은 구름이 일었다. 그는 활을 꼭 잡고 긴장 했다. 그랬더니
그 구름 위에 황룡의 꼬리가 보이는 것이 아닌가.

　　그러나 이런 일을 처음 당한 무달은 처음 보는 용이 어쩐지
무서운 생각이 들어 그 자리에서 멍하니 쳐다 보고만 있었다.

　　그가 이렇게 멍하니 서 있는 동안에 벌써 구름은 개이고 검은

하늘은 전과 같이 맑게 변하였으며 그 황룡 또한 어디로 가버렸는
지 그림자도 보이지 않았다.

무달은 일이 도대체 어떻게 돌아가는지 정신이 없었다.

그 노인의 부탁을 들어 주지도 못하고 그냥 집으로 돌아가는
무달의 발걸음은 무거웠다.

이런 일이 있은 후 그는 또 밤에 그 노인을 만났다.

백발이 성성한 그 얼굴에 원망스런 빛이 역력했다.

"왜 낮에 황룡이 나타났을때 활을 쏘지 아니하였습니까?"
하고 그에게 야속하다는 듯이 슬프게 말했다.

무달은 어떻게 잘못을 사과해야 할지 머리만 긁적이며 이렇게
말할 수 밖에 없었다.

"참 미안하게 됐습니다. 사실은 처음으로 용을 보게되니 무서워
서 정신이 얼떨떨해 지고는 어떻게 해야 좋을지 몰랐습니다."
무달은 정말로 미안한 듯 말했다.

노인은 다시 그에게 청했다.

"내일은 정말로 도와주오."

"네 내일은 꼭 도와 드리겠어요. 황룡이 구름 속에 나타나기만
하면 무조건 쏘나요?"

무달은 단단히 마음을 먹고 노인에게 다시 다짐했다.

"네 당신의 그 정확한 활 솜씨로 황룡을 쏘아 맞추기만 하면
되요. 꼭 좀 도와주시오."

"염려마십시요. 내일은 정신을 차리고 틀림 없이 황룡을 쏘아
드리겠습니다."

"부탁합니다. 그러면 내일 또 뵙지요."

여러번 거듭 당부한 노인이 또다시 사라지자 동시에 그의 꿈도 깨었다.

이튿날 아침 전날과 같이 무달은 활을 메고 연못가로 다시 갔다.

그리고 이제나 저제나 두 용이 나타나 싸우기를 기다렸다.

조금 있으니 요전과 마찬가지로 세상이 컴컴 해지고 연못 위에 검은 구름이 끼이며 그 속에 청룡과 황룡 두 마리가 서로 싸우며 꿈틀 꿈틀 움직이고 있었다.

무달은 정신을 바짝 차렸다.

"이번에야 말로 실수하지 않으리. 황룡의 꼬리를 꼭 마추리라."

이렇게 결심하며 마음을 잔뜩 도사리고 활을 겨눈 뒤 황룡을 기다리는데 구름 속에서 황룡의 꼬리가 드디어 나타났다.

"야! 저것이다. 바로 저 꼬리를 맞춰야 한다."

하고 소리치며 무달은 그것을 향해 활을 당겼다.

백번 쏘면 백번 다 맞춘다는 그의 화살은 이번에도 어김없이 황룡의 꼬리에 명중 되었다.

구름 속에서는 화살을 맞은 황룡의 피가 철철 쏟아지며 그 피가 못으로 흘러 들어갔다.

"야! 이만하면 아무리 힘센 황룡이라도 살아 나지는 못할걸."

무달은 만족하여 기분좋게 집으로 향하였다.

밤이 되었다.

그 노인이 또 다시 꿈속에 나타나 전에 원망스런 빛은 어디론가 사라지고 희색이 만면하여 그에게 몇번이나 감사하다고 인사하였다.

"참말로 이 은혜를 어떻게 갚아야 좋을지 모르겠습니다. 그 고약스런 황룡은 당신의 화살을 맞고는 그 즉시 죽어 넘어졌습니다. 당신의 덕분으로 앞으로 걱정 없이 살게 됐습니다. 그 정든 못을 뺏기지 않게 되어 얼마나 다행스러운지 모르겠군요. 정말로 고맙습니다."

노인은 그에게 진심으로 고맙다는 치사를 하였다.

김무달은 너무나도 황송하여,

"그까짓일 쯤 가지고 뭘 그러십니까? 은혜라고 말할게 있나요? 다만 그 황룡이 죽었다니 그것 만이 다행한 일이 올시다."

이렇게 겸손히 얘기 하였다.

김무달 역시 자기 힘으로 한사람의 걱정을 덜어 드렸다는 것이 무엇 보다도 기쁘고 대견스러웠다.

"그런데 이렇게 은혜를 입은 당신에게 무엇 하나 사례를 해야겠는데 당신이 원하는 것은 무엇이든 말씀해 주십시오. 내가 힘 닿는 데 까지는 들어 드리겠습니다."

"별 말씀을 다하십니다. 그까짓 것을 가지고…… 저는 별로 소원이랄게 없습니다."

김무달은 겸손히 얘기하며 그 노인의 말을 사양했다.

그래도 노인은 청을 하나 얘기하라고 그에게 졸랐다.

"나로서는 당신에게 너무 큰 은혜를 입었습니다. 이 은혜를 갚지 않고는 그대로 갈 수 없으니 무엇이든 원하는 것 한가지만 말씀하십시오."

"무슨 소원을……."

하며 무달은,

"어떤 소원을 얘기하면 좋을까?"

심각하게 생각하고 있는데 노인이 먼저 말했다.

"저기 저 쪽에 황무지가 하나 있는데 그것을 논으로 만들어 드릴까요?"

이 말에 무달은 깜짝 놀랬다.

"저 쪽 땅을요?"

"글쎄 그깃도 좋습니다만 저 땅을 논으로 만든냇사 서 돌 같이 딱딱한 땅에다 어떻게 농사를 지을 수 있겠습니까?"

"그것을 걱정하십니까? 그렇다면 그 걱정은 안하셔도 좋을 것입니다. 제가 놀랄 만큼 훌륭하게 논을 만들어 드릴테니 자손에 까지 대대로 물려 주십시오."

라고 말한 노인은 서서히 사라져 버렸다.

이상한 꿈에서 깨어난 무달은,

"그 꿈이 사실일까? 하여튼 내일 보면 알겠지?"

생각하고는 하루를 기대 속에서 지내었다.

이튿날이 되었다.

이날 아침은 이상하게 이른 새벽 부터 뇌성이 온 하늘을 진동하여 비가 억수같이 종일 퍼붓더니만 차츰 그 딱딱한 못으로 부터 물이 넘쳐 흐르는 등 믿지 못할 일이 일어났다.

척박하고 황폐했던 그 부근의 땅들이 금방 몇시간 만에 양질의 논이 되었던 것이다.

무달은 너무나 기뻤다.

그는 그 논을 잘 가꾸고 공들여 농사를 지었으며 해마다 풍년이 되었다.

그리하여 그는 만석꾼이 되었고 그의 자손 대대로 그 땅을 물려 가며 농사를 짓고 부를 누렸다고 한다.

그래서 그곳 사람들은 그 동네를 만석동이라 불렀으며 그런 일이 있은 뒤 부터 그 못을 용정이라 부르게 되었다.

지금도 날이 가물면 이 용정에 가서 기우제를 지낸다고 한다.

그러면 반드시 먹구름이 끼어 이 곳에는 비가 내린다고 전하여 온다.

백운암(白雲庵)의 도사

　강원도 세포(江原道 洗浦)역에서 서북 쪽으로 깊숙히 들어가면 흘령산(屹靈山)이 높이 솟아 있고 그 산 중턱에 백운암(白雲庵)이라는 암자가 앉아 있다.

　이 암자에는 도술이 통달하여 앞 일을 훤히 내다보는 도인(道人) 흘령(屹靈)이란 사람이 기거하고 있었다는 것이다.

　그런데 암자가 낡고 협소하여 증수(增修)를 하려고 마음 먹었다. 그리하여 어느날 도사는 산 아래 마을로 내려가 가가호호(家家戶戶)를 돌아 다니면서,

　"내일 부터 백운암의 증수 공사를 하려는데 댁의 소를 하루씩만 빌려 재목을 운반할까 하옵니다. 하루씩 편의를 봐주시려는지요?"

하고 청을 하였다.

　그런즉 마을 사람들은 한사람도 거절함이 없이 모두 그 도사의 청을 들어 주겠다고 승락 하였다.

　그러자 도사는 기뻐하며 감사를 잊지 않으면서,

　"그럼 내일 아침 일찌기 소를 가지러 소승이 오겠으니 새벽에

소를 배불리 먹여 길마를 지은 후 마당에 내다 매어 주시오."
라고 이르고 돌아갔다.

이튿날 아침 마을의 최서방은 어제 도사가 부탁한 대로 소에다
배불리 먹여 아침 일찍 마당 앞에다 매어 놓았다. 그리고 도사
가 내려 와 소를 끌어 가기를 기다렸던 것이다.

그런데 어찌된 일인가.

한나절이 되어도 도사는 나타나지 않는 것이다.

"이상한 일이로다. 분명 아침 일찍이 소를 쓰겠다고 했는데…
…."

그는 이렇게 중얼거리며 또 한나절을 기다렸으나 저녁 때가
되도록 소는 그대로 앞 마당에 매인 체 잠만 자고 있는 것이다.

어느덧 해는 서산을 넘어가고 마을에는 어둠이 뉘엿 뉘엿 찾아
들었다.

최서방은 도사를 기다리다 못해 소를 들여다 매느라고 소 고삐
를 풀었다. 그리고 자는 소를 깨웠다. 그런데 이게 어찌된 일인
가.

하루 종일 걸음 한걸음 걷지 않은 소 잔등에는 땀이 흠뻑 젖었
고 소는 지쳐 있는 것이었다.

최서방은 소 잔등의 땀을 씻어 주고 집 안으로 끌고 들어가려는
데 이때야 도사가 나타나

"참으로 소를 빌려주어 잘 썼습니다."
하며 인사를 하는 것이 아닌가.

최서방은 그 도사의 말이 이상하다는 듯이

"아니 도사님, 오늘 진종일 소는 앞마당에 매어 있었는데 언제

소를 쓰셨다는 겁니까? 설마 도사님께서 농담은 아니시겠지
요?"
하고 되려 반문했다.

그러자 도사는 껄껄 웃으면서,

"소의 몸둥아리를 쓴 것이 아니라 그 정신을 뽑아다 일을 시켰
습죠."
하고 설명하는 것이다.

그때야 최서방은 소 잔등에서 땀이 흐르던 연유를 비로서 깨달
았다.

도사는 또 다른 집으로 가서,

"내일은 이댁의 소를 좀 빌려 써야겠으니 아침 일찌기 배불리
먹여 마당에다 매어 놔 주십시요."
하고 이르고 돌아갔다.

그 집에서도 도사의 당부대로 이튿날 아침 소를 먹여 마당에
매어 두었는데 여전히 저녁 때가 되어도 끌어가지 않는 것이었
다. 그런데도 소는 땀을 흘리고 지쳐있는 것이었다.

다음 날 도사가 와서는,

"어제 소를 빌려주어 잘 부렸습니다."
하고 치사를 하는 것이다.

이런 방법으로 해서 그 도사는 여러 집의 소를 빌려다 쓰고
백옥암을 증수했다. 이것을 보고 마을 사람들은 그 도술의 고명함
에 크게 탄복하였던 것이다. 그리하여 그 후 부터 그를 흘령도사
(屹靈道士)라고 불렀다.

그 후 어느 날이었다.

마을의 초동 몇명이 그 산 속에 들어가 나무를 하고 있는데 흘령도사가 나타나 그들을 불러 말하기를,

"얘야, 너희들에게 당부할 얘기가 있는데 내 청을 들어 주겠느냐?"

하고 그들의 동정을 살피는 것이다.

"무슨 말씀인지 들어드리고 말구요. 어서 말씀하세요."

하고 대답했다.

"다름이 아니라 너희들 내일 아침 나무하러 또 오너라."

"왜요?"

"내일 사시(巳時)쯤 되면 이곳으로 어떤 행각승(行脚僧)이 지나갈 것이다. 그때 너희들은"

하고 음성을 낮추어 무어라 일러주는 것이다.

그의 지시를 들은 초동들은

"네, 분부대로 그렇게 하겠습니다."

하고 나무짐을 짊어지고 가버렸다.

이튿날이 되자 그들 초동은 한곳에 모여 나무하러 흘령산으로 올랐다. 그리고 나무를 하며 어제 도사가 일러준 때가 오기를 꼬박이 기다렸다.

나무 한 짐을 하고나니 그럭저럭 사시(巳時)가 되었다. 그들은 나무 그늘에 앉아 산 아래를 내려다 보고 있었다.

이때다.

과연 저쪽 밑에서 행각승 하나가 등에 바랑을 메고 큰 삿갓을 눌러쓴 채 올라오는 것이 아닌가.

"얘들아. 저기 중이 온다."

하고 한 초동이 가르키자 모두 그 쪽을 바라보며,

　"정말, 저기 온다."

　"틀림없이, 어제 도사님이 말씀하신 그 행각승이다."

하고 그들은 쭉 일어나 중이 오는 길목을 막고 있었다.

　중은 아무것도 모르고 태연한 모습으로 걸어 오는데 여러 초동들은 낫을 휘두르며 동시에 달려들어 어제 도사가 귓속말로 일러 준 대로,

　"네 이놈, 게 섰거라!"

하고 소리를 질렀다.

　불의의 기습을 당한 그 행각승은 당황했으나 금새 태연한 모습을 하고,

　"너희들은 누구냐? 애놈들이 수도하는 사람에게 그 무슨 망동이냐! 아무리 초동들이기로니 너희들은 애비도 없단 말이냐."

하고 되려 호통을 치는 것이 아닌가.

　그러자 초동 중 한 아이가

　"에이 이 뻔뻔스런 놈아, 너는 중을 가장하고 우리 나라를 염탐하는 놈이 아닌가! 당장 너를 때려 잡아 정체를 밝히고 말테다."

　"뭣이!"

　그는 자기의 정체가 드러나자 깜짝 놀라 그대로 돌아서더니 줄행랑을 치는 것이다. 초동들은 그의 뒤를 따라 산 아래로 쫓아 갔다. 그러나 애들이 어른의 달음박질을 당해낼 수는 없었다. 그래도 돌팔매질을 마구하며 쫓아갔다. 끝내 그 중놈을 놓치고 만 초동들은 어쩔 수 없이 집으로 돌아가고 말았다.

한편 그 중놈은 산밑까지 내려와 초동을 따돌리게 되자 풀숲에 잠시 몸을 은신했다가 날이 저물자 다시 가던 길로 걸어 산을 오르기 시작했다.

백운암 근방에 까지 이르자 날은 완전히 어두워 더 걸을 수가 없게 된 행각승은 사방을 두리번 거리며 잠자리를 찾기 시작했다. 그러다가 불빛을 보고 찾아간 곳이 백운암이었다.

그는 암자 앞에 이르러,

"스님 계시옵니까? 지나던 행각승이온 데 날이 저물어 하룻밤 폐를 끼칠까 하고 들렀습니다."

하고 하룻밤 묵기를 청했다.

도사는 그의 위 아래를 한번 훑어 보더니,

"어서 올라오시오. 잠자리가 편치는 못하나 하룻밤 유하는 거야 어렵지 않지요."

하고 순순히 맞아 들였다. 그리고 저녁을 대접하고 호롱불을 돋구고 얘기를 나누었다. 벌써 도사는 이 행각승이 다른 나라의 첩자임을 다 알고 있는 것이다.

그런데 이상한 일은 도사와 중이 방안에서 얘기를 하고 있는데 뜰 아래에 엎드려 있는 개가 달을 쳐다보며 노상 짖어대는 것이다. 개 짖는 소리는 시간이 흘러도 쉬지를 않고 점점 더 목청을 높이는 것이 아닌가.

행각승은 개의 돌연한 울부짖음을 이상히 여겨,

"도사님, 저 개가 계속 짖어 대는 것이 이상하지 않습니까? 나가 살펴보고 오는 것이 어떨지요."

하고 말하는 것이다.

"저 개가 비록 체통은 조그마 하나 능히 천지를 살피고 세상의 앞 일을 예측하는 영웅이 올시다. 지금 저 개가 짖는 것은 요사이 어느 이웃 나라에서 우리 조선을 치려고 호시탐탐 기회를 엿보며 주야로 병마를 단련하고 병기를 운영함으로 그 검광이 달빛에 비치고 쟁그렁 쟁그렁 소리가 남으로 그것을 보며 짖는 것이라오."

도사는 이렇게 말히더니 잠시후 다시,

"그런데 그 나라에서는 우리 조선을 치려고 미리 국정과 지리를 살피느라고 사람 하나를 변장시켜 침투 시켰답니다. 그는 중의 모습으로 변장하고 팔도(八道)를 두루 편답하며 정세를 엿보고 돌아다니는데 자기가 다닌 자취를 표하기 위하여 지나가는 길마다 차전자(車前子)라는 풀씨를 길가에 뿌려서 이제 그 풀의 씨가 이 산 아래 까지 떨어지게 되었습니다."

하고 도사는 뚫어질 듯이 그 행각승의 얼굴을 바라보는 것이다.

이게 어찌된 일인가. 자기의 정체를 꿰뚫어 보듯 샅샅이 알 뿐만 아니라 자기가 하고 다니는 소행까지 모조리 알고 있는 도사의 말에 기겁을 한 그 중은 감히 얼굴을 들 수 없어 시선을 땅바닥으로 떨어지고 말았다. 그의 얼굴엔 당황하는 빛이 역력히 나타났다. 그는 속으로 '이처럼 고명한 도사를 그대로 내버려 두었다간 후일 조선을 침범했을 때 반드시 후환이 생길 것이다. 그뿐 아니라 내가 띄고 온 임무를 성취하기도 어려울 것이다.'

이렇게 생각한 행각승은 몸 속에 깊이 감춰두었던 비수를 꺼내어 날세게 도사를 찌르려 덤벼 들었다.

그러나 그의 일거일동을 뜰 아래서 개가 지켜보고 있는 줄은 꿈에도 생각치 못했다.

그가 도사를 찌르려고 칼을 들자 어느새 보았는지 뜰 아래서
미친듯이 짖어 대던 개가 번개 같이 달려들어 칼든 손을 물었다.

"아악!"

하고 소리를 지른 그 중은 손에 쥐었던 비수를 떨어 뜨렸다.

도사는 그래도 태연한 표정으로 떨어진 비수를 집어 들면서,

"서투른 짓은 아예 하지 않는 것이 현명한 일이다. 너는 나를
모르고 칼을 빼어 들었으나 나는 이미 네가 이곳을 통과할 줄
알고 있었다. 오늘 낮에 초동들을 시켜 너에게 귀뜸을 해주었거
늘 본국으로 돌아갈 생각은 하지도 않고 다시 망녕되이 이곳으
로 찾아와 감히 경거망동을 하느냐! 네 죄는 마땅히 목을 베어
야 할 것이나 특별히 목숨을 살려주니 그 대신 네 귀를 여기
잘라 놓고 가라."

고 호령했다.

그 중은 목숨을 유지하는 것만도 감사한 터라 그 비수로 자기의
왼편 귀를 잘라 도사에게 바치고 그 길로 백운암을 나가 종적을
감추고 말았다.

지금도 흘령산에 올라 가면 이 백운암이 있어 드높던 흘령도사
의 옛자취를 더듬어 볼 수 있다.

조선에는 본래 차전자(車前子)라는 풀이 없었으나 그 변장한
중인 외국의 염탐꾼이 뿌리고 간 후 부터 이 차전자란 풀이 생겨
났다고 전한다.

서장대(西將台)의 매바위

서울 광나루에서 약 한시간 남짓 차로 가면 경기도 광주(京畿道 廣州)땅의 남한산성(南漢山城)이 나온다. 이곳은 전망이 좋기로 유명하여 요사이는 관광지로도 그 이름이 널리 알려졌다.

원래 이 곳은 백제의 도읍터이며 또 이조(李祖)때에는 나라의 피난처로 많은 고적과 전설을 지니고 있다.

옛날 이 곳에는 동, 서, 남, 북 이렇게 네 군데에 각각 장대(將 台)가 있었는데 지금은 서장대(西將台) 하나 만이 남아 있을 뿐 나머지 장대는 그 자취를 찾아 볼 수가 없다.

그런데 이 서장대 앞 넓은 뜰에 매바위라는 큰 바위가 하나 있다. 그런데 이 바위엔 다음과 같은 슬픈 전설이 얽혀 전해져 온다.

이 남한산성의 축성은 인조(仁祖)때에 이루어졌으나 그 축성 계획은 이미 선조(宣祖)때에 세워졌다고 한다. 그 축성 목적은 병란이 있을 때 임금의 피난처로 삼기 위함이었다.

역대 임금은 병란이 있을 때마다 난리를 피해 더러는 강화(江 華)로 갔고 또 어떤 때는 정처 없이 한양을 나서 숱한 불안과 불편을 느껴왔는데 이런 불의의 병란이 있을 때 대비해 한양에서 가까운 거리에 피난처를 물색하다가 이 광주(廣州)땅의 남한산성이 간택되어 축성 되었다.

이곳은 한양에서 거리가 가까울 뿐 아니라 또한 지형적으로도 요새지로 적당하였다는 것이다. 그리하여 조정(朝庭)에서는 이곳에 성을 쌓기로 의논이 되었으나 차일 피일 미루어 오다가 인조(仁祖)때에 와서야 비로서 공사를 진행하였던 것이다.

당시 광주의 유수(廣州留守)로 있던 이서(李曙)에게 명하여 이 남한산성을 쌓게 하였는데 그 소임을 이인고(李仁皐)와 벽암(碧岩)이라는 중에게 위임 하였던 것이다.

중대한 조정의 소임을 맡은 이 두 사람은 각기 공사를 둘로 나누어 하기로 의논을 했다. 그리하여 이인고는 남쪽의 축성을 맡고 벽암은 북쪽을 맡아 가지고 곧 착수했다.

그런데 이상한 일이 일어났다. 북쪽의 축성 공사를 맡은 벽암은 착착 일이 순조롭게 진행 되어 즐거운 비명을 올려야 했을 정도인데 반하여 남 쪽 부분의 축성 공사를 맡은 이인고는 별로 진척을 보지 못하는 것이었다.

그 까닭인 즉 이인고는 원체 마음이 곧고 청렴하여 이서의 두터운 신임을 받고 있었다. 그는 나라의 큰 공사를 맡은 이상 돌 하나라도 소홀히 다룰 수가 없었다. 그리하여 날마다 공사장에 나가 직접 일꾼들을 감독하고 격려하여 돌 하나 하나 쌓는데 정성을 다 하였다.

이렇듯 세심하고 견고한 공사를 하자니 자연 시일이 오래 걸릴 것은 정한 이치일 뿐 아니라 나라에서 내린 공사비(工事費)마저 부족하게 되었다.

그런 그는 자기의 사유재산(私有財産)까지 털어 공사비에 충당하는 것이었다. 그래도 워낙이 큰 공사임으로 돈이 부족했고 그로 인해 축성 공사는 자꾸만 지연 되었다. 이인고의 근심은 이만저만 큰 것이 아니었다.

"참 큰 일이로다. 중대한 나라의 일을 맡은 내가 이제 와서 되는 대로 일할 수도 없는 일. 어떻게서 든지 나는 이 공사를 완공해야 한다."

그는 이런 탄식과 굳은 결의로 스스로를 다짐하는 것이었다.

한편 북 쪽의 공사를 맡은 벽암은 어떠 했는가.

그는 이인고와는 반대로 공사는 착착 진행 되어 기일 안에 축성이 끝났을 뿐만 아니라 공사비도 남아 그것을 나라에 환납하게 되었으니 자연 인고에 대해 이러쿵 저러쿵 좋지 않은 여론이 떠돌게 되었다.

"인고는 원래 게으른 사람인가봐. 그렇기에 아직 공사를 끝내지 못했다는 거 아니야."

"아니야. 그는 원래 주색을 즐기는 사람으로 공사비를 횡령하여 술타령만 하였다니 공사가 늦어질 것은 뻔한 일이 아니겠어."

이렇듯 남의 말 하기 좋아하는 사람들의 입에선 험구가 쉴새 없이 흘러 나왔다.

그러나 인고는 그런 낭설에 조금도 개의치 않고 그저 꾸준히 정성을 들여 일을 해 나갔다.

남의 험구를 즐기는 사람들의 입에선 점점 인고에게 불리한 말이 조작되어 나왔다. 본래 야심이 많고 마음씨가 음흉한 벽암은

172

이 기회를 약삭빠르게 이용했다. 그리하여 그는 백성들 뒤에서 자꾸만 인고의 무능함과 공사비를 주색 즐기는데 낭비한다고 헛소문을 퍼뜨렸던 것이다.

그리하여 드디어 이 말이 관가에 까지 들어 가게 되었다.

나라의 명을 받은 이서의 입장은 대단히 난처해 졌다. 누구보다도 신임하던 인고의 공사가 늦어질 뿐 아니라 온갖 좋지 못한 소리가 귀에 쉴새 없이 들려오니 차츰 그를 의심하기 시작했다.

그런데 이 소문은 조정에 까지 들어가게 되었다. 그리하여 조정에서는 광주유수에게,

"인고는 축성 공사에는 별로 힘을 쓰지 않고 나라에서 내린 공사비로 날마다 주색에 빠져있다니 광주 유수는 그 까닭을 밝히어 책하라"

는 엄명이 내렸다.

명을 받은 이서는 크게 노하여 곧 인고를 불러 들이게 했다.

공사장에서 일꾼들을 격려하고 감독하던 이인고는 아무 죄도 없이 애매하게 끌려와 이서 앞에 무릎 꿇었다.

그를 보자 이서는 화가 치밀어,

"이놈 듣거라. 내 너를 신임하여 나라의 대사를 맡겼거늘 어찌하여 너는 신의를 저버리고 공사에 태만하였는고?"

하고 꾸짖었다.

"제가 게으름을 핀 것이 아니오. 너무나 신중한 공사를 맡았기에 흙 한 삽 돌 하나에 이르기까지 정성을 기울이다 보니 공사의 진척이 늦어진 것이 옵니다."

그는 사실대로 해명하였다.

그러나 이서의 귀에 그 해명이 통할 리 없었다. 모두 변명 같이 들렸다. 그리하여 끝내 자기를 속이려는 심사가 괘씸하여,

"너는 조금도 개전의 정이 없는 놈이로다. 나라의 중대한 공사를 지연하고 더군다나 공금을 횡령하여 주색에 낭비를 하였으니 그 죄를 다스리노라."

하고 참수형을 선고하였던 것이다.

이인고의 억울한 행형은 서장대 위에서 행해지게 되었는데 그는 애매한 누명을 쓰고 죽음을 당하게 되었다.

인고는 마지막 순간 눈물을 흘리며,

"국법에 의해 죽기는 하오나 너무나 원통합니다. 나의 무고한 죽음을 하늘은 알고 있은 즉 죽은뒤 반드시 후회할 일이 있을 것입니다. 자 어서 목을 치시오."

이렇게 말하고 그는 담담하게 참형을 받았다.

칼 날이 번쩍 빛을 내더니 드디어 그의 목이 땅에 뒹굴었다.

그런데 이게 어찌된 일인가!

선혈이 낭자한 그의 목에서 매 한마리가 나오더니 푸드득 날아 인고의 시체를 몇 번이나 싸고 돌더니 뜰 앞 바위에 가 앉았다가 어디로 사라지고 마는 것이었다.

여러 사람들은 이 뜻 밖의 광경에 모두 놀라며 매가 앉았던 바위로 가 보았더니 거기에는 매 발자국이 뚜렷하게 남아 있었다.

"정말로 이상한 일인데……?"

"인고는 억울하게 죽었어."

"이제 심상치 않는 일이 일어날지도 모를걸세."

거기 현장에 모였던 사람들은 저마다 한마디 씩 지껄이며 돌아 갔다.

관가에서는 이인고가 죽은 뒤 이상한 일이 발생하였음을 괴이 하게 여겨 그때야 공사현장을 조사해 보았다.

그런데 벽암이 맡아 쌓은 성은 한눈에도 거칠고 허술했으나 인고가 분담해 쌓은 성은 한 곳도 빈틈 없이 견고했다.

그제야 비로소 인고가 축성함에 온갖 정성을 다 기울여 성을 견고히 쌓느라고 시일이 늦어진 것을 발견해 냈던 것이다. 관가에 서는 자기의 경솔한 처사를 후회하며 인고의 애매한 죽음을 통석 하여 많은 돈을 내려 청량당(清涼堂)이라는 사당을 서장대 옆에 짓고 그 원혼을 제사 지내게 하였다.

이 뒤로 서장대 뜰에 서 있는 바위를 매바위라고 부르게 되었으 며 지금도 서장대 넓은 뜰에는 그 바위가 그대로 남아 있어 인고 의 원통한 죽음을 하소연 하는듯 많은 사람의 입에 오르 내리고 있다.

그리고 벽암이 쌓았다는 북쪽 부분은 지금 성의 자취를 찾아 볼 수 없이 되었으나 이인고가 정성 들여 쌓은 성은 아직도 흔적 이 남아 있어 그의 충직한 심성을 말해주고 있는 것이다.

한편 이인고의 부인 송씨(宋氏) 또한 남편에 못지 않은 충렬한 부인으로 인고가 성을 쌓는데 돈이 부족하여 고심하는 것을 보다 못해,

"여보, 너무 상심하지 마세요. 이제 부터 제가 전국을 돌아다니 며 모금을 하여 축성 공사비에 보탬을 해 드리겠어요."

이렇게 말하고 집을 나갔다.

　그리하여 각지로 돌아다니며 많은 돈을 걷어 가지고 그 돈을
배에 실어 뚝섬 상류에 다달았을 때였다.

　그녀는 거기서 한 친지를 만나 남편이 비명에 간 비보(悲報)
를 듣게 되었다.

　남편의 심정을 잘 아는 송씨는 원통하게 누명을 쓰고 죽은 것을
슬퍼하며 침식을 전폐하고 통곡하다가 끝내 강물에 몸을 던져
남편의 뒤를 따랐다고 한다.

배처녀(裵處女)와 차천(車泉)

지금도 전라남도(全羅南道) 화순(和順)읍에 갈 것 같으면 차천 (車泉)이라고 불리우는 샘이 있다.

물이 맑고 차거워 이 곳 사람들에게는 둘도 없는 식수가 되며 또 길가는 나그네의 목을 추겨 주기도 하는 고마운 샘이기도 하 다.

그러나 그 보다도 우리의 흥미를 끌고 있는 것은 이 샘이 지니 고 있는 전설인 것이다.

때는 고려(高麗) 중엽이다.

화순 읍내에는 배(裵)씨 성을 가진 아전이 살고 있었는데 그는 관속인 만큼 그 고을 사람들 사이엔 적지 않은 세력을 가지고 있었으며 가산도 여유가 있어 아무런 불편 없이 지내고 있던 것이 다.

그러나 배씨에게는 슬하에 아들이 없었다. 늦게 겨우 딸 하나를 얻어 금지옥엽 처럼 귀엽게 기르고 있었다. 그들 배씨 내외는 모든 희망을 딸에게 걸고 그 어린 것이 자라는 것에 낙을 삼고 있었다.

그러나 인생길은 그리 평탄한 것 만은 아니었다. 그 금지옥엽처럼 키우던 딸이 스무살이 되는 해이다. 아버지인 배씨는 억울한 누명을 쓰고 옥에 갇히는 몸이 되었다.

별안간에 당한 일이었으므로 온 집안은 근심 걱정으로 가득했고 더우기 딸과 어머니는 날마다 눈물로 지내고 있었다. 효심이 지극한 딸은 하루도 빠짐 없이 손수 미음을 쑤어 가지고 옥으로 가 아버지를 봉양하였던 것이다.

어느 날 새벽이었다.

역시 그 날도 배처녀는 차천(車泉)의 물을 길어다 미음을 쑤려고 물동이를 이고 샘으로 갔다.

아직 이른 새벽이었던지라 먼 동이 텄을 뿐 해는 떠오르기 전이었다. 하늘에는 샛별이 걸려있고 주위는 휘언할 따름이었다. 배처녀는 샘가에다 물동이를 내려 놓고 샘의 맑은 물을 뜨려고 하다가 바가지를 든 손을 주춤하지 않을 수 없었다.

"어머! 저게 무엇일까?"

하고 물 위에 떠있는 것을 자세히 들여다 보니 그것은 분명히 외였다.

참으로 해괴한 일이 아닐 수 없다. 겨울철에 외가 떠 있다는 것은 당시 사람으로 놀랄 사실이 아닐 수 없는 일이다.

"애그머니 한 겨울에 외가 웬 일인가?"

배처녀는 자기도 모르게 이렇게 부르짖으며 그 외를 건져 들었다. 그것은 아무리 살펴 보고 냄새를 맡아 보아도 틀림 없는 외였다. 신기한 듯 한참 들여다 보고 있던 그녀는 별안간 그 외가 먹고 싶은 생각이 들어 무심결에 그 외를 먹고 말았다.

이른 새벽에 외맛이란 이루 헤아릴 수 없이 맛있었다. 그녀는 그 자리에서 순식간에 외 하나를 다 먹어 치웠다. 그리고 물을 길어 가지고 돌아와 미음을 쑤어 아버지가 갇혀 있는 옥으로 갔다.

그런데 이상하게도 그 외를 먹고 난뒤 배처녀에게는 태기가 있었다.

두 달 석 달 날이 가고 달이 갈수록 그녀의 배는 불러 왔다. 처녀의 몸으로 수태를 하게 된 배처녀는 이상하기도 하지만 무엇보다도 부끄러워 이 말을 누구에게도 할 수 없어 혼자 근심 속에서 날을 보냈다.

"이 일을 어쩌면 좋담. 차라리 죽어버릴까?"

그녀는 이런 생각까지 하기에 이르렀다.

무심한 배는 날이 갈수록 점점 더 불러만 갔다. 더 이상 배길 수가 없게 된 그녀는 하루 저녁 어머니 앞에 공손히 앉고 조심스럽게 입을 떼었다.

"어머니, 저어⋯⋯."

이렇게 불러만 놓고 차마 더 말이 나오지 않아 그녀는 얼굴을 숙인채 눈물을 흘리고 있었다.

"아니 왜 그러느냐? 어디 몸이 아픈 모양이로구나."

"아니에요. 어머니 으흐흐흐."

"왜 말을 않고 울기 부터 하느냐? 네가 내 앞에서 못할 말이 뭐란 말이냐?"

"저 저 어머니 저에게 태기가 있어요."

그 말이 떨어지자 마자 배처녀의 어머니는 깜짝 놀라며,

"뭣이! 그게 웬 말이냐! 응, 그럼 대체 그게 뉘 애란 말이냐
응. 어서 바른대로 말하여라."
하고 마구 다그치는 것이었다. 어머니의 입술과 온 몸이 떨리고
있었다.

배처녀는 잃었던 이성을 되찾은 양 자초지종을 또박 또박 이야
기 했다. 딸의 말을 다 듣고 난 어머니는,

"참 해괴한 일이로구나. 이쨌든 범상한 일이 아니로다. 그러나
남들의 이목도 있으니 문 밖의 출입을 금하여라."
하고 이르고 모녀만이 알고 있는 비밀로 해두었다.

어느덧 만삭이 다 차서 옥동자를 낳았다. 때마침 억울한 누명을
쓰고 투옥되었던 배씨가 혐의 없음이 판명되어 출옥하게 돼 집으
로 왔다.

그는 시집도 안간 딸이 옥동자를 낳자 크게 놀라는 것이었다.

처음에는 자기가 없는 동안 행실을 못되게 해서 밴 애인가 의심
하여 철저히 질문했다.

그러나 배처녀는 전혀 그런 일이 있는 것이 아니라 차천으로
물을 길러 갔다가 샘물에 뜬 외를 한개 건져 먹고 잉태하였다는
이야기를 사실대로 고백하였다.

그러자 그는 이상한 일이라고 여겼던지 딸을 책하지 않았다.
그러나 처녀의 몸으로 아이를 낳는다는 것은 남 보기에도 창피하고
부끄러운 노릇이었다. 그래서 집 뒤에 방 하나를 새로 들이고
그 곳에서 얼마동안 애를 기르다가 두 이레가 지난 후 다시 그
애를 아무도 모르게 싸다가 읍에서 남쪽으로 한 3마장쯤 떨어진
숲속의 큰 정자나무 밑에다 버리고 오게 하였다.

남의 이목이 두려워 이렇게 애를 갖다 버리기는 하였으나 배처
녀는 그 애가 가여워 그 뒤로 마음을 걷잡지 못하고 울기만 하였
다. 또한 그녀의 어머니도 마음이 안되어서 밤에는 잠을 이루지
못하는 것이었다.

그 이튿날 밤 배처녀의 어머니는 어린애가 어떻게 되었는지
궁금한 생각이 들어 남몰래 등불을 들고 숲속에 가 보았다.

그런데 죽었으려니 생각했던 그 어린애는 한 마리의 학 날개
속에 품긴채 살아 있는 것이었다.

그것을 보고 더욱 이상하게 생각한 한편 다소간 안심도 되어
그대로 되돌아 왔다.

그 이튿날도 배처녀의 어머니는 또 그 숲속에 가 보았다. 역시
그 정자나무 밑에서 큰 학이 날개를 펴서 그 어린애를 품고 있는
것이었다.

다음날 또 가보았으나 역시 마찬가지였다.

그 부인은 더욱 이상한 생각이 들어 남편에게 그 이야기를 하지
않을 수 없었다.

"그 참 이상한 일인데?"

배씨도 부인의 말을 듣고 몸소 그 숲속으로 가 보았다. 과연
학이 날개를 펴고 어린애를 품고 있는 것이었다.

외를 먹고 수태하여 낳은 아이라는 것 부터가 이상한 일이거니
와 어린애를 갖다 버려도 학이 그를 보호한다는 것도 신기한 일이
아닐 수 없었다.

"참 알 수 없는 일이로구나."

그는 혼자 말 처럼 중얼거리며 집으로 돌아와 아내를 보고,

"그 아이는 범상한 아이가 아닌 모양이우. 그러니 도로 데려다 기르도록 하는게 어떻겠소."

하고 자기 의사를 얘기 했다. 그러자 아내도

"나도 그렇게 생각하고 있었어요. 첫째 인생이 불쌍해 안됐고 둘째로는 날때 부터 보통 다른 애들과 다른데가 있어요. 내다 버려도 새가 와서 보호하는 것으로 보아 아마 무슨 위인이 태어난 짓 같으니 우리가 그대로 두었다긴 친벌을 면치 못할 것입니다. 그리고 저 애도 늘 슬퍼서 울고만 있으니 보기가 안되었구려."

하고 남편의 뜻에 적극 찬성했다.

그러나 귀한 딸의 장래를 생각하면 아비 없는 자식을 낳았다는 사실 때문에 그 일생은 불행하게 될 것이 틀림없다. 그래서 그들은 어떻게 묘한 방법으로 그 아이를 데려다 기르는 수가 없을까 하고 의논해 보았다.

"여보, 좋은 수가 있소. 당신이 어디 갔다 오다가 길에서 얻은 것처럼 해가지고 와 기르면……."하고 의사를 말하자

"참 그렇게 하는 것이 좋겠군요."

하고 두 내외는 합의를 보았다. 그리고 그 이튿날 배씨 부인은 일부러 동주에 있는 일가집에 다녀 오는 길에 그 정자나무 있는 숲속으로 들어갔다. 배씨 부인은 가던 걸음을 멈추고 동행하는 아낙네에게,

"저 소릴 좀 들어보오. 저 정자나무 밑에서 어린애 우는 소리가 나질 않아요?"

하자 그 일행도 눈을 동그랗게 뜨면서,

"글쎄요. 어린애 소리군요."

"어디 가 봅시다. 누가 이 숲속에 어린애를 버린가 보오."

하고 배씨부인은 그 동행하던 부인과 함께 정자나무 밑으로 갔다. 거기에는 과연 그 전과 다름 없이 학이 어린애를 품고 있다가 그들이 이르는 것을 보자 어린애를 남겨둔채 푸르륵 날아가 버렸다.

"에그 정말 어린애가 있구만!"

"정말, 웬 어린애일까? 가엾어라. 쯔쯔쯔."

하며 부인은 달려가 어린애를 안아 들었다.

같이 갔던 부인도 가엾이 여기며 어린애를 얼르고 야단이었다.

"참 잘도 생겼는데……."

"몹쓸 사람도 다 있지. 누가 어린애를 낳아 이런데다 버렸을까?"

그들은 이런 말을 주고 받으며 어린애를 안고 집으로 돌아왔다. 그리하여 길에서 내버린 애를 주어 왔다고 만나는 사람마다 말을 했더니 소문은 바람을 타고 번져가듯 인근에 쫙 퍼지고 말았다.

이렇게 하여 배처녀가 내다 버렸던 어린애는 다시 집으로 돌아오게 되어 그들은 정성껏 애를 기를 수 있게 되었다.

어린애는 무력 무력 자라 두살이 되고 세살이 되고…… 이렇게 자라 갈수록 영리함과 총명이 뛰어나게 나타났다. 그래서 배씨부부의 총애와 배처녀의 사랑을 더욱 받게 되었다. 그럭저럭 그 아이의 나이 열살이 되었다.

어느날 그의 집에는 한 중이 찾아왔다. 그 중은 어린 애를 보자 크게 놀라며,

"참으로 기이한 아이로다. 그러나 애석한 일이로군."

하며 혀를 차는 것이다.

이 모습을 지켜 보던 주인 배씨는 중의 거동이 이상하여 무엇이 애석하냐고 물었다.

그러나 처음에는 그 뜻을 좀처럼 밀하려 하지 않다가 지끄 제촉 해 묻는 배씨부부의 정성에 감동했음인지 천천히 입을 열어,

"이 아이를 댁에서 그냥 기르면 단명해 열다섯을 넘기기 어려울 것이오. 그러나 내가 절로 데려가 불공을 잘 드리고 기르면 수명을 늘릴 수 있오만은……."

하고 자못 안된듯 애석한 표정을 짓는 것이다. 주인 배씨는 그 말을 듣고 적지 않게 놀라며 어떻게 하면 좋겠느냐고 물었다.

"오래 살고 잘 되게 하시려면 그 애기를 나에게 맡기십시오. 그러면 절에 데려다 공부를 잘 시켜 후일 크게 성취하게 하지 요."

중은 이렇게 말하고 그 애를 자기에게 맡기라고 청했다. 주인은 안에 들어가 그 아내와 딸을 보고 의논했다. 정리로 보아서는 차마 내주기가 어려웠으나 단명한다는 말과 후일 잘되게 해 준다 는 말에 그들은 그 중에게 내맡기기로 의견의 일치를 보았다.

그 길로 중은 그 아이를 데리고 절로 갔다. 이 중은 다른 사람이 아니라 당시 유명한 중인 보조국사였던 것이다.

보조국사는 그 아이를 데려다 열심히 공부를 시켰다. 원체 총명 한 재질이라 하나를 가르치면 열을 통해 날로 날로 그의 학식은

넓어 지고 있었다. 게다가 가슴에는 제도의 그 바탕이 숨어 있어 드디어 도통을 하게 되었으니 이가 바로 그 유명한 진각국사(眞覺國師)인 것이다.

진각국사가 절에 오게 된지 얼마 안되어 배씨 부부는 이 세상을 떠났고 진각국사의 어머니 배처녀는 시집을 안가고 그대로 공규를 지키다가 세상을 떠났다.

화순 만년산정의 성주암이라는 절에 보조국사와 진각국사의 화상이 보존되어 있었는데 한 70여년 전에 유실 되었다고 한다.

그리고 진각국사의 어린시절 학의 보호를 받았다고 하는 숲속의 정자나무도 근년까지 있었으나 걸인 애들이 태워버려 지금은 그 자취 밖에 남지 않았다.

지금은 그 배처녀가 외를 건져 먹었다는 차천만이 남아 있어 그 마을 사람들과 지나는 길손에게 유서 깊은 물과 전설을 제공하고 있다.

두견새 우는 절부암(節婦岩)

함경남도 홍원읍에서 북쪽으로 약 십리 가량 가게되면 그 곳에는 외따로 떨어져 홀로 우뚝 솟아 있는 산이 있는데 그 곳 사람들은 이 산을 사랑산이라고 부른다.

사랑산의 동쪽으로는 깎아 세운 듯 험악한 바위가 있고 그 밑은 넓은 바다로 되었는데 그곳 사람들은 이 깎아 세운듯 험악한 바위를 보고 절부암 이라고 부른다.

이 사랑산이라는 이름이라든가 절부암 이라고 이름지어 부르는 이곳은 다음과 같은 전설이 깃들어 있다.

지금으로 부터 약 삼백 년 전이다.

이 사랑산 기슭에는 외따로 떨어진 한채의 초라한 삼간 초가가 서 있었다. 거기에는 박서방이라고 부르는 젊은 농군과 아내와 그들의 어린 자식 하나 이렇게 단 세 식구가 단란하게 살아가고 있었다.

아침 일찍 나가서 온 종일 일한 다음 저녁 늦게 돌아오면 아내와 어린아이 셋이 재미있게 모여 그날 그날을 보람있게 살아갔다. 비록 가난하지만 그들은 행복한 생활을 해 나가고 있었다.

그런데 어느날 박서방에게는 그의 지주인 송씨로 부터 좀 다녀 가라는 전갈이 왔다.

"무슨 일일까?"

그의 땅을 부쳐 먹는 박서방은 무슨 책망을 듣지나 않을까하는 불안감이 들었다. 그는 아내에게 금방 다녀올테니 기다리라고 하고는 곧 송씨에게로 갔다가 돌아온 그는 만면에 희색을 띄었다.

"무슨 일로 송씨가 오라고 했어요?"

아내는 남편의 얼굴을 살펴 보며 이렇게 물었다.

"저 송서방이 나더러 배를 타고 제주에를 좀 다녀 오라고 하더군."

박서방은 얼굴에 웃음을 담고 대답했다.

"거기는 왜 갔다 오래요?"

아내 얼굴에는 역시 걱정하는 빛이 떠오른다.

"그 곳에 송서방네 땅이 있다는데 나더러 가서 그것을 좀 처리하고 오라고 하더군. 아마 송서방이 나를 퍽 신임하고 있는 모양이야. 그러기에 그런 일을 다 맡기지. 아마 그곳에 다녀오면 돈푼이나 한줌 두둑히 줄 모양이더군."

박서방은 송서방이 자기에게 그런 일을 시키는 것이 자기를 무척 신임하는 까닭이라고 생각하며 꽤 좋아하는 것이었지만 그의 아내는 걱정이 되었다. 물론 그녀도 그 일이 싫지는 않지만 물길로 몇 천리나 되는 제주도에 사랑하는 남편을 보낼 생각을 하니 마음이 편할 리 없다.

"그래 언제 떠나라고 했어요?"

"응 곧 떠나야지."

"그러면 돌아오실 날이 언제쯤이나 될까요?"

"내년 봄 농사가 시작 될 때쯤 되면 돌아올 수 있겠지. 몇달 걸리겠지만 너무 걱정하지 말고 기다리오. 뒷 일은 송서방이 다 돌보아 줄꺼요."

박서방은 자기를 위해 이렇게 까지 걱정해 주는 아내에게 이렇게 말해 위안 시켰다.

드디어 박서방이 떠날 날은 왔다. 그는 이별을 슬퍼하는 아내에게 여러가지 좋은 말로 일러 안심시키고는 배를 타고 제주도를 향하여 길을 떠났다.

아내는 몇번이나 무사하게 잘 다녀오기를 눈물 흘리며 당부하고는 산에 올라가 그 남편이 타고 가는 배가 보이지 않을 때까지 한참동안 바라보고 섰다가 집으로 돌아왔다. 그녀가 집에 돌아와 보니 땅 임자 송서방이 와서 그녀를 기다리고 있는 것이었다. 그는 그녀에게,

"뒷 일은 내가 다 보살펴 줄것이니 염려할것 없소. 그리고 궁색 한 것이 있거든 와서 말하시오."

하고 다정하게 말하며 그녀를 위로시켜 주고는 돌아갔다. 그러나 박서방과 박서방의 아내는 송서방이 박서방을 제주도라는 먼 곳으로 보낸 데에 흉칙한 야심이 숨어 있다는 것은 꿈에도 알지 못했다.

박서방의 아내는 남달리 어여쁜 자태를 지니고 있었다. 그래서 송서방은 전부터 그에게 옳지 못한 생각을 품고 있었던 것이다. 그러나 비록 자기 앞에 굽실거리는 자기네 소작인의 아내이기는

하지만 남의 아내된 여자에게 야심을 품은 들 어찌할 수가 없었다. 마침내 그가 꾸며낸 무서운 흉계는 이런 것이었다.

제주도로 박서방을 떠나 보내고는 배가 가는 도중에 사람을 시켜 그 배를 엎어 박서방을 물속에 집어넣게 한 후 그 아내를 청상과부로 만들어 가지고 그 다음에 자기가 슬슬 그녀를 꼬여지기 첩을 만들려는 흉악한 계획이었다.

그러나 송서방의 이 고약한 흉중은 누구도 알길 없고 박서방은 송서방이 자기에게 큰 호의를 베푸는 것인 줄로 알고 기뻐하며 긴 여행길을 기꺼이 떠난 것이었다.

박서방이 떠난 뒤 송서방은 이틀 걸러 한번 사흘 걸러 한번씩은 박서방네 집에 들리곤 하였다.

그리고는

"양식은 넉넉하오?"

"뭐 궁색한 것은 없소?"

하고 살림을 걱정해 주는채 하며 쌀말도 보내주고 돈냥도 보태주는척 하며 이유를 붙이는 것이다.

박서방의 아내는 그럴 때마다 송서방에게 고맙다는 인사를 하며 남의 신세를 너무 지기만 하는것도 예의가 아니라고 여러번 거절을 하곤 했다. 그러나 송씨는

"내가 박서방을 멀리 심부름 시켰으니 그 뒷 일은 내가 잘 보아 주는게 도리가 아니겠오."

하며 부득 그녀의 집에 드나들며 친절을 보이기에 애썼다.

이러는 동안에 이러저럭 세월이 흘러 겨울이 가고 봄이 왔다.

"이제는 그 양반도 멀지 않아 돌아오겠지."

하고 박서방의 아내는 날이면 날마다 사랑산 꼭대기에 올라가서
는 멀리 바다를 바라보며 언제나 남편의 배가 돌아오나 목이 빠지
도록 기다리고 기다리는 것이었다.

그러나 삼월이 지나고 사월이 지나가도 남편은 돌아오지 않고
소식 또한 전혀 들려오지 않았다.

"어찌된 일일까? 아직 일이 끝나지 않았는가 아니면 혹시 중간
에서 무슨 일이라도 생겼는기."

아내의 걱정은 날이 갈수록 커졌다. 그녀는 송씨가 올적마다
남편 소식을 물어 보았다.

"아직 일이 끝나지 않았을까요? 어째서 봄에 온다던 이가 아무
소식도 없어요. 지금쯤이면 올때도 되었는데"
하며 그녀의 얼굴은 수심으로 가득하였다.

"조만간 무슨 소식이 있겠지요. 아마 그곳 일이 복잡하여 늦어
지는가 봅니다."

송씨는 이렇게 대답하여 아무 일 없을 것이니 너무 걱정하지
말라고 위로해 주었다.

그 다음부터 아내는 밥만 해 먹으면 사랑산 꼭대기로 올라가서
남편 돌아오기를 손꼽아 기다리는 것이 하루 일과가 되었다.

닷새를 지나고 열흘이 지나 또 한달이 지나가고 두달이 지나가
고 한없이 날짜가 흘러가도 남편은 영영 소식이 없었다.

"암만해도 무슨 곡적이 생겼나봐. 그렇지 않으면야 여지껏 소식
이 없을리 없지. 틀림없이 무슨 일이 생긴거다."

박서방의 아내는 점점 근심이 더해갔다. 그런데 하루는 송씨가
집에 오더니 얼굴에 좋지 않은 빛을 띄우며 말했다.

"박서방의 소식을 듣기는 했는데⋯⋯."

그는 얼굴을 찌푸리며 연방 입맛을 다셨다. 그때 박서방의 아내의 머리에는 어떤 불길한 예감이 스치고 지나갔다.

"소식을 들으셨어요? 그래 언제 오신데요?"

하며 그녀는 불안한 마음을 누르며 송씨를 쳐다 보았다.

"소식은 듣기는 했으나 아주 불길한 소식이오."

"네? 불길한 소식이라고요? 어떤 일인데요? 혹시 그이가 병이라도 나지 않았나요?"

아내는 놀라 초조하게 물었다. 간악한 송씨도 얼른 말이 나오지 않는 모양으로 말을 못하고 잠깐동안 주저주저 하다가 마침내 결심한 듯 입을 열어,

"박서방이 탄 배가 전복이 되어 박서방은 그만 물에 빠져 죽고 말았다오. 정말로 믿을 수 없는 일이오. 참."

하고 못마땅한 빛을 나타내었다. 그 말에 박서방의 아내는 너무나 기가 막혀 그만 그 자리에 푹 엎으러지며 소리 내어 통곡을 하기 시작한 것이다. 송씨는 멀건히 앉아 그 우는 모양을 어찌할 바 몰라 바라보다가,

"이게 다 천운이오, 나도 퍽 안되긴 하지만 할 수가 있소. 누가 일부러 그런 것도 아니고⋯ 박서방이 내 일로 갔다가 저렇게 되었으니 뒷 책임은 내가 다 맡아야지 별 수 있소. 그러니 너무 슬퍼 말고 진정하시오. 죽은 사람을 생각한들 어쩌겠소."

하고 반은 위로겸 반은 이제부터 자기의 야심을 채울 공작으로 시치미 떼며 이렇게 말하였다. 그러나 박서방의 아내는 그 말을 들은채 만채 울고만 있었다.

송씨는 몇마디 더 위로하는채 하다가 집으로 돌아 가더니 밤에 다시 술이 곤드레 만드레 취해 가지고 찾아왔다. 그리하여 이번에는 아주 노골적으로 이 집안 일을 자기가 모두 보아줄테니 그녀 몸을 자기에게 의탁하라는 뜻으로 이야기를 했다. 박서방의 아내는 그 말을 듣고 슬픔이 더욱 복받쳐 다시 목소리를 내어 통곡했다.

밤이 늦도록 송씨는 돌아갈 생각을 전혀 아니하고 박서방의 아내의 일을 가장 걱정해 주는 듯이 되는소리 안되는소리 한바탕 지껄었다. 그 태도는 점점 노골적으로 드러나 마침내 나중에는 그의 손목까지 잡으려고 하였다.

박서방의 아내는 해괴망측해 손을 뿌리치고는 밖으로 뛰어 나가려고 했으나 그는 연약한 여자요 저쪽은 억센 사내였다. 더구나 인가가 없이 외따로 떨어진 곳이니 아무리 소리를 크게 지른다고해도 소용이 없고 잘못 하다가는 큰 욕을 당할 지경이었다.

다급한 처지가 되고 보니 그는 문득 한가지 지혜를 생각하게 되고 태도를 고쳐 부드러운 음성으로 애교있게 말하였다.

"아니 사내 대장부가 체면도 생각치 아니하시고 왜 이렇게 조급히 구십니까? 서서히 하신다해도 늦진 않잖아요? 더군다나 오늘 박서방의 부음을 들었는데 그 사람의 아내인 도리로서 오늘은 삼가는 것이 의리가 아니겠습니까? 저도 이제는 의탁할 곳도 없고 제게 이렇게 호의를 써 주시는 것은 깊이 감사하고 있는 터이오니 속으로 저도 다 생각이 있습니다. 그러하오니 오늘은 저를 더 이상 귀찮게 하지 마시고 며칠후에 조용히 뵈시기로 하지요."

이렇게 달래었다.

그 말에 송씨는 마음이 솔깃해져서 이제는 다 됐구나 하는 생각에 입이 헤 벌어지며,

"당신말도 그럴듯 하오. 하여간 나도 죽은 박서방의 뒤를 끝까지 돌보아 주어야 겠으므로 그래서 그러는 것이니까 너무 언짢게 생각마오. 그럼 당신 말대로 오늘은 내 그대로 돌아가는 편이 좋을 것 같소."

하고 속으로 박서방의 아내가 마음이 풀어진 것이라 생각하며 기분 좋아했다. 그래도 송서방은 한참이나 말도 되지 않는 횡설수설을 늘어 놓다가 밤이 늦어서야 돌아갔다. 그가 돌아간 뒤 박서방의 아내는 다시 죽은 남편을 생각하고는 목을 놓아 울었다.

그 구슬픈 울음소리는 외따로 떨어진 초가집 속에서 슬프게 흘러나와 멀리멀리 구천에 사무치는듯 처량하게 퍼져 나가는 것이었다.

그러저럭 그 밤을 고스란히 새운 박서방의 아내는 앞으로 살아갈 이 세상에 대한 모든 희망이 끊어진 것 같았다. 오직 남편 하나만을 믿고 살아왔는데 이제 그 남편이 죽었으니 누구를 믿고 살아갈 것이냐. 그리고 이대로 계속해 살아간다고 해도 송씨의 등살에 얼마 안가 몸을 망쳐 버릴것이 아닌가. 너무나도 앞길이 막막하였다. 그런데 갑자기 그의 머리에는 한가지 생각이 번개같이 스쳐갔으니 그것은 바로 자살이었다.

"차라리 욕을 볼 바에야 남편의 뒤를 따라가자."

그는 이렇게 결심하였다.

그래서 그는 어린아이를 들쳐 업고 뒷산으로 올라가 천야만야

높은 절벽에 서서 내려다 보니 그 아래는 시퍼런 물결이 삼킬 듯 굽이굽이 파도치고 있었다.

"나도 당신의 뒤를 곧 따라 가겠어요."

그는 마음 속으로 이렇게 뇌이고는 눈을 딱 감고 절벽 아래로 몸을 던져 내려 뛰었다. 바다의 물결은 이 모녀를 순식간에 집어 삼키고는 아무 일도 없었던 것처럼 한참 만에 전과 같이 조용해 졌다.

돌아오지 않는 남편의 뒤를 절개를 지키기 위하여 따라간 이 여자의 소문은 순식간에 퍼져 어느새 그 근동에 있는 사람은 물론 멀리까지 알려져 듣는 사람으로 하여금 쓰라린 눈물을 흘리게 하였다.

이런 일이 있은 뒤로 그곳 사람들은 이산을 사랑산이라고 불렀고 박서방의 아내가 바다 속으로 뛰어 들었던 이 절벽을 절부암이라고 이름지었다.

비오는 여름밤. 음산한 날 저녁이면 이 절부암엔 두견의 울음소리가 슬프게 울려 그 소리가 끊기지 않고 바람이 부는 날이면 까마귀 떼가 우짖는다.

그래서 그곳 사람들은 이 두견과 까마귀가 억울하게 죽은 그들의 혼이라고들 말하고 있다.

그리고 한가지 이상한 것은 이 까마귀와 두견이 우는 날이면 이 동네에는 영락없이 불길한 일이 생긴다고 한다.

법정(法正) 스님의 파계(破戒)

눈썹은 반달, 입술은 꽃잎, 허리는 바람결의 버들가지!

부드럽고 흰 살결!

정말 미인중에서도 미인이었다.

법정(法正)스님은 이 아름다운 시골 처녀를 찾아 얼마나 헤매어 다녔던가?

이 환한 달빛 아래서 목매게도 그리던 시골처녀를 만난 법정스님은 이미 사리를 생각할 여지가 없었다.

와락 달려들면서 처녀의 손을 덥썩 잡았다.

손을 잡힌 아름다운 시골 아가씨도 반항하거나 손을 뿌리치는 일이 없었다.

잡힌 손을 그대로 내맡긴 채, 법정스님의 얼굴을 바라보는 눈동자는,

"나도 스님을 잊을 수 없었습니다. 진정 잊을 수가 없었습니다."

하고 호소하는 듯, 애원하는 듯한 눈빛 이었다.

법정스님은 아름다운 아가씨의 마음 속을 읽자, 와락 품에 끌어

안았다.

달밤은 너무나도 고요했다.

멀고 가까운 곳에서 풀벌레 소리가 들려오는 가운데 새로운 비밀(祕密)을 창조하는 소리가 숲속을 메아리쳐 갔다.

법정스님은 아름다운 처녀의 몸을 마음껏 애무했다.

그것은 밤을 새도록 끊이질 않았다.

그도 그럴짓이 여색(女色)을 멀리하고, 블게(不界)에 입산하여, 피끓은 젊음을 누르면서 살아야만 했던 법정스님의 욕정은 너무나도 뜨거운 것이었다.

밤이 깊을대로 깊어 갔다.

법정스님과 시골 처녀와의 뜨거운 정열은 얼크러, 설크러져 만리장성을 이루었다.

누구하나, 그들의 연연한 정을 방해할 사람은 없었고, 누구하나, 그들의 사랑의 성좌를 무너뜨릴 사람은 없었다.

다만 뜨거운 젊음이 새로운 젊음을 맞아, 교류하는 가운데, 물결 치는 듯한 잔잔한 눈동자가 있을 뿐이었고, 뜨거운 숨결이 있을 뿐이었다.

"난 당신을 얼마나 찾아 헤메었는지……."

"저두요."

처녀도 간신히 스스로의 마음을 고백하는 것이었다.

법정스님이 이 처녀를 처음 만난 것은 아름다운 꽃이 만발한 봄날이었다.

자나깨나 법당에 끓어 엎드려 열심히 염불을 외면서 성불을 하겠다는 젊은 의지와 그저 외곬을 파려는 정열이 있을 뿐이었다.

속세와 절연하고 기도와 송경하는 외에는, 속세에 대한 동경이나 미련, 욕망이 있을 수 없었다.

아직도 젊은 나이, 스물여섯이라는 나이는 인생의 황금시절……정말 기도와 송경으로 나날을 보내야만 할 법의를 걸친 스님으로선 너무나도 속세에 대한 미련 많은 나이었다.

이렇게 젊은 법정스님의 앞길에, 새로운 길이 트이고 말았다.

복사꽃, 살구꽃이 만발한 산허리를 넘고 넘어, 조그마한 마을에 들어 섰을때, 물동이를 이고, 부지런히 걸어가는 아름다운 처녀를 만났던 것이다.

처녀는 법정스님을 살짝 보고는 부지런히 가버리는 것이었다.

처녀의 살렵한 몸매!

그리고 드물게 보는 아름다운 미모!

법정스님의 눈에 어린 처녀는 마치 하늘에서 내려온 선녀를 보는 듯 했다.

그런 일이 있고 난 후로 법정스님의 마음엔 커다란 변화가 오고야 말았다.

자나 깨나, 앉으나 서나, 그 아름다운 처녀의 생각이었고, 기도나 송경 따위가 제대로 될리가 없었다.

마침내 가슴 속에서 모락모락 피어나는 사랑의 감정은 그 무엇으로도 막을 길이 없었다.

정말 법정 스님은 불심이 모자라는 탓인가? 아니면 그 처녀가 너무나 예뻐 마음을 사로잡은 때문일까?

법정스님은 불상 앞에 꿇어 엎드려 흐트러진 마음을 수습하려고, 눈물을 흘리면서 참회하고, 부처님께 빌었다.

그러나 법정스님의 눈에 어리는 것은 처녀의 반달 같은 눈썹이었고, 이글이글 불타는 눈동자였다.

몇 밤, 몇 날이 이토록 안타까운 참회로 점철되었다.

법정스님은 그순간 마치, 스스로가 법열의 경지에 이르지 않았나 착각할 정도로, 깊은 즐거움을 느끼고 있었다.

아름다운 처녀도, 법정스님의 이 뜨거운 눈길 앞에 보잘것 없는 하나의 존재일 뿐이었다.

그것은 너무나도 밝은 달밤이었다.

벌레들이 멀고 가까운 곳에서 열심히 법정스님과 처녀의 사랑을 구가하는듯 했다.

파계한 법정스님은 마을에서도 아주 깊숙한 곳에 처녀와의 보금자리를 마련했다.

온종일 자연과 벗하면서 두 사람만의 사랑의 보금자리는 언제나 정다웠고 뜨거웠다.

아름다운 사랑을 위해 파계한 법정스님은 부지런히 밭을 갈고 씨앗을 뿌렸다.

그러는 동안 이웃에 사는 청년 하나와 다정한 벗이 되었다.

논밭을 손질할 때에도 이 청년과 손을 나누어서 서로가 일을 도왔고, 다정하게 서로 오가면서 정을 나누었다.

그러나 법정스님은 친하면 친할수록 스스로의 과거는 어디까지나 엄밀하게 숨기고 있었다.

과거를 알았다는 것은 스스로의 처지를 구렁텅이로 몰아 넣는 결과라고 생각한 때문이었다.

청년 역시 이들 법정스님의 가정을 부러워만 할뿐 일체 과거는 묻질 않았고 알려고도 하지 않는 것이었다.

그럭저럭 사년이라는 세월이 흘렀다.

사년 동안에 법정스님은 완전히 속세의 한사람인 촌부가 되어 있었다.

다만 그에게는 사랑스런 아내가 있을 뿐이었다.

어느날 이들 세 사람은 함께, 읍으로 시장을 보러 가게 되었다.

시장을 보러 가려면 보름에 한번씩 열리는 읍내에 들어가야만 했었다.

읍내에 들어가려면 법정스님이 수도하던 법주사(法住寺)절 앞을 지나가야만 했다.

절의 웅장한 모습을 바라보는 법정스님의 마음은 갑자기 뒤흔들렸다.

무언가 모를 강렬한 힘이 법정스님을 끌어 들이는 것이었다.

법정스님은 가던 걸음을 멈추었다.

눈앞에는 풍경소리만 요란한 대웅전(大雄殿)의 모습이 까맣게 치솟아 올라 있었다.

"여보, 잠깐 나 절에 다녀 올테니, 여기에서 기다려 주오."

"그렇게 하죠."

"친구도 우리집 사람과 여기서 기다려 주오, 곧 다녀 나올테니까……."

법정스님은 말을 마치자 후적후적 대웅전을 향하여 발걸음을 옮겼다.

남은 두 사람은 다만 사라져가는 법정스님의 뒷 모습을 바라볼 뿐이었다.

그러나 일각 일각 시간은 흘러가건만 법정스님은 돌아 나오질 않는 것이었다.

두 사람은 초조했다.

"어떻게 된 일이죠."

"글쎄 말입니다."

두 사람은 너무나도 초조하여 더 이상 버티고 기다릴 생각이 나질 않았다.

기다리다 못한 청년이 법정스님의 아내를 돌아다 보면서…….

"내가 들어가 보고 올테니, 부인은 여기서 기다려 주십시오." 한 뒤 청년은 대웅전을 향하여 걸어 들어 갔다.

그러나 들어간 청년 조차도 종 무소식이었다.

처녀는 임신중이었다.

삼사년을 지나면서 처음 있는 임신이었기에 몸과 마음이 지칠 대로 지쳐 있었다.

길가에 있는 돌에 앉아 초조하게 들떠 오르는 몸과 마음을 식혔다.

그러나 사랑하는 남편과 청년은 한 시간이 지나고 두 시간이 지나도 돌아 오질 않는 것이었다.

"이상한 일이다."

처녀는 자리에서 일어나, 한발 한발 대웅전을 향하여 발걸음을 옮겼다.

대웅전 문은 꼭 닫혀져 있었고 안에서는 아무런 기척도 나질 않는 것이었다.

다만 주위는 조용했다.

처녀는 조용히 문을 잡아 열었다.

문을 여는 순간 처녀는 악 소리를 치면서 그 자리에 쓰러져 버리고야 말았다.

법정스님은 대웅전 안으로 들어가 조용히 무릎을 꿇었다.

부처님 앞에 앉아 지나간 날을 회상하는 법정스님의 눈 앞에는 참회의 눈물이 줄줄이 흘러내리고 있었다.

그러나 법정스님에게는 불법 보다도 강한 것은 사랑이라고 여겨졌다.

그러나 속세에 파묻혀 있는 처녀를 사랑하고, 임신까지 시킨것은 불도에 몸을 바친 스님으로서는 얼토당토 않는 일이라 생각되었다.

더구나 속세에 있는 청년으로서도 남의 처녀를 유혹하고 임신시킨다는 것은 죄악이 되는 봉건사회에서 스스로의 잘못을 깊이 뉘우치며 불상 앞에 열심히 엎드려 빌었다.

그리고는 개과할 것을 맹세했으나, 불상은 말이 없고, 아무리 불러도 스스로의 타락한 영혼을 인도하질 않는 것이었다.

다만 말 없이 법정스님을 굽어 보고만 있을 뿐이었다.

아무리 엎드려 죄를 뉘우쳐도 스스로의 탈선 행위가 용서될 리가 없었다.

"그렇다면 나는 어쩌면 좋습니까?"

법정스님은 눈물을 흘리면서 빌던 끝에 스스로가 죽어서 모든 죄악을 청산할 것을 결심했다.

죽음으로써 스스로의 버림받았던 영혼을 구제하겠다는 생각이었다.

법정스님은 칼을 들었다.

그리고는 주마등같이 어리는 일체의 잡념을 깨끗이 청산하고, 목을 찔렀다.

한시간 동안이나 절밖에서 기다리던 청년이 법정스님을 찾아 법당안으로 들어 왔을때 법당안은 피 바다가 되어 있었다.

법정스님은 피바다 위에 나동굴어진 채 죽어 있었다.

스스로의 모든 것을 뉘우치고, 숨겨간 뒤였기 때문에 청년으로서는 속수무책이었다.

법정스님의 죽음을 보는 순간 청년은 측은하다는 생각보다, 스스로에게 미칠 화가 두려웠다.

"세상 사람들은 틀림없이 나를 오해할 것이다. 법정스님의 아내를 사랑하기 때문에 친구를 죽인 악인이라고 단정하고, 나에게 죄를 물을게 틀림 없다. 차라리 오해를 받고 다스림을 받기 전에 나도 죽어버리자."

청년은 그렇게 생각하고 피묻은 칼을 잡아 쥐고는 스스로의 목을 찔러 버리고 말았다.

죽음으로써 스스로의 결백을 나타냈던 것이다.

법당안에는 두 개의 목이 나뒹굴고 있었다.

법당문을 열고, 두 사람의 시체를 바라보는 처녀는 그 자리에 기절하고야 말았다.

얼마동안의 시간이 흘렀을까?

간신히 일어나, 다시 자세히 설펴보니 분명히 사랑하는 남편과 그 친구는 목이 잘리운채 죽어 있었다.

시체를 바라보는 처녀의 가슴은 뛰고 눈앞이 캄캄해졌다.

배안에는 임신 4개월이 되는 스님의 아이가 자라고 있었다.

이제는 이 아이를 위해서라도 죽을 수는 없었고, 살 수도 없는 처지였다.

정말 가련한 신세가 되고야 말았다.

처녀는 부처님 앞에 꿇어 앉아 조용히 합장을 했다.

"부처님! 저는 어찌하면 좋사오리까? 스님을 사랑한 것이 잘못이었나이까? 저는 임신 중입니다. 그리고 그 스님을 진정 사랑했사옵니다. 그러므로 저도 남편의 뒤를 따르겠습니다. 하지만 임신중인 제가 죽어 버리면 아인 어떻게 되겠습니까? 아이가 가엾사옵니다. 부처님. 저에게 바른 길을 인도해 주옵소서. 저는 죽는건 무섭지 않사옵니다. 어느 길이든지 저에게 갈길을 가르쳐 주십시오."

처녀는 부처님 앞에 합장을 하고 눈물을 흘리면서 빌었다.

진심으로 부처님의 구원을 청했다.

부처님도 처녀의 눈물에 감동했음인지 가르침을 주는 것이었다.

열심히 기도하는 처녀의 귓전에는 분명히 부처님의 말소리가 들려 왔던 것이다.

"어! 부처님!"

"지금, 이 시각 부터 십분 쯤 지나거던 내 손바닥을 살펴 보라. 반드시 땀이 흐르고 있을 터이니 너는 내 손바닥의 땀을 묻혀다가 저 사람들 목에다 바르고 머리를 붙여 보라……."

　분명한 부처님의 가르침이었다.

　처녀는 십분이 지나 부처님 손바닥을 살펴 보았다.

　거기에는 과연 부처님 말대로 땀이 고여 있었다.

　처녀는 부처님이 가르친대로 땀을 두 청년의 목에 바르고 머리를 갖다 붙였다.

　떨어졌던 청년들의 목은 말끔히 붙여졌고 죽었던 사람들은 되살아 났다.

　정말 그것은 기적이었다.

　생명의 소생!

　부처님의 땀으로 인하여 죽었던 시체들이 움직이고, 대화를 하는 것이었다.

　부처님의 술법은 너무나도 정확했고, 놀라운 것이었다.

　되살아난 남편과 청년을 바라보는 처녀의 마음은 이루 말할 수 없이 기뻤다.

　부처님의 도움으로 비관하지 않고 살아갈 수가 있다는 자신이 그 처녀에게는 마음 속 깊은 곳에서 생겼다.

　그러나 처녀는 큰 실수를 저질렀던 것이다.

　남편과 청년의 목을 맞출때, 머리를 바꾸어 붙였던 것이다.

　청년의 몸에는 법정스님의 목을 붙였고, 법정스님의 몸에는 청년의 목을 붙였던 것이다.

　이렇게 되니, 처녀로서는 어느 한편을 버리고 취할 수가 없었다.

　몸은 친구의 몸이지만 머리는 사랑하는 법정스님의 머리었고, 또한 머린 청년의 머리었지만, 몸은 법정스님의 몸이었다.

이렇게 되니 처녀는 괴로움에 빠지지 않을 수가 없었다.

몸을 사랑할 것인가?

처녀는 이 괴로움에 쌓인채, 부처님에게 엎드려 기도를 드렸으나, 이번만은 아무런 계시도 내리질 않는 것이었다.

결국, 처녀는 죽음으로써 까지 우정을 지켰던 법정스님과 청년을 둘다 사랑하고 남편으로 섬겨야만 된다고 생각했다.

아니면 두 남자를 버리고, 두 남자로 하여금, 불가에 귀의케 하는 것 이 첩경이라고 생각하기에 이르렀다. 결국, 법정스님과 청년은 쳐녀의 간절한 소원대로 부처님의 은총 앞에 무릎을 꿇어 성불의 경지를 터득했다고 한다.

이 속리산(俗離山)의 법주사(法住寺) 경내에는 이와 같은 전설이 담겨져 있다.

관악산(冠岳山) 왕후 묘의 전설

백두산 대한맥이 동쪽으로 길게 흘러 내리고 우리 나라의 명산
으로 관악산이 이름났다. 그중에서도 경기도 시흥군 동남 일대의
관악산은 유람지로도 널리 알려진 곳인 것이다. 그 곳의 산중턱에
바위가 하나 있는데 모두들 이것을 왕후묘라 부르고 있다. 지금부
터 이 바위를 왜 왕후묘라 부르게 되었는지 바위와 더불어 오늘날
까지 전해 내려온 사연을 여기 소개해 본다.

때는 이씨조선, 열번째 임금인 연산군은 숲이 울창하고 경치가
아름다운 관악산으로 사냥을 즐겨 다녔다.

그날도 임금은 내시 몇 사람을 데리고 사냥을 나섰는데 막 산기
슭을 돌아 냇물을 건너려 할 때이다. 연산군은 어찌된 일인지
내를 건널 생각은 않고 저쪽 냇가의 빨래터만 바라보고 있으니
기다리다 기다리다 지친 내시가 마침내 말문을 열었다.

"전하 어인 일로 내를 건너지 않으시옵니까?"

"갑자기 사냥을 하고 싶은 생각이 가셨도다."

"일기가 화창하여 사냥하기 더없이 좋은 날씨인 오늘 어인 일로
사냥을 하고 싶지 않으십니까?"

내시는 상감의 마음을 도무지 알 수 없었다. 그때 연산군은 저쪽 빨래터를 가르키며 말했다.

"그대들의 눈에는 저기서 빨래하는 처녀가 어떻게 보이느냐? 미인으로 보이느냐? 박색으로 보이느냐? 어서 말해 보렸다."

"전하 비록 촌락의 계집이오나 천하 절색인줄 아뢰오."

"역시 과인의 눈이 틀림 없구나."

연산군의 입가에는 만족스러운 웃음이 돌았다. 한편 빨래하던 처녀는 웬 사냥꾼 대여섯이 자기를 힐긋힐긋 바라보는 것이 무엇인가 심상치 않음을 알아채고 두려운 생각이 들어 하고있던 터라 빨래감을 주섬주섬 담아 가지고 급히 집으로 향하였다. 마침 멀리서 그것을 본 연산군은,

"여보아라 저 계집의 뒤를 따라가 집을 알아보고 오렸다. 과인이 오늘밤은 호젓한 촌락에서 아릿다운 계집과 더불어 회포를 풀어 보아야겠다."

하고는 뛰어가는 처녀를 유심히 눈여겨 보는 것이었다. 한편 집으로 헐레벌떡 달려온 딸을 본 처녀의 어머니는 놀라며 물었다.

"얘야 왜 빨래를 하다말고 이렇게 급히 뛰어오느냐? 무슨 일이라도 생겼니?"

"어머니 저기 웬 사냥꾼 서너명이 제 뒤를 따라오고 있어요, 저것 보세요."

이때 요란히 들려오던 말굽소리가 처녀의 집 앞에서 멈추며 사냥꾼 차림의 장정 서너명이 처녀의 어머니에게 말을 걸었다.

"여보시오 여인 당신이 저 처녀의 모친 되시오?"

"예 그러하옵니다만 어린 것이 무슨 잘못이라도 저질렀습니

까?"

"나는 상감을 모시고 있는 사람이오."

이 말에 여인은 깜짝 놀라며 얼굴에는 걱정스런 빛이 감돈다.

"예? 상감마마의……."

"오늘 상감이 이곳으로 사냥을 나왔다가 날이 저물면 하룻밤을 여기서 유숙하고 가실 것이니 방을 하나 깨끗이 마련하도록 하오."

"상감께서 이렇게 누추한 저의 집에 머무르시다니……."

"아무튼 상감의 영이니 그대로 하도록 하오."

너무나도 급작스런 일에 여인은 놀랄뿐 어찌해야 좋을지 몰랐다.

"아! 이일을 어쩌면 좋담."

"아참 그리고 또 한가지 저 처녀가 오늘밤 상감을 모실 것이니 깨끗이 목욕하고 몸단장하여 삼감의 침소에 들여 보내도록 하오."

"제 딸을요? 어린것이 어떻게 상감을 모시오리까? 더구나 산중에서 철없이 자란 것이 되어 무슨 잘못을 저지를지 모르옵니다. 어린게 실수라도 하면……."

처녀의 어머니는 사나이들의 옷자락을 잡고 울며 사정했다. 그러나 사나이들은 들은 척도 하지 않는 것이었다.

"어명이요. 어서 빨리 준비되도록 서둘러야 하오."

정말로 하늘이 알면 노할 일이었다.

두 모녀는 그냥 그 자리에 주저 앉아 흐느꼈다.

"어머니 만약 이 사실을 만우가 알면 날 죽이고 자기도 죽을거

예요."

바로 이 처녀는 아랫 마을의 청년 만우라는 사내와 약혼한 사이였던 것이다.

이윽고 밤이되자 단장한 복순처녀는 연산군이 기다리고 있는 방으로 들어갔다. 아랫 목에 누워서 처녀가 들어오는 것을 본 연산군은,

"이런 시골에 너와 같은 천하 제일의 여인이 있을 줄은 정말 몰랐다. 어서 이리로 가까이 오너라 어서."

연산군은 호통을 쳤다. 이때까지 고개를 숙이고 흐느끼던 처녀는 이말에 살며시 머리를 들며 상감께 조용히 아뢰었다.

"상감마마 소녀는 이미 백년가약한 약혼자가 있는 몸이 옵니다."

"약혼자가 아니라 지아비가 있다해도 괜찮다. 나는 만인의 어버이요 만인은 내가 하고자 하는 일을 거역할 수 없도다. 그러니 어서 옷을 벗고 자리에 들라. 어서."

한편 처녀의 약혼자 만우는 뒤늦게야 이 소식을 듣고 미친듯이 달려와 처녀의 집으로 들어가려 하였으나 문앞에 지켜선 병정들이 떠밀며 막아서는 바람에 도저히 처녀를 만날 수가 없었다.

그는 복순처녀와 연산군이 단꿈에 취해있는 방을 보기 위하여 그 방이 보이는 바위로 올라갔다. 그리고는 가슴을 치고 통곡을 하는 것이 아닌가!

"제 아무리 임금이라고 하지만 남의 아녀자를 빼앗다니 예잇 정말로 더러운 놈의 세상 국왕이면 남의 계집도 마음대로 한단 말이냐."

정말로 원통한 일이었다. 만우는 터져 나오려는 울분을 가까스
로 억눌렀다.

그러한 일이 있은 뒤 슬픈 상처를 안은채 복순처녀와 만우는
혼인을 하였다. 연산군은 그 뒤로도 이따금 관악산으로 사냥을
나왔다가 복순처녀를 만나고서 환궁을 하곤 하였다.

이러한 일로 복순처녀는 남편을 마주 대할 때마다 가슴 깊이
자책감을 느꼈다.

"나는 무슨 낯으로 오늘밤도 서방님을 대하나 이렇게 살바에야
차라리 죽어 버리자."

그리고는 뒷산 오동나무에 목을 매어 한많은 세상을 하직하고
말았다. 집에 돌아온 만우는 아내의 시체를 발견하고서 너무나도
엄청난 일이라 눈물도 나오지 않았다. 만우는 아내의 시체를 바위
밑에 묻고는 가슴 아픈 상처를 안은채 자취를 감추어 버렸다.
그 뒤로 그를 보았다는 사람은 한 사람도 없었다고 한다. 그런
일이 있은 뒤 며칠 뒤에 연산군은 복순의 집에 들려 이 이야기를
들었을 때,

"괘씸한 것들 아니 내가 너희들 꾀에 속아 넘어갈 줄 아느냐?
그래 죽었다고 거짓 소문을 퍼뜨리고는 자기들끼리 멀리가
살려고 고약한 놈들."

그는 화가 치밀어 신하들에게 소리소리 질렀다.

"여봐라 저 무덤을 파서 시체를 확인해 봐라."

그런데 이때 이상한 일이 일어났다.

임금의 영에 따라 병정들이 막 무덤을 파려 할때 상감을 부르는
처녀의 목소리가 어디선가 들려왔다.

"상감마마 상감마마……."

"아니 복순이가……."

연산군은 깜짝 놀랐다.

"상감마마 이부종사를 한 죄많은 소녀 죽음으로 지아비에게 사죄함을 얻으려고 이렇게 세상을 하직하였습니다. 마마는 어찌하여 소녀를 괴롭히시옵니까? 원컨대 차후로는 저를 괴롭히지 마시옵소서."

쳐녀의 목소리는 슬프게 멀리 멀리 퍼지더니만 차츰 사라져 버리고 말았으니 참으로 기이한 일이 아닐 수 없다.

한편 놀란 연산군은 조금 후에야 정신을 차리고 소리쳤다.

"복순아! 그대들은 복순의 혼을 못보았느냐?"

"못보았사옵니다. 상감마마 고정하시옵소서."

"여봐라 그 무덤을 다시 전과 같이 덮고 곱게 다듬어 비석을 세운 다음 왕후묘라 부르도록 하여라."

그러한 일이 있은 뒤 연산군은 사냥을 나올 때마다 이 왕후묘를 찾아 고인의 명복을 빌었다고 하는데 몇년 뒤 연산군이 폐위한 후에는 차츰 왕후묘도 임자 없는 무덤처럼 돼 버렸다고 전한다.

이태조(李太祖)와 치마대(馳馬台)

함경남도 함흥(咸鏡南道 咸興)의 반룡산(蟠龍山)기슭에 네모난 비석이 서 있는데 이곳이 바로 이성계(李成桂) 즉 이태조(李太祖)께서 젊었을 때 무예를 익히던 치마대(馳馬台)인 것이다.

이성계가 영흥(永興)에서 함흥(咸興)으로 옮겨 왔을 때 그의 나이는 스무 살이었다.

패기가 왕성한 이성계는 그 나이에 벌써 남달리 뛰어난 무예를 익히고 있었다. 그는 하루도 빠짐없이 말 달리기와 활 쏘기 그리고 검술 등 무예 연습에 온갖 정력을 쏟고 있었던 것이다.

그런데 그에게는 한가지 불만이 있었다. 그것은 훌륭한 말이었다. 그는 마음에 드는 말을 구하기 위해 온갖 노력을 다 하였으나 좀처럼 얻어지지 않았다.

그러던 어느 날이었다.

이태조에게 반가운 소식이 들려 왔다.

"뭣이라구? 그게 정말인가?"

"네, 송정(松亭)에서 보고 온 사람이 있습니다."

그 하인의 말에 의하면 연포(連浦)송정 부근에 주인 없는 말

한필이 나타 났다는 것이다. 그런데 입을 벌리고 울때는 인근의 산천이 울리고 앞으로 달릴 때는 마치 비호(飛虎)같았다. 게다가 성질이 사납고 힘이 억세어 사람이 가까이 가기만 하면 마구 대들어 아무도 그 말 곁에 접근을 못한다는 것이다.

이 말을 들은 이성계는 더 지체할 수가 없었다. 그는 단신으로 집을 나섰다.

"하늘은 나에게 뛰어난 용맹을 주시고 또한 나의 짝이 될 용마를 주시는가 보구나."

이렇게 중얼거리며 걸음을 재촉했다. 함흥에서 송정까지는 약 30리 길이었다. 이성계는 단숨에 걸어서 송정에 이르렀다.

과연 저쪽 풀밭에 튼 말 한 필이 이리 뛰고 저리 뛰고 있는 것이 띄었다.

"저 포악한 말에 어떻게 접근을 할까."

하고 궁리하던 이성계는 풀을 베어다가 말에 먹이며 차츰 차츰 접근했다. 그런데 이상한 일이었다. 그 무섭던 말이 갑작스레 온순해 지며 굴레를 씌워도 조금도 반항하지 않는 것이었다.

"아아 하늘이 나에게 내리신 말이로구나!"

그는 이렇게 감탄하며 말 잔등에 올라 앉았다. 그러자 말은 기다렸다는 듯이 '흐흐흥'하고 큰 소리를 지르며 발굽을 모아 내달리는 것이었다. 과연 장사와 짝이 될 만한 명마였다.

이태조의 기쁨은 이만 저만이 아니었다. 이런 말이면 어디를 가나 마음이 든든했다. 그리고 자기의 무예를 더욱 빛내줄 것이라 믿고 기뻐했던 것이다.

집으로 돌아 온 이태조는 이튿날 부터 반룡산으로 말을 달리며 길을 들이기 시작했다. 그의 치마장(馳馬場)은 서쪽으로 성천(成川)이란 강을 끼고 있으며 등쪽으로는 호련(湖連)이란 강이 흐른다. 그리고 남쪽으로는 광활한 함흥평야(咸興平野)를 낀 천연적으로 훌륭한 곳이었다.

이 치마장에서 약 30리 떨어져 있는 운전(運田)에는 격구장(擊逑場)이 있는데 이곳은 태조가 옛적에 놀던 곳이다. 이태조는 항상 말을 달려 이 격구장에서 연포송정(連浦松亭)으로 왔다 갔다하며 말을 단련 시키고 또한 자기의 무예를 닦고 있었다.

더우기 격구장으로 가는 중간에는 호연천이란 강이 있어 그 강가의 넓은 백사장에서 말 달리기를 하곤 했던 것이었다.

이렇게 무예를 익히던 이태조는 어느날 성장을 하고 집을 나섰다.

등에는 활통을 메고 허리에는 긴 칼을 차고 말 위에 올라 앉아 치마장으로 말을 달렸다.

태조는 치마장에 이르자 활에 화살을 당기면서 말을 향해

"내가 이제 연포정으로 활을 쏠 터이니 너는 이 화살이 날아가 떨어지기 전에 그곳에 당도해야 한다. 만일 네가 화살보다 늦게 도착하는 때는 너의 목을 가차없이 베고 말 것이다.

너도 알다시피 군법에는 추호의 용서도 없는 법, 그러니 사력을 다해 달려야 한다."

하고 타이르는 것이었다.

그러자 말은 알아 들었다는 듯이,

"흐흐흐흥……"

하고 길게 울었다.

"오냐, 그러면 이제 화살을 쏠터이니 시윗 소리가 나거든 동시에 달리는 것이다."

말은 긴장하여 달릴 준비를 갖추고 화살이 날기만을 기다리고 있었다.

"준비……."

하고 소리를 지른뒤 태조는 당겼던 화살을 놓았다. 화살은 휙 소리를 내며 바람을 타고 연포정을 날랐다.

이 시윗 소리와 동시에 말도 발굽을 모아 날 듯이 달렸다.

과연 말이 잔등에 몸을 찰삭 붙였다. 정말 하늘을 나르는 새 같았다. 얼마나 빠르게 달리는지 귀에선 바람 소리가 휙! 하고 들릴뿐 깜짝할 사이에 벌써 30리 길을 달려 연포정에 도착했다.

그러나 애석한 일이여!

이태조의 눈에는 저 앞의 큰 소나무에 꽂혀 있는 한대의 화살이 발견 되었다.

"살이 먼저 와 꽂혔구나."

이태조는 자기도 모르게 이렇게 탄식하는 것이다.

태조는 말을 향해,

"저기를 보아라. 살이 먼저와 박혔구나. 참으로 애석한 일이로다. 그러나 너에게 언약한 대로 군법을 시행할 수 밖에 없다."

이태조는 이렇게 말하며 허리에 찼던 오척 장검을 쑥 빼 들었다.

검빛이 번쩍하자 말은 이상한 표정으로 변하며 눈에선 눈물이 주루룩 흘러 내렸다. 마치 무슨 할 말이 있다는 듯한 그런 표정이었다. 그러나 말을 못하는 짐승이 표정만으로 자기의 의사를 전할 수는 없었다.

더우기 이태조는 후일 삼군을 질타할 위엄 있는 장군이다. 그의 뜻은 한번 정한 뒤에는 좀 처럼 굽힐 줄 모르는 장사였다. 그는 말의 표정을 읽을 사이도 없이,

"예잇!"

하고 소리를 지르며 말의 목을 내리쳤다.

수년 동안 이태조를 태우고 무예를 수련케한 말이 비참하게 나둥그러 졌다. 목이 떨어져 말목에서는 붉은 선혈이 콸콸 흘러 나왔다.

군법대로 시행하기는 했으나 정은 어쩔 수 없는 것이었다.

이태조의 눈에서는 눈물이 흘러 내렸다.

이때였다. 공중에서 휙 소리가 나면서 화살 한개가 오더니 태조의 옆에 떨어지는 것이 아닌가.

"아니 이 화살이?"

이태조는 얼른 그 화살을 집어 들었다. 그런데 그 화살은 방금 치마장에서 쏜 화살이 틀림 없었다.

"그렇다면 이 말이 화살 보다 먼저 도달했던 것이었구나."

이태조는 자기의 어리석음을 통탄하는 것이었으나 아무 소용이 없었다. 먼저 소나무에 박혀 있던 살은 전날 활 쏘기를 할때 날아와 박힌 것이었다. 그런데 그것을 치마장에서 쏜 살로 잘못 알았던 것이다.

"아아, 이 일을 어쩌면 좋단 말인가. 내가 조금만 더 참았더라면 ……."

이제 후회한 들 죽은 말이 살아 날리 없다. 그럴수록 가슴을

치고 싶을 뿐이다.

그는 옆에 쓰러져 있는 말을 끌어안고 굵은 눈물을 흘렸다. 그는 정신 없이 울고 있다가 날이 저물어서야 집으로 돌아왔다.

아무리 후회를 않으려고 하나 너무나 큰 잘못을 저질렀기 때문에 견딜 수가 없었다.

더욱이 30리 길을 화살 보다 빨리 달린 용마를 잃은 그의 가슴은 사랑하는 자식을 잃은 것보다 더 쓰리고 아팠다.

그는 그 말을 묻고 해마다 제사를 지냈다.

그 후 고려조가 멸망하고 이태조가 등극하였다. 그의 가슴에는 그때 치마대에서의 슬픈 기억이 사라지지 않았으며 청년시절의 수련에 같이 고생하던 그 말 생각은 더욱 잊혀지지 않았다.

그리하여 이태조가 왕위에 오르자 그 말이 죽은 곳을 치마대 구기(馳馬台 舊基)라 명명하고 비각을 세우게 했다.

지금도 반룡산 기슭에 이르면 이 비각이 서 있어 명마와 이태조의 얘기를 말없이 전해 주고 있는 것이다.

왕십리와 무학도사

고려조(高麗祖)가 멸망하고 이성계(李成桂)가 이씨조선(李氏朝鮮)의 태조로 등극하자 고려의 도읍지인 송도(松都)대신 새 도읍지를 물색하게 되었다.

이태조(李太祖)는 민심 수습이나 새로운 문화를 건설하기 위해서는 옛 고려의 도읍지 송도가 좋지 않다고 느껴왔다. 그리하여 풍수지리에 밝은 무학(無學)이라는 중에게 명하여 새로운 도읍지를 물색해 보자고 했던 것이다.

왕명을 받은 무학도사는 송도를 떠나 남쪽으로 걸음을 옮겼다. 산수지리를 면밀히 살피며 그가 도착한 곳이 삼각산(三角山)이었다.

무학도사는 삼각산에 올라가 지세를 살펴 보더니 다시 산에서 내려와 남쪽으로 발걸음을 옮겨 지금의 왕십리(往十里)로 갔다.

이렇게 풍수지리를 살피던 그는,

"됐다. 이 곳이면 이조의 도읍지로 가장 적당하다. 어서 돌아가 임금께 기쁜 소식을 전하리라."

하며 이곳을 도읍터로 정하기로 결정하고 돌아오는데 어떤 노인

이 소를 몰고 오다가,

　"이랴, 이놈의 소가 미련하기가 마치 무학 같구나. 어찌 바른
　길을 두고 지름길로 가려드느냐."

하는 것이다.

　이 말을 들은 무학도사는 깜짝 놀라지 않을 수 없었다. 무학은
소를 몰고 지나가는 그 노인을 살펴 보았다. 그는 그가 보통 노인
이 아님을 곧 간파하고 얼른 뒤를 쫓아가 땅에 무릎을 꿇고 절을
하면서,

　"죄송하지만 말씀 좀 여쭈어 보겠습니다."

하니 그 노인은 돌아다 보지도 않은 채,

　"무슨 말이오?"

하며 그대로 소를 몰고 가는 것이다. 무학은 다시 쫓아가면서,

　"지금 듣자 하오니 소에게 하시는 말씀이 무학같이 미련하다고
　하셨는데 저의 생각에는 이곳이 도읍지로 가장 알맞은 것 같아
　결정을 하였는데 어디 더 좋은 곳이 있으면 소승에게 알려 주십
　시오."

하고 간청을 하였다.

　"그런 것을 내가 어찌 안단 말이오."

하고 그 노인은 그냥 소를 몰고 가려고 하자 무학은 다시 절을
하고 엎드려 간청했다. 그 노인은 그제서야 걸음을 멈추고

　"여기에서 십리만 더 가시오."

하고 손을 들어 가르쳐 주었다.

　무학도사는 너무나 감사하여 그 자리에 엎드려 절을 하였다.
그리고 그 노인이 가르쳐 준 곳이 바로 지금의 문안인 것이다.

"이 곳이야 말로 정말 도읍지로 최적이로다."
하고 감탄하지 않을 수 없었다.

무학도사는 곧 송도로 돌아가 이태조에게 고하니 그의 말을 들어 이곳에 도읍을 옮기기로 결정하였다.

그런데 무학도사가 소를 몰고 가는 노인에게 도읍지를 물었을 때

'십리만 가라.'
고 하였다 하여 왕십리(往十里)란 이름을 붙여 부르게 되었다는 것이다.

이리하여 한양(漢陽)에 도읍을 정하고 대궐을 짓게 한 후 둘레에 성을 쌓게 하였다. 그런데 인왕산 밑에 가면 선바위 라고 마치 손바닥을 세워 놓은것 같이 생긴 바위가 있다. 그러니까 지금의 현저동이다.

무학도사가 성을 쌓으며 살펴 보니 이 선바위를 성곽 안으로 넣고 쌓으면 불교가 흥성해질 것이고 이것을 성곽 밖으로 쌓는다면 불교가 앞으로 쇠퇴해질 것이었다. 그래서 무학은,

"이 선바위를 성곽 안으로 들게 성을 쌓도록 하라."
고 인부들에게 분부하였다.

이때 무학도사와 같이 축성 공사장을 둘러 보던 정도전(鄭道傳)은 무학의 흉중을 미리 알고,

"아니오, 그것을 성곽 밖으로 쌓도록 해야 하오."
하고 주장했다.

이리하여 두 사람의 의견은 대립되게 되었다. 아무리 자기 주장

을 내세웠지만 누구도 자기의 의사를 굽히지 않는 것이었다. 그래서 입다툼만 벌어졌을 뿐 결정을 내리지 못하고 있었다.

그런데 이게 어찌된 일인가.

태조는 이 광경을 둘러 보고,

"이것은 필시 하늘이 지정해 주신 성곽이리라. 그러니 가부를 놓고 입씨름을 하지 말고 눈이 내린 자리 대로 성을 쌓게 하라."

고 명했다.

그리하여 눈이 내린 자리대로 성을 쌓은 것인데 선바위는 성밖으로 밀려 나가게 되었다.

무학도사는 앞으로 불교가 쇠해질 것은 하늘의 뜻인가 보다 하고 탄식해 마지 않았다.

과연 이조 때에는 고려조 때에 불교가 성해 많은 폐단이 있었던 것을 생각해 차츰 불교를 탄압하였다. 즉 성안으로는 중을 들어오지도 못하게 하여 장안에서는 중의 자취를 찾아 볼 수 없게 되었던 것이다.

한편 장안에서 동북 쪽으로 서 있는 혜화문(惠化門)에서 십리쯤 가노라면 번리라고 하는 곳이 있는데 예전에는 벌리(伐李)라고 하는 동리였다는 것이다.

고려대에 운관비기「芸館秘記」라는 책에,

'이씨(李氏)가 한양에 도읍하리라(李王都漢陽).'

이란 예언이 기재되어 있었다는 것이다. 이것을 안 고려의 충숙왕(忠肅王)은 한양에 남경부(南京府)를 세워 이씨 성을 가진 사람을 부윤으로 임명했다. 그리고 삼각산 밑에 오얏나무(李)를 많이 심게하여 그 나무가 자라나기만 하면 베어 버리고 또 자라면 베어버리고 하여 이씨 성의 지기를 눌렀던 것이다.

그래서 이곳 이름이 벌리(伐李)로 불리우게 되었다.

그후 이태조가 등극하여 한양으로 도읍을 옮기고 벌리(伐李)라는 마을을 번리(樊李)라고 고쳐 부르도록 했다고 전한다.

홀어미 산성(山城)

전라북도(全羅北道) 순창(淳昌) 읍내에서 전라남도 담양(潭陽)으로 가는 큰 길을 약 십분쯤 걸어 가노라면 홀어미산성(山城)이라고 불리우는 성이 보인다.

그 성은 아무리 살펴도 인공으로 쌓은 성이지 천연적으로 된 것이라고는 할 수 없을 만큼 교묘하게 된 성인데 울퉁불퉁하게 삐진 바위 하나 볼 수 없이 위는 편편하게 손으로 다듬어 놓은것 같이 되어있었다.

이 근처에 사는 주민들은 장가를 들거나 시집을 갈 때 이 산성 앞 길을 피하여 일부러 성을 돌아 다른 길로 간다.

그것은 이 산성에 대한 오랜 신앙이 있기 때문이며 이 산성에는 다음과 같은 전설이 깃들어 있다.

옛날 순창(淳昌) 읍내에는 신씨(申氏)란 부인이 살고 있었다.

신씨부인은 뼈대있는 가문의 부인일 뿐만 아니라 미목이 수려하고 나무랄 곳이 없는 현숙한 부인이었다. 그리하여 동리 사람들은 저마다 그를 존경하고 우러러 보았다.

그러나 애석하게도 신씨부인이 시집온지 얼마되지 않아 사랑하는 남편이 세상을 떠나고 말았다.

하루 아침에 청상과부가 된 신씨부인은 하늘을 원망하며 방문을 딱 걸어 잠그고 슬픔의 세월을 보내고 있었다.

나이는 아직 청춘이요. 게다가 절세의 자색을 지닌 그녀에겐 재가할 것을 권하는 자와 또 유혹하는 일이 많았으나 그럴 때미디 그녀는

"그게 무슨 당치도 않는 말이오. 자고로 충신은 불사 이군(忠臣不事二君)이요 열려는 불경이부(烈女不敬二夫)란 말이 있지 않소. 나는 다시 지아비를 섬기지 않을 작심이니 공연한 말들을 삼가해 주시오."

하고 딱 잘라 거절하곤 했다.

그런데 같은 동리에 설씨(薛氏)라고 하는 젊은 선비가 살고 있었다. 그는 권세도 있었고 또 이름이 높이 알려진 학자이기도 했다.

설씨로 말할 것 같으면 일찌기 아내를 여의고 그도 역시 홀아비로 지내는 터였다. 그는 신씨 부인의 높은 덕행과 뛰어난 미모를 듣고 그녀와 함께 부부가 되길 원했다. 그리하여 어느날 신씨부인에게 중매장이를 보내 혼인할 의사를 전달케 했던 것이다.

중매장이가 설씨의 사람됨과 그의 의사를 전하자 신씨부인은 정색을 하면서,

"아무리 설씨가 이름 높은 학자이고 권세가이기로서니 일찌기 지아비를 잃고 수절하고 있는 사람의 정절을 꺾으려 든단 말이오. 세상에 권세도 좋고 명망도 좋지만 내 절개만은 어떻게

못할 것이오."

이렇게 일축해 버렸다.

그러나 끈덕진 중매장이가 신씨부인에게 재혼할 것을 권하자 그녀는,

"같은 말을 두번씩 하고 싶지 않으니 어서 돌아가 주시오. 그리고 앞으로 당부하고 싶은건 절대로 그따위 실없는 말을 꺼낼라면 아예 다시는 내 앞에 나타나지도 말아 주시오."

하고 따끔한 일침을 놓아 되돌려 보냈다.

정말 신씨부인의 굳은 절개 앞에는 사회의 명망이나 권력 따위가 소용이 없었다.

설씨는 이 말을 듣고 저으기 실망했으나 굽히지 않고 중매장이를 또 보내어 신씨부인을 달래어 보았으나,

역시 단호한 거절에 준절한 책망까지 하더라는 것이다.

지금까지 하고자 한 일을 별로 못해낸 일이 없으리 만치 큰 힘을 가진 설씨로서도 굳은 신씨부인의 지조에는 어쩔 도리가 없었다.

"어떻게 하면 좋단 말이냐."

신씨는 가슴을 태우며 생각에 잠긴다.

아무리 생각하고 궁리하여도 그녀의 마음을 돌릴 수는 없었다. 설씨도 선비인지라

"내가 단념을 해야 옳은가?"

하고 마음을 돌리려 하였으나 그의 가슴에 한번 일어난 연정은 그렇게 쉽게 사라지질 않는 것이었다. 사라지기는 커녕 신씨부인이 거절하면 할 수록 그 정열은 더 맹렬하게 타오르는 것이었다.

그 마음을 억제하기 위하여 다른 곳에서 좋은 배필을 구해 보려고 까지 했다.

설씨가 색시를 구한다는 말이 나자 사방에서 매파가 줄을 지어 나타났다. 그러나 어느 색시의 말을 들어 보아도 신씨부인과는 비교가 되지 않는 것이었다.

설씨는 갖은 방법을 동원해도 신씨부인을 잊을 수가 없었다. 그의 주변에 날라오 는 혼담을 모두 기절히고 니니 더욱 신씨부인에 대한 생각이 간절했다.

그는 이럴 때 마다 술을 마시고 글을 지어 풍류 속에 파묻혀 신씨에 대한 사모의 정을 잊고자 노력했다.

그러나 그것도 그 때뿐, 아무 소용이 없었다.

뜰에 핀 꽃을 보아도 신씨부인의 얼굴이 떠오르고 또 저녁때 돋아 난 달을 보아도 신씨 부인의 생각이 떠올라 실신할 정도로 마음이 괴로웠다.

병이 날 지경에 도달했다.

설씨는 할 수 없이 또 매파를 보내어 자기의 근황을 말하고 또 애원도 해 보았다. 그러나 얼음장 같이 차가운 신씨부인의 마음은 처음이나 지금이나 조금도 변함이 없었다.

"참으로 괴로운 일이로다."

설씨의 입에서는 불현듯 이런 탄식이 흘러 나왔다.

이제는 어쩔 도리가 없었다. 정말 단념하는 수 밖에 없었다. 이렇게 작심하자 설씨는 가슴 속에 아로새겨진 신씨부인의 영상을 지워버리려는데 안간 노력을 다하였다.

그래도 신씨부인의 생각이 강렬하게 떠오를 때는 술을 마시고 취중에는 글을 읽는 등 온갖 방법으로 괴로움을 이겨내려고 했다.

그러나 짝사랑의 흠모는 발버둥치면 칠 수록 더 못잊어 지는 것이었다.

설씨는 마지막으로 한가지 생각을 짜냈다. 그리하여 그 제안을 매파노인에게 편지로 보냈다.

신씨부인은 매파가 들고 온 편지를 들고 그대로 찢어 버리려 했다. 그러자 매파는 난색을 표하며

"제발, 찢지는 마시오. 그 사연은 아주 긴요한 것 같으니 한 번 읽어 보시고 저에게 답을 주십시오."

하자 신씨부인은 한참 편지를 들고 앉았더니 무엇인가 결심한듯 피봉을 뜯었다.

──자주 괴롭히는 소생을 용서하십시오. 이제 마지막으로 이 한가지 제안을 하오니 사연을 읽으시고 가부를 이 노파에게 전해 주시면 죽기로서 감사하겠습니다.

내가 석자 되는 나막신을 신고 서울을 갔다 오기와 신씨부인께 서는 읍의 서북 쪽에 있는 작은 산에 산성(山城)을 쌓기와 내기를 하자는 제의입니다. 즉 내가 서울을 다녀오기 전에 당신께서 성을 먼저 쌓았으면 다시는 당신께 청혼을 아니할 것이오며 당신께서 성을 쌓기 전에 내가 먼저 온다면 나의 말을 들어 주십시오. 하는 내기 입니다. 깊이 생각하시와 이 내기에 응해주시기 거듭 바라며 이만 각필합니다.──

다 읽고 난 신씨부인은 저으기 긴장한 표정이다. 그녀는 깊은 생각에 잠겼다.

아무리 생각해도 어려운 내기였다. 그러나 신씨부인은 어떻게 하든지 이번 내기에서 이겨 귀찮은 사나이가 청혼을 다시는 입밖에 내지 못하도록 하리라 결심하기에 이르렀다.

그리하여 이 내기에 응한다고 쾌히 승낙했던 것이다.

약속한 날 아침이다.

설씨는 굽이 석자나 되는 높은 나막신을 신고 서울을 향해 떠났고 이와 동시에 신씨부인은 연약한 몸으로 지정된 산으로 가 성을 쌓기 시작했다.

나막신 신고 서울을 갔다 오는 거나 성을 쌓는 일이나 모두가 어려운 내기 였다.

그러나 설씨는 가진 고생을 무릎쓰고 성을 쌓기 전에 서울을 다녀와 자기의 소원을 이루어 보려고 입을 악물고 길을 재촉했으며 한편 신씨부인은 설씨가 서울에서 돌아오기 전에 성을 다 쌓아 다시는 혼담을 입밖에 내지 못하게 하려고 있는 힘을 다 해 돌을 날라다 성을 쌓았다.

"꼭 이겨야지."

"이겨야 한다."

일초동안도 신씨부인의 머리에는 이런 다짐의 생각이 떠나지 않았다.

잠시동안도 쉬지 않고 일한 결과로 해가 서산을 넘으려 할때에 신씨부인은 그 성을 다 쌓고 말았다. 팔다리가 늘어지고 손바닥은 닳아 피가 맺혔다.

"휴우!"

한숨을 내쉬며 신씨부인은 허리를 폈다.

"이젠 내가 이겼다. 제 아무리 장사라한들 석자나 되는 나막신
을 신고 서울을 갔다 오느라면 땀께나 날께다."
하고 얼굴을 들어 서울 길을 바라 보았다.

"어머!"
신씨부인은 깜짝 놀랐다.

그의 앞에는 어느새 왔는지 설씨가 지친 얼굴로 버티고 서 있는
것이었다. 그러나 이미 성도 다 쌓은 뒤였으므로 신씨부인은 미소
를 지으며 설씨를 바라 보았다.

그때 설씨는 무엇을 눈치 채었는지 별안간

"내가 이겼다."
하고 소리 지르며 미친듯 날뛰는 것이다.

신씨부인은 영문을 몰라 어리둥절 하고 있는데 설씨는 부인의
치마를 가르치며

"부인께서는 이번 내기에 졌습니다. 보십시오. 아직 치마에
흙이 붙어 있으니 이것은 일이 끝나지 않은 것이나 다름 없습니
다."
하고 말했다.

그때서야 신씨부인은 자기 치마를 내려다 보았다. 과연 아직
흙이 그대로 묻어 있었다. 그녀는 성을 다 쌓아 이제는 이겼다고
마음을 놓고 그것을 털지 않고 있었던 것이다.

"……."
신씨부인은 아무 말이 없었다. 결국 진 것을 자인하는 것이
되었다.

그러나 이 일을 어찌하면 좋단 말인가!

내기는 내기니 약속을 지켜야 했다. 그러나 지금껏 모든 권유와
유혹을 물리치고 지쳐오던 절개를 깨뜨리고 설씨한테로 시집갈
수는 도저히 없는 일이었다.

신씨부인은 여러가지 착잡한 궁리에 쫓어 있더니 드디어 비장
한 결심이라도 한듯,

"제가 졌습니다."

하고 시인했다. 그러자 설씨는,

"부인, 그러면 제 말을 들어 주셔야 겠습니다."

한다.

신씨부인은 아무 말 없이 성벽으로 바짝 다가서더니 그대로
수백척 깊은 물속으로 몸을 던지고 말았다. 절개를 깨뜨리느니
보다 차라리 목숨을 끊는 길을 택한 것이다. 그리하여 그녀는
깨끗한 몸으로 남편의 뒤를 따라가고 말았다.

이런 일이 있은 뒤 그 지방 사람들은 이 성을 가르켜 홀어미
산성(山城)이라고 부르게 되었으며 끝내 절개를 지키다 애처롭게
산화한 신씨부인의 지조를 오늘까지도 높이 칭송하고 있다.

속명사(續命寺)의 유래

황해도 서흥군 서흥면 오운리라는 곳에 속명사 라는 절이 있다. 이 절 이름은 목숨을 이었다는 뜻으로 다음과 같은 전설이 깃들어 있다.

시대는 확실하지 않으나 아주 옛날 조선에서는 조선의 이름을 저 먼 중국에 가서 지어오자고 한 일이 있었다고 한다. 그것은 중국이 문자의 나라요 모든 문물이 진보된 나라인 만큼 그곳에 가서 이름을 지어오는 것이 좋겠다는 의논이 있었던 까닭이라고 한다. 그래서 사람을 뽑아 중국으로 보냈다. 그런데 한 달 두 달 석 달 반 년이 지나도록 간 사람은 소식이 없고 돌아오지를 않아 어쩐 일인가 하고 다시 사람을 뽑아 들여 보내고 기다려 보았다. 그러나 이번 사람 역시 간 뒤에 일년이 지나도 돌아오지 않고 영영 소식이 두절 되었다.

중국의 천자는 무슨 이유인지 들어가는 사람마다 목을 베어 죽였다. 이곳에서는 그것을 모르고 또 사람을 뽑아 들여 보내고 이번에는 무사히 다녀올까 기대했으나 이번에도 역시 영영 소식이 없었다. 이제는 더 사람을 뽑아 보낼 수도 없고 또 가려는 사람도 없었다.

그러나 한 번 정한 일을 단념할 수도 없어 누구든지 자원해 가려는 사람이 있으면 보내려고 널리 물색했으나 들어 가기만 하면 죽는 곳에 아무도 자진해 들어가려는 사람이 있을리 없었다.

그래서 나라에서는 걱정으로 나날을 보내던 중 어떤 노파 하나가 그 소임을 자기가 맡아 가지고 들어갔다 오겠다고 자원하며 나섰다.

"사내들도 다 못살아 나오는데 노파가 어떻게 갔다 온단 말이냐?"고 여러 사람은 그를 말렸지만 노파는 기어코 자기가 가겠다고 자원을 해 나라에서 그를 보내기로 결정했다.

노파는 행장을 준비해 가지고 길을 떠났다. 그런데 그날은 얼마 못가 날이 저물었으므로 그는 서흥의 속명사에 들어가 하루 밤을 자고 가기로 했다.

그런데 그날밤 그는 이상한 꿈을 꾸었다. 오색 채운이 어린 가운데 오색다리가 놓이고 그 다리를 타고 선녀가 내려 오더니 노파를 보고

"길이 바쁘거늘 어서 가지 않고 어찌 이다지 잠만 자는고"하며 한마디 하고는 유유히 그 자취를 감추어 버렸다. 꿈을 깬 노파는 하도 이상해 이리 저리 생각해 보며 "너무 그 생각을 해서 꿈을 다꿨나?"하고 전전긍긍하며 잠을 이루지 못하는데 별안간 법당 쪽에 오색 채운이 어리며 그곳이 환해지더니 공중에서 이상한 목소리로,

"속히 떠나라."

하는 소리가 들려 왔다. 이 소리에 노파는 놀라 그대로 일어나 주섬주섬 행장을 수습해 가지고 법당 앞에 나가 절을 하고는 바로 그 곳을 떠나 쉴새 없이 길을 걸었다.

그리하여 여러날 만에 그는 겨우 중국에 이르렀다. 그는 바로 궁궐로 들어가 이곳으로 온 뜻을 말했더니 천자는,

"그렇게 죽여도 또 왔단 말이냐?"

하고 성을 냈다. 노파는 엎드리어,

"그렇게 노할실 것이야 있습니까? 그러지 마시고 지어 주십시 오."

하고 청했다. 그러나 천자는 그 말을 들은 체도 아니하고,

"어서 이 노파의 목을 베어라."

고 호령했다. 도 부수들은 노파를 끌어 내다가 청룡도로 목을 베었다. 그러나 이상한 일이었다. 노파의 떨어진 목은 다시 가서 붙고 노파는 태연한 기색으로,

"장난 마시고 어서 지어주시요."

하였다 여러 사람은 놀라지 않을 수 없다. 그러나 천자는 또 호령 을 했다.

"어떻게 목을 베었길래 도로 붙었단 말이냐?"

도부수는 다시 칼을 들어 노파의 목을 쳤으나 전과 마찬가지로 땅에 떨어진 목은 도로 붙으며 노파는,

"공연히 이러지 마십시오."

하고 태연한 것이었다. 이것을 보고 천자는 크게 놀랐으나 그래도 호령 호령하며 도부수를 야단쳤다. 도부수도 이번에는 겁이 나서 손이 떨리는 것을 천자의 명령이라 할 수 없이 다시 또 목을 쳤으

나 이번에도 아까와 같이 떨어진 목이 다시 붙고 노파는 아무 일도 없었던것 같이,

"너무들 이러지 마시고 어서 지어 주십시오."

하고 말했다. 천자는 어이가 없어,

"네가 사람이냐? 귀신이냐?"

하고 물었다. 노파는,

"농담마시오. 저는 보시는 바와 같이 사람이올시다."

하고 아뢰었다. 천자는,

"과연 조선에는 귀인이 많구나."

하고 감탄하며 두말 하지않고 국호를 지어 종이에 써서 내주었다.

노파는 그 길로 중국을 떠나 조선으로 돌아와 가지고 이번에 성공한 것은 모두 부처님 덕택이라고 생각하며 감사의 인사를 드리기 위해 다시 속명사에 들렀다.

그러나 이상한 일이 또 하나 생겼다. 그것은 법당에 있는 세 부처님의 목이 다 부러진 것이었다.

노파는 비로소 자기 대신 부처님의 목이 잘린 것을 알고 그 자리에 엎드리어 수없이 절을 하며 감사한 뜻을 표하였다. 그 뒤부터 이 절의 이름을 속명사라고 했으며 법당에 오색구름이 드리웠다고 이 동네 이름을 오운리라고 하였다 한다.

쌍선봉(雙仙峰)의 작별

전라북도(全羅北道) 부안(扶安)이라는 곳에 변산(邊山)이라는 산이 있는데 이 산의 깊숙한 골짜기로 들어가면 성계골이라는 곳이 있다.

그런데 이 골짜기를 성계골이라고 부르게 된 유래는 다음과 같다.

이씨왕조(李氏王祖)을 창건한 이태조(李太祖)인 이성계(李成桂)는 일찌기 남다른 큰 뜻을 품고 있었다. 그리하여 그는 젊은 시절에 전국을 돌아 다니며 지리와 풍습을 익히는 등 무사수행(武士修行)에 나섰던 것이다.

이렇듯 팔도강산을 두루 편답하던 이성계는 전라북도 부안에 발을 들여 놓게 되었다. 그는 변산(봉래산이라고도 부른다)의 수려함에 이끌려 그 곳에 마음을 두게 되었다. 그래서 이성계는 이 봉래산에 잠시 머물러 있으면서 문(文)과 무(武)의 수련을 쌓기로 결심하기에 이르렀다.

그가 자리를 정한 곳은 지금 성계골이라고 불리우고 있는 골짜기였다.

그는 이 골짜기에 암자를 하나 짓고 그 곳에서 혼자 밥을 지어 먹으며 글을 읽고 무예를 단련하는 것으로 날을 보내고 있었다.

그러던 어느 날이다.

이성계가 저녁밥을 지으려고 산에 올라 나무를 하고 있는데 이 골짜기로 두 노인이 다가오는 것이었다.

그 노인들은 이성계를 보자

"여보 젊은이, 목이 말라 그러니 냉수가 있거든 좀 마시게 해주구려."

하는 것이다.

언뜻 보아 그들 두 노인은 보통 사람 같지가 않았다. 어디로 보나 고명한 인품이 풍기는 것이었다. 그래서 이성계는 공손한 어조로,

"여기엔 샘이 없으나 저의 암자로 가시면 냉수를 대접해 드리겠습니다."

하고 그 두 노인을 자기 암자까지 인도해 왔다. 그리고 냉수는 물론 밥까지 지어 잘 대접했던 것이다.

"이 깊은 산 골짜기에는 어떻게 오셨습니까?"

하고 이성계가 묻자,

"우리는 별로 할일도 없고 하여 유산객(遊山客)으로 떠돌아 다니는 사람인데 마침 이곳을 지나다 신세를 지게 되었구려."

두 노인 가운데 한 노인이 이렇게 대답하였다.

이성계는 그 노인과 한 자리에 앉아 여러가지 학문에 대한 이야기도 듣고 또 의심나던 글들을 물었다. 그 노인들은 이성계가 묻는 글을 하나도 막힘없이 속이 후련하도록 일러 주는 것이었

다. 뿐만 아니라 무예에 대해서도 아주 조예가 있었다.

이성계는 짐작 않은 바도 아니었지만 문무(文武)에 통달한 그들에게 다시 놀라지 않을 수 없었다. 그는 속으로 쾌재를 불렀다. 아직까지 팔도강산을 편력했어도 스승다운 스승을 발견 못해 저으기 초조하던 터였는데 이 곳에서 우연히 스승을 대하게 됨에 너무나 기뻐 그는 자리에서 일어나 큰 절을 하는 것이었다.

그리고 이성계는 꿇어 앉으며,

"두 스승님께 꼭 드리고 싶은 소청이 있사온데 물리치지 마십시오."

하자 그들은,

"무슨 말인지 어서 말해 보오."

하고 재촉하는 것이었다.

이성계는 잠시동안 마음을 진정 시키더니 정중한 어조로,

"이렇게 두 분을 모시게 되니 자꾸만 욕심이 납니다. 앞으로 두 분을 스승으로 모시고 저의 미숙함에 가르치심을 받고저 하옵니다."

하였다.

그러자 두 노인은,

"우리는 별로 배운 것도 없는 터이고 더군다나 그대처럼 큰 뜻을 가진 사람을 가르칠만한 그릇이 되지 못하니 더 고명하신 스승님을 찾도록 하시오."

하고 사양하는 것이었다.

그러나 이성계는 자기의 뜻을 굽히지 않고,

"그러시면 제 소청을 물리치시겠다는 말씀이군요. 참으로 실망

이옵니다."

하고 아쉬운 표정을 짓자,

"그럼 우리가 다른 선생을 천거해 드리기로 하면 어떻겠소?"

하고 이성계의 뜻을 타진하는 것이다.

"저는 분명히 두분을 스승님으로 모실 것을 원했습니다. 정히나 제 소청을 물리치신다면 그것도 제 운으로 돌리고 내일이라도 봇짐을 씨기지고 집으로 내려갈까 합니다."

이렇게 강경히 말하자 그때야 두 노인은 서로 바라보고 고개를 끄덕 끄덕하더니,

"그대의 소청이 정히나 그렇다면 어찌 물리칠 수 있으리오. 미력하지만 우리가 알고 있는 한도 내에서 공부를 하도록 합시다."

하고 승낙하는 것이었다.

"스승님 감사합니다."

하며 이성계는 일어서더니 다시 공손히 절을 하는 것이었다.

이리하여 그날 부터 이성계는 두 스승님을 모시고 글과 무예를 배우기 시작했다.

그런데 원래 총명하고 재치가 있던 성계는 하나를 배우면 열가지를 깨닫고 열가지를 일러주면 백가지를 터득하는 것이었다.

한 스승으로 부터 학문(學問)을 배우고 또 다른 스승으로 부터는 무예(武藝)를 배웠다.

이렇듯 쉴새 없이 문(文)과 무(武)를 연마하니 그의 뛰어난 재질은 얼마 되지 않아 모든 분야를 정통하게 되었다.

두 노인은 크게 칭찬하고 기쁨을 금치 못하며,

"이제는 됐네. 우리가 아는 것은 모두 전수하였네. 그만하면
　자네는 훌륭한 장군이 되겠어. 세상에 나가 큰 뜻을 이루게."
하는 것이었다.

　이리하여 문무를 모조리 전수받은 이성계는 오랫동안 정든
스승님과 헤어지지 않으면 안되었다.

　암자를 나서는 두 스승님과 차마 헤어지기가 어려운 이성계는
한발 한발 따라 나선 것이 성계골에서 사십리라 되는 쌍선봉(雙仙
峰)이라는 곳까지 오게 되었다.

　두 스승은 성계를 돌아 보며,

"정히 아쉬워 따라오면 한이 있겠느냐. 이젠 여기서 돌아가도록
　해라."
하여 마지 못해 그 곳에서 멈춰 섰다.

"그럼 두 분 스승님 부디 안녕히 가십시오."
하고 헤어져 몇걸음 걷다 돌아다 보니 어느 새 두 노인의 자취는
간데가 없다.

　이런 일이 있은 뒤 부터 이성계와 스승이 헤어진 이 봉우리를
쌍선봉(雙仙峰)이라 부르게 되었다고 한다.

　이처럼 성계골에서 무예를 수업하고 세상에 나온 이성계는
그의 뛰어난 재주를 과시하였다. 그 예로 운봉(雲峰) 싸움에서
아지발도(阿只拔都)의 투구 끈을 쏘아 맞춘 것이 그것이며 또한
흥원(興原) 싸움에서 호장의 입을 쏘아 죽인 것 등으로 그는 활의
명인으로 이름을 드날리게 되었다.

　이 성계골에는 또한 성계폭포(成桂瀑布)라는 큰 폭포가 떨어지
고 있는데 지금도 그 폭포 위에는 태조가 앉아 있던 반석이 그대

로 남아 있으며 그 곳에서 동쪽으로 바라 보이는 곳에 석벽에
있는데 거기에는 태조가 무예수업을 할때 활을 쏘던 곳으로 지금
도 화살 자국이 남아있어 옛날의 상황을 말해 주는듯 하다.

한편 이태조가 거처하던 암자는 지금에는 그 흔적을 찾아 볼
수 없으나 주춧돌 만은 그대로 남아 있다는 것이다.

설암리(薛岩里)의 유래

옛날 옛날 아득한 옛날이다.

평양성 밖에는 가난한 설(薛)씨가 살고 있었다. 그는 날마다 새끼를 꼬고 짚신을 삼아 겨우 끼니를 이어 살아 가는 사람이었다.

몇일 동안 꼬은 새끼와 짚신을 한짐 지고 평양 성내로 들어가 팔아 돌아 오는데 대동강(大同江) 어구에 이르렀을때 해가 지고 사방이 어두워 지기 시작했다.

그는 걸음을 재촉하여 빨리 걸었다. 벌써 행인도 멎고 컴컴한 길엔 설씨 혼자 땀을 흘리며 걷고 있었다. 이때 저만치에서 시커먼 그림자가 보였다. 설씨는 겁을 집어 먹으며 슬금 슬금 다가갔다. 곁에 가서 보니 그것은 어부가 짊어지고 가는 큰 물고기였다.

"이야, 물고기 한번 댓자구나!"

그는 이렇게 중얼거리며 어부의 뒤를 바짝 쫓아 가는데 그 큰 고기가 꿈틀거릴 때마다 어부는 비실거리는 것이었다.

그는 어부에게,

"젊어지고 가는 물고기 이름이 무엇입니까?"
하고 물었다.

"잉어지요."

"아니 그렇게 큰 잉어도 있군요?"

"그렇게 큰 잉어를 어디서 잡았습니까?"

"대동강에서 잡았죠."

잉어는 입을 딱 딱 벌리며 펄쩍 펄쩍 뛰다간 설씨를 물끄러미 쳐다보는 것이다. 그런데 이상한 것은 그 젊은이에게 애원이라도 하듯 눈엔 눈물이 고여 있었다.

어부는 어깨가 아픈지 지게를 길가에 내려 놓으며,

"좀 쉬었다 갑시다."
한다.

젊은 설씨도 걸음을 멈추고 지게 곁에 서서 신기한 듯 잉어를 들여다 보았다. 잉어의 눈에선 여전히 눈물이 흘러내리고 있었다. 말 못하는 물고기이긴 하나 살려달라고 애원하는 것만 같았다.

하도 보기에 딱한 설씨는 어부를 돌아 보며,

"이 잉어 나한테 팔구려."

그러자 어부는 싱긋이 웃으며,

"돈이나 많이 내구려. 그럼 왜 안팔겠소."
하는 것이다.

"얼마나 드리면 되겠소?"

"글쎄 올시다. 아무리 못받아도 두냥은 내야죠."

마침 설씨 주머니에는 새끼와 짚신을 삼다가 판 돈 두냥이 들어

있었다. 그는 그 돈이 있어야 당장 내일 부터의 끼니를 장만할
수 있을터인데도 그것은 까맣게 잊고,

"여기 두냥 있소."

하며 서슴치 않고 돈을 내주고 잉어를 샀다.

그는 지게에서 잉어를 옮겨 들고 곧장 강으로 내려갔다. 그리고
그 잉어를 강물에 넣어 주었던 것이다. 잉어는 죽음에서 살아난
기쁨으로 꼬리를 치며 물속으로 헤엄쳐 들어 갔다.

그 광경을 본 설씨는 흐뭇한 마음으로 돌아 왔다.

그는 피곤한 몸인지라 아무렇게나 누워 잠이 들었다.

얼마나 시간이 흘렀을까. 홀연 설씨 앞에는 눈부시게 화려한
옷을 입은 동자(童子) 두명이 나타나더니 그에게 공손히 절을
하는 것이 아닌가.

"그대들은 누구시오?"

"네 우리들은 용궁에서 온 사자올시다. 용왕께서 지금 당신을
불러 계십니다. 우리와 함께 가시지요."

하는 것이다.

설씨는 용궁이라는 말에 깜짝 놀라 다시 그 사자라는 동자를
향해

"용왕께서 나 같이 천한 사람을 무엇 때문에 부르시는지요?"

하고 되묻지 않을 수 없었다.

"그것은 우리들도 알 수 없습니다. 가보시면 알 일이니 어서
일어나 같이 가십시다."

동자는 재촉하는 것이었다.

젊은 설씨는 사자를 따라 집을 나섰다. 한참 동안 쫓아 가니

과연 그의 앞에는 찬란하고 화려한 대궐이 여러채 늘어서 있었다. 참으로 지상에서는 볼 수 없는 진경이었다.

문이나 벽은 금 은 주옥으로 장식하여 마치 밤 하늘에 별들이 반짝이듯 배났다. 그는 이렇듯 화려한 곳을 한참이나 들어갔다.

얼마를 지나자 그의 앞에는 큰 대문이 나타났고 사자는 설씨를 안내하여 그 곳으로 들어가는 것이다. 그 바닥은 유리로 깔려 있었으며 벽은 보석으로 장식되어 그야말로 눈부신 궁궐이었다.

조금 더 따라 들어가니 풍악 소리가 들려 오며 여러 신하와 용녀들에 둘러싸여 용왕이 납시는 것이었다.

용왕의 모습이 나타나자 사자와 같이 들어 가던 설씨는 그 자리에 엎드려 큰 절을 하고 복명했다.

용왕은 서서히 설씨 앞까지 다가오더니,

"그대가 평양성 밖에 사는 설모라는 자인가?"

하고 묻는 것이다.

"예, 그러하옵니다."

"먼 길을 오느라 수고가 많았겠군."

"황공무지로 소이다."

용왕은 옥좌에 앉으며 용녀들에게 명하여 미리 마련해 둔 자리에 앉게 했다.

용왕은 다시 설씨를 바라보며,

"와 주어서 정말 고맙구나. 짐이 그대를 부른 것은 그대에게 큰 은혜를 갚고저 함이니 조금도 불편함이 없이 하루를 더불어 즐겨 주기 바라노라."

하는 것이었다.

설씨는 도무지 어찌된 영문인지 알 수가 없었다. 더우기 용왕이 말하는 뜻을 이해하지 못하여,

"소신에게 은혜라 하옵시는데 그게 무슨 뜻인지 알 수가 없습니다."

하였다.

그러자 용왕은 껄껄 웃으며,

"내가 그 말을 잊었구나. 다름이 아니라 그대가 전일 내 아들을 구해 준 은혜로다."

"네?"

"핫핫핫하 잘 들거라. 어제 밤 내 아들이 어부에게 잡혀 죽게 된 것을 그대가 돈 두냥을 주고 사지 않았더냐. 그리고 그 물고기를 안아 물 속에 넣어 살려 주었으니 그 보다 큰 은혜가 또 어디 있겠느냐."

그제서야 비로소 설씨는 모든 것을 깨달을 수 있었다. 그리하여,

"그것이 무슨 은혜가 되었습니까. 정말 황송해서 몸 둘 곳을 모르겠습니다."

하고 겸손하게 말했다.

"아니다. 그대는 너무 겸손하지 말라. 그것이 은혜가 아니면 무엇을 은혜라 이르겠느냐. 그대를 만나 이렇게 치사를 할 수 있으니 짐의 마음이 흐뭇하도다. 그러니 조금도 괴로워 말고 오늘을 마음껏 즐겨라."

그리고 용왕은 시녀들에게 명하여 그 아들을 불러 오라고 했다.

잠시 후 용왕의 아들이 찬란한 옷을 몸에 걸치고 나와 설씨에게 정중히 절을 하는 것이다. 당황한 설씨는 답례를 하고 왕자의 손을 꼭 잡았다.

그 왕자는,

"나를 살려주신 은혜 참으로 감사합니다. 무엇으로 감사해야 할지 모르겠습니다. 그래서 우선 작은 정성이나마 표하려고 이렇게 모셨으니 마음껏 즐거 주시기 바랍니다."

그리고 나서 곧 시녀들에게 명하여 잔치상을 차리게 하였다.

잠시후 이름도 모를 바다의 진수성찬이 나왔다. 그 뿐만 아니라 아름다운 시녀들이 너울너울 춤을 추고 갖은 풍악을 울리니 그는 마치 신선이나 된 듯 싶었다.

이처럼 갖은 환대를 받으며 며칠을 보냈다. 그리고 나니 집일이 궁금하여 더 있을 수가 없었다.

설씨는 이튿날 아침 용왕에게,

"소신 그 동안 융숭한 대접을 받았습니다. 평생을 두고 용왕님의 호의를 잊지 않겠습니다. 그리고 집을 비운지 오래되어 궁금하와 이제 돌아갈까 하옵니다."

하고 아뢰었다.

용왕은 섭섭히 여기어 며칠만 더 놀다 가라고 만류했으나 설씨는,

"아니옵니다. 그 동안 마음껏 즐겼고 또 충분한 휴식을 취했으니 그만 소신을 보내주십시요."

하고 굳이 돌아가기를 고집하였다.

용왕도 어쩔 수 없이,

"꼭 가야겠다면 더 만류하지 않겠다. 다만 그대는 내 아들의 목숨을 구해준 은인이니 무엇으로라도 보답을 해야겠는데 그대는 조금도 주저치 말고 소원을 말해보라."

하고 물었다.

설씨는 너무나 황송하여,

"이처럼 대접을 받고 또 무엇을 청하겠습니까? 그저 이대로 돌아가게 해주십시오."

하고 사양하자 용왕은,

"안될말. 내 도저히 그대같은 은인을 그대로 돌려보낼 수 없으니 어서 무엇이든지 한가지 청을 말해 보라."

그러자 그 곁에 있던 왕자도 지성껏 말함으로 더 이상 사양함은 예의가 아닌줄 알고,

"정히나 그렇게 말씀하시니 한가지 청을 드리겠습니다. 그것은 다름이 아니라 평양의 대동강이 해마다 장마가 지면 홍수가 나서 백성들을 괴롭히고 있으니 그 대동강을 모란대 있는 쪽으로 옮겨 주시면 평양 백성들이 고통을 면할 수가 있겠습니다."

하고 소원을 말했다.

용왕은 그 착한 마음씨에 크게 감탄하며,

"참으로 기특한 말이오. 자기 한 몸 부귀를 생각치 않고 많은 사람을 위해 마음을 쓰니 그 청은 어떤 일이 있어도 앞으로 사흘 후에 대동강 물을 모란대 쪽으로 돌려줄 것이니 그리 알아라. 그런데 한가지 미리 알려둘 것은 강물을 돌리기 위해 큰 비를 내려야 할 것인 즉 이 사실을 미리 백성들에게 알려 피해가 없도록 하여라."

용왕은 쾌히 승락했다.

설씨는 고맙다는 인사를 하고 용궁을 나섰다.

용왕의 사자인 동자를 따라 자기 집앞에 이르자 깜짝 놀라 깼다.

어느새 밖이 훤히 밝아오고 있었다. 그는 늘어지게 기지개를 하고 일어나면서,

"이상한 꿈을 꾸었구나."

하며 집을 나섰다.

그는 그길로 평양 성내로 들어가,

"큰 비가 내릴테니 홍수의 대비를 하시오."

하고 큰 소리로 외치며 돌아 다녔다.

그러나 이 말을 들은 평양 백성들은 미친 사람이라고 비웃는 것이다.

그러나 그는 실성한 사람 취급을 받으면서도 여전히 성내로 돌아 다니며 외쳤다.

"곧 큰 비가 내려 홍수가 날 것이니 대피할 준비들 하시오!"

이 소문은 곧 관가에 까지 전파되어 관찰사는 그를 잡아 들이게 했다.

조금 후 관속들에게 붙잡혀 온 설씨는 감사 앞에 꿇렸다.

"너는 어찌하여 터무니 없는 헛소문을 퍼뜨려 민심을 소란케 하느냐?"

하고 그를 민심소란죄로 몰아 옥에 가두고 말았다.

설씨가 옥에 구금되자 하늘에는 검은 구름이 덮히며 천둥 번개가 번쩍거리더니 빗방울이 떨어지기 시작했다.

이 빗방울은 점점 굵어지더니 억수같은 비로 변해 며칠동안 쉬지않고 쏟아지는 것이었다.

강물은 뚝을 넘쳐 평양성 안으로 삽시간에 흘러 들어 평양은 물바다가 되고 말았다.

이때 모란대 밑에서 큰 용 한마리가 하늘로 올라가는데 그 곳에는 큰 웅덩이가 패어져 성내로 넘쳐 흐르던 물이 그곳으로 몰려 삽시간에 홍수는 빠졌다.

미처 대피를 못하고 방황하던 백성들은 금시 물이 빠짐으로 겨우 안도의 숨을 몰아 쉬는 것이었다.

성내의 물이 빠지자 곧 비도 맑게 개였다. 그리고 지금의 청류벽(清流壁) 자리엔 깎아 세운 듯한 큰 바위가 병풍처럼 서게 되었다.

그리하여 대동강의 위치가 지금의 자리로 옮겨 졌다하며 청류벽도 그 때 생겨 났으며 이청류벽 때문에 평양성 내에는 큰 물이 나도 피해를 입지 않게 되었다 한다.

한편 관가에서는 이 사실에 크게 놀라 미친 사람으로 몰았던 설씨를 예언자라고 숭앙하게 되었다.

그 후 설씨가 죽자 평양 백성들은 그를 추모하기 위해 당을 세워 주었다고 하며 그가 살던 마을을 그의 성을 따서 설암리(薛岩里)라 불렀다고 전한다.

애기 바위

　지금은 분계선 이북에 있어 가볼 수가 없지만 평안북도(平安北道) 강계(江界)에 노람동이 라는 마을이 있는데 그곳에는 애기바위라는 바위가 있다.

　여인이 어린애를 업고 서 있는 것같이 생긴 이 바위는 그 모양이 묘할 뿐만 아니라 그 바위가 지니고 있는 전설은 널리 알려져 지금도 많은 사람의 입에 오르 내리고 있는 것이다.

　옛날이다. 아주 옛날 이 노람동이란 마을에 한 부자(富者)가 살고 있었는데 어찌나 인색한 자였던지 온 마을 사람들에게 구두쇠라고 손가락질 당하는 것이었다.

　이웃에 굶는 사람이 생겨도 쌀 한 되 나누어 먹는 일이 없었고 거지나 동냥치가 와도 동냥은 커녕 되려 때려 쫓지 않으면 쪽박이라도 부서버리는 인색하고 심술 궂은 사람이었다.

　그런데 어느 날 이 부잣집 대문 앞에 중이 와서 목탁을 두드리며,

　"부처님전에 공양을 하십시오."
하고 염불을 외우기 시작했다.

한참 서서 염불을 하여도 안에서는 누구 한사람 얼씬도 않는 것이다. 그러자 중은 다시 큰 소리로,

"이 댁에 시주를 받으러 왔습니다."

하였다. 그랬더니 얼마 후에야,

"이 집에선 부처를 믿지 않으니 다른 집에나 가 보오."

하는 굵직한 음성이 흘러 나왔다. 그러나 중은 못들은 체 여전히 목탁을 두드리며 염불을 외었다. 그랬더니 조금 후에,

"다른 집에 가 보라는데 왜 이렇게 시끄럽게 야단이야! 백날을 서 있어도 아무것도 줄 것이 없어."

하고 이번에는 아까보다 거친 음성이 들렸다. 그래도 중은 여전히 못들은 체 목탁을 두드렸다.

그랬더니 조금후 대문이 활짝 열리며 벽력같은 고함소리가 들렸다.

"이 빌어먹을 놈의 중새끼가 가라면 갈 것이지 왜 대문 앞에 서서 시끄럽게 구는거야! 응."

그는 분명히 이 집 주인이었다. 그래도 중은 허리를 굽혀 공손히 인사를 하며 여전히 염불을 했다.

"어서 가라구. 아무것도 줄 것이 없단말야."

그러자 중이 입을 열어,

"소승 문안 드리옵니다. 한 줌의 쌀이나 잡곡도 좋으니 포시(布施)해 주시면 감사하겠습니다."

라고 하자,

"듣기 싫다니까! 자꾸 말해 봤자 피차 감정만 상하니 어서 다른 데로 가봐!"

그러면서 대문을 꽝 닫고 안으로 사라지는 것이다. 그러나 중은
물러가지 않고 끈질기게 목탁을 두드리며 염불을 계속했다.

조금 후 주인은 화가 난 얼굴로 다시 뛰쳐나와 외양간으로 가는
것이었다. 그리고 쇠똥을 한삽 떠 가지고 나오더니,

"정 가져가야 겠거든 이것이라도 가져가거라."

하는 것이다.

중은 아무 말 않고 바랑을 벌렸다. 그랬더니 그 구두쇠 주인은
거침없이 쇠똥을 퍼 붓고는 안으로 들어가는 것이었다. 그러나
그 중은 조금도 표정을 바꾸지 않고 돌아서 걷기 시작했다.

몇 걸음 걸었을까 바로 그때,

"여보세요. 스님"

하고 등 뒤에서 여인의 부르는 소리가 들렸다. 중이 뒤돌아 보니
그녀는 구두쇠 영감의 며느리였다.

그 여인은 시아버지 몰래 쌀 한 그릇을 퍼가지고 나와,

"저의 아버님을 허물하지 마세요. 원체 성미가 그러신 분이에
요."

하고 사과를 하는 것이었다.

중은 그 착한 마음씨에 감동하여 고맙다 치사를 하고 돌아서려
다가 다시 그 여인을 향하여,

"한 가지 일러 드릴 말씀이 있습니다."

한다.

"무슨 말씀인지 얘기하세요."

"내일 오정때가 되면 댁의 뜰에서 물이 나올 것입니다. 그러면
아무에게도 알리지 말고 입을 다문채 당신 혼자만 뒷산으로

피신하십시오. 뒤에서 어떠한 아우성이 들리더라도 돌아 볼 생각 말고 뒷산으로 올라만 가면 화를 면할 것입니다. 부디 소승의 말을 명심하십시오."

이렇게 말한 중은 어디로인지 자취를 감추고 말았다.

그 여인은 너무나 뜻밖의 말에 반신반의했으나 도무지 마음이 놓이질 않았다. 그래서 밤에 남편에게 이야기를 할까하고 망설였으나 중이 아무에게도 말하면 안된다고 했기에 그대로 참고 입을 열지 않았다.

그 이튿 날이다.

정오때가 다가오자 그 여인의 마음은 더욱 불안해 졌다. 그래서 틈틈히 뜰 아래를 지켜보고 있었는데 과연 정오가 되자 난데 없는 물이 뜰 아래서 솟아 오르는 것이 아닌가.

여인은 크게 놀라 빨리 방안으로 뛰어 들어가 잠자고 있던 어린애를 업고 뒷산을 향해 달려 갔다. 그런데 산중턱도 채 못 올랐을 때였다. 돌연 광풍이 불며 소낙비가 억수처럼 쏟아지는 것이었다. 그러나 그 여인은 열심히 산 꼭대기를 향해 올랐다. 그런데 어찌된 일인지 그녀의 뒤에선 큰 홍수 소리가 들렸다.

그만 그 여인은 중이 일러주던 말을 잊고 돌아 보고 말았다.

그때 그녀의 눈에는 놀라운 광경이 벌어지고 있었다.

어느새 자기집은 홍수에 잠겨 그 흔적 조차 찾아 볼 수가 없었다. 너무나 놀란 그 여인은 으악! 하고 소리를 질렀다. 그러자 이게 어찌된 일이냐?

소리를 지르자 마자 그 여인은 서 있는 그대로 어린애를 업은채 돌로 변해 버리는 것이 아닌가.

그리하여 지금도 그 여인이 여린애를 업은 채 돌이 되어버린 화석(化石)이 그대로 남아 있는대 그후 사람들은 이 돌을 가르켜 애기바위라고 부르고 있는 것이다.

그리고 지금도 장마가 지든가 날이 흐려 음침한 날씨엔 그녀의 집채가 변하여 웅덩이가 된 못에서는 가장집물(家藏什物)이 떠오른다고 한다. 그러나 그것을 건지거나 만지기만 하면 큰 화를 입는다 하여 손을 대려는 사람이 없다고 전한다.

상원사(上院寺)의 유래

강원도(江原道) 영동(嶺東)이란 곳에 패기 왕성한 한 젊은이가 살고 있었다.

그는 남달리 활쏘기를 즐겨 날마다 뒷산으로 올라가 활쏘기를 연습하는 것이었다.

그리하여 드디어 그는 활쏘기에 있어서 누구에게도 지지 않을 만큼 익숙해졌다.

그는 더 이상 이런 산 속에서 썩는 것이 못마땅 했다.

'사내 대장부로 세상에 태어나 마땅히 큰 일을 해 그 이름을 후세에 전할 것이다. 언제까지나 이런 벽촌에서 썩는다는 것은 억울하다. 활 솜씨는 이만하면 남한테 그리 지지 않을 만한 자신이 섰다. 그러니 서울로 가서 좀 더 공부를 하여 남과 겨루워도 보고 또 말타기도 공부해야겠다.'

이런 결심이 서자 그는 벅찬 가슴을 안고 집을 떠났다.

날마다 그는 활을 메고 산골짜기를 걸었다. 며칠만에 강원도 원주(原州)에 있는 적악(赤岳)이라는 산에 이른 것이다.

그는 물 좋고 경치 좋은 적악산에 앉아 피곤한 다리를 쉬며 사방을 내려다 보고 있었다.

이때였다.

별안간 어디선가 꿩의 비명 소리가 들려오는 것이었다.

"무슨 짐승이 꿩을 잡아 먹으려는가?"

그는 소리 나는 곳을 이리저리 살펴보았다. 바로 언덕 아래 큰 나무 밑에서 큰 뱀이 꿩을 잡아 먹으려고 하였다.

꿩은 구원을 하듯 슬프게 비명을 지르고 있는 것이었다. 비록 짐승일 망정 강한 자에게 약한 자가 잡아 먹히는 것을 볼때 그의 의분은 끌어 오르는 것이다.

그는 활을 내려 살을 재어 가지고 뱀을 겨누어 한대를 쏘았다. 서투르지 않은 그의 활이라 날으는 살은 뱀의 잔등에 꽂혀 뱀은 물었던 꿩을 탁 놓아버렸다. 그의 덕택으로 꿩은 죽음에서 살아났다. 꿩은 감사하다는 듯 그의 머리 위를 한 번 빙 돌고 어디로인지 날아가 버리고 말았다.

그 젊은이는 그것을 보고 마음이 퍽 통쾌해서 다시 활을 어깨에 메고 서울을 향해 또 길을 걷기 시작했다.

산을 넘고 골짜기를 건너고 하며 자꾸 앞으로 가는데 어느새 해는 서산에 기울고 황혼이 깃들기 시작하였다. 그는 잠자리를 찾아야 했다.

어디 주막이 있나 하고 주위를 살펴보았으나 도무지 인가라곤 눈에 띄지 않았다. 아무리 걸어도 주막은 없었다. 그동안에 날은 아주 저물어 하늘에는 별만 무성하게 떠 있었다. 그는 초조한 마음을 안고 걸음을 재촉해 갔으나 아무리 가도 인가나 주막은 보이지 않고 밤은 점차 깊어 갈 뿐이었다.

배도 고팠다. 그러나 요기보다 그에겐 묵을 곳이 더 급했다. 얼마를 더 가도 첩첩 산 뿐 마을 같은 것은 눈에 띄지 않았다.

'할 수 없구나. 오늘 밤은 그대로 나무 밑에서나 새고 가는 수 밖에……'

이렇게 생각하면서 그는 어디 커다란 나무밑을 골라 잘만한 곳을 찾았다. 그때 언뜻 불빛이 보였다. 얼마 멀지 않은 곳에 불빛 하나가 가물거리고 있었다.

"아 저기 인가가 있구나. 이젠 살았구나."

하고 그는 기뻐 어쩔줄을 몰랐다. 그리하여 피곤한 다리를 끌고 허둥 지둥 그 불빛을 쫓아 산을 내려 갔다.

그래서 한참만에 그 불빛이 반짝이는 집 앞에 당도했다. 과연 거기에는 큰 기와집이 한채 서 있었다. 그는 땀을 씻으며 대문을 두드렸다.

한참 만에 겨우 집 안에서 인기척이 나며 누구인지 등불을 들고 나와 문을 여는데 그것은 놀랍게도 예쁜 여자였다.

"깊은 밤중에 뉘신지요?"

"길가는 손이올시다. 깊은 산중에서 날이 저물어 주막은 없고 댁에서 하루밤 신세를 질까해서 문을 두드렸습니다."

젊은이가 이렇게 말하자 그 여인은,

"사정은 딱하지만 이 집은 저 혼자인데…… 어쩌나?"

그녀는 난색을 표명했다.

"그러지 마시고 어디 헛간에서 밤 이슬만이라도 피하도록 해주 시면 되겠소이다."

"정 그러시다면 들어오세요. 마침 사랑채에 빈 방이 하나 있으니 그럼 그곳에서 유하세요."

하고 그녀는 그를 사랑채로 안내하는 것이다.

집 안은 무척 쓸쓸했다. 그 큰 집에 도무지 이 여자 외엔 아무도 없었다. 너무 조용하여 음산하기마저 하여 어쩐지 마음이 이상했다.

차라리 나무 밑에서 자는것보다 낫지 못했다. 약간 후회도 되었다. 그러나 이제 사정해서 들어온 집을 다시 나갈 수는 없는 일이었다. 그는 사랑방에 들어가 행장을 풀고 앉았다.

조금 후 주인 여자는 밥상을 차려다 그의 앞에 놓고 나갔다. 그렇잖아도 배고픈 터이라 수저를 들고 음식을 먹기 시작했다. 그런데 음식맛이 비위에 맞지 않은 것이었다. 그래서 몇수저 뜨다가 상을 물리고 말았다.

얼마나 시간이 흘렀는지 가슴이 답답하고 몸에 무엇이 감긴것 같아 잠결에도 몹시 괴로웠다. 그래서 젊은이는 눈을 떴다.

그런데 이게 어찌된 일인가. 참으로 놀라운 일이 벌어지고 있었다.

큰 뱀이 자기의 몸을 둘둘 감고 머리를 들어 금방이라도 잡아먹으려고 혀를 날름거리고 있는 것이었다. 그는,

"앗!"

하고 소리를 지르며 일어나려고 했으나 몸을 꼼짝 할 수가 없었다. 그 뱀은 그를 내려다 보며,

"잘 만났다. 나는 너를 기다리고 있었다."

"도대체 너는 왜 나를 해치려고 하느냐?"

"나는 오늘 낮에 네 화살에 맞아 죽은 뱀의 아내이다. 네가 내

258

남편을 죽인 이상 나는 너를 죽여 원수를 갚지 않을 수 없는
것이다.”

“뭣이!”

그는 깜짝 놀라지 않을 수 없었다. 이 집의 젊은 여자가 낮에
활로 죽인 뱀 아내의 화신(化身)이었다는 사실에 더욱 놀랐다.
그리하여 이제는 꼼짝 없이 죽었구나 하는 생각을 하지 않을수
없었다. 이 기막힌 사연에 아연해진 젊은이가 아무 말도 못하고
있는데 그 뱀은 다시 혀를 날름거리면서,

“내가 공연히 사람을 죽이고 싶어서 그러는 것은 아니다. 그러
나 네가 내 남편을 죽인 이상 나도 그 원수를 갚지 않을수 없
다. 그러나 아직 내 남편이 아주 죽었는지 알 수 없다. 이 산
위에 빈 절 하나가 있는데 오늘 새벽 안으로 그 절의 종소리가
세번 나면 우리 남편은 아직 목숨이 살아있는 것이요 그렇지
아니하면 아주 죽은 것이니 새벽까지 기다려 주마.”

이렇게 말했다.

“빈 절안의 종이 어떻게 소리가 난단 말이냐. 이젠 꼼짝 없이
죽었구나.”

하고 젊은이는 절망을 하고 있었다.

밤은 자꾸만 깊어가 삼경이 지나고 사경이 지났다. 그러나 빈
절간의 종소리는 들려오지 않았다. 아주 절망을 하고 있으면서도
혹시나 하는 생각에 그는 기적이 나타나기를 초조하게 기다리고
있었다.

일각 일각 목숨을 조으며 시간은 흘러갔다. 어느새 새벽은 가까
워 온다. 그러나 종소리는 들려오지 않는다. 그것을 기다리는 것부

터가 어리석은 노릇이었다.

　"죽일테면 어서 죽여라. 그 종소리가 들려올 리가 있는가?"

　젊은이는 기다리다 못해 이렇게 부르짖었다. 그러나 뱀은

　"언약은 언약이니 새벽이 되기까지 기다려 줄 것이다. 나도 그 종소리가 났으면 하고 기다리는 것이다. 종 소리가 나면 우리 남편은 살아 있는 것이니까……."

이렇게 말하는 것이다.

　"이왕 죽는 바에야 얼른 죽여 달라는데 그것도 어렵단 말이냐? 어서 죽여라!"

　이렇게 탄식하고 있을 때 돌연 그의 귀에는,

　'땡!' 하는 소리가 들려왔다. 그러나 그는 자기 귀를 의심했다. 너무 종 소리를 생각해 그렇게 들리는것이 아닌가 자기 귀를 의심했다. 그러나 그 종 소리는 뱀의 귀에도 들린 모양이다.

　'앗! 종소리다!'

하며 그 구렁이는 기뻐했다.

　또 한 번

　'땡!' 하는 소리가 들려 왔다.

　'두 번이 울렸다. 한번만 더 나면 그만이다!'

　뱀은 이렇게 부르짖는다. 한참만에 아주 가늘게 드디어 마지막 소리가 들려왔다.

　'땡!'

　"세 번이다."

　이렇게 내뱉자 젊은이의 몸을 꽁꽁 감았던 뱀은 그를 스르르 풀어 놓고,

"이제는 약속대로 너를 놓아주는 것이니 어디든지 갈대로 가거라."

하고 그를 보내 주었다.

젊은이는 꿈인지 생시인지 어릿 어릿하며 그 집을 뛰어 나왔다. 한참 걷다가 뒤를 돌아다 보니 그 기와집은 간데 없고 풀과 나무만이 우거져 있을 뿐이었다.

"참 이상한 일도 다 보았다. 그럼 내가 뱀에게 홀렸단 말인가?"

하고 중얼거리며 그는 차츰 차츰 산으로 걸음을 옮겨 디뎠다. 그는 빈 절을 찾아가 보려고 아까 종소리가 나던 방향으로 이리저리 찾아 헤맸다.

과연 산 속에는 빈 절이 하나 있었다. 그는 안으로 들어가 보았다. 절은 텅텅 비어 먼지만 쌓여 있었다. 종소리가 어찌하여 났을까 의심이 난 그는 종이 매달려 있는 곳으로 가 자세히 살펴 보았다.

그런데 이게 웬일인가?

종 밑에는 꿩이 한마리 죽어 넘어졌는데 머리가 깨지고 주둥이가 부서졌다. 그제서야 그는 어제 낮의 일을 생각하고 이 종을 친 것이 자기가 구해준 꿩이었다는 사실을 깨달았다. 그 꿩은 자기를 살려준 은혜를 갚기 위해 목숨을 바쳐 종을 친뒤 죽어간 것이었다.

그는 꿩의 시체를 들고 고마운 눈물을 흘리지 않을 수 없었다.

"참으로 고맙다. 네가 아니면 내가 꼼짝없이 죽었을 것이다."

그는 꿩을 안고 한참이나 그 죽음을 슬퍼 하다가 땅을 파고 묻어 주었다. 그리고 서울 갈 생각을 멈추고 그 절을 증수하고

그 곳에서 중이 되어 절과 꿩의 영을 지켜주었는데 이 절이 지금
치악산(雉岳山)에 있는 상원사(上院寺)라 하며 그 뒤 적악(赤
岳)이라는 산을 치(雉)자를 붙여 치악산(雉岳山)이라 부르게
되었다 전하고 있는 것이다.

손돌 목

이조(李祖)의 인조대왕(仁祖大王) 때의 이야기다.

이때 한강에서 오랫동안 사공을 하던 손돌(孫乭)이란 자가 있었다. 그는 어느 사공보다도 뱃길이나 노를 젖는데 당연 수위로 군림하고 있었던 것이다.

그런데 인조대왕께서 이괄(李适)의 난을 맞아 부득이 서울을 떠나 강화(江華)로 잠시 피신을 하게 되었다. 이때 인조께서는 육로를 택한 것이 아니라 한강에서 나룻배를 이용하여 강화를 향했던 것인데 이때 배를 저어 갈 사공으로 바로 그 손돌이가 간택된 것이다.

불의의 난을 당하자 배 위에 몸을 싣고 서울을 물러나지 않으면 안된 인조대왕의 용안은 수심과 슬픈 빛을 띄운채 좌우 시신과도 말 한마디 나누지 않고 그저 하염없이 하늘만을 바라보며 배밑이 꺼질듯 한숨만 내쉬는 것이었다.

배는 여전히 삐걱삐걱 하면서 하류를 향해 미끄러져 갔다.

먼 하늘을 바라보던 인조께서 수면으로 시선을 옮겼다. 그리고 무엇을 보았는지 뱃머리로 걸음을 옮기는 것이다. 저쪽 앞으로 여울이 있었다. 배는 그 여울을 향해 점점 속력이 빨라져 갔다. 그 여울 속으로 만일 배가 들어가기만 하면 영락없이 물 속으로 잠기고 말것이다.

그렇지 않아도 난세에 쫓겨가는 몸이라 만사가 괴롭고 의심스럽기만 한 심사인터라 더군다나 배 한척에 목숨을 걸고 있는 인조께서는 자꾸만 여울을 향해 내닫는 사공이 차츰 의심스러웠다. 혹시 저놈이 난동패와 한편이 되어 물여울 속에 배를 쳐넣어 죽이려는 의도가 아닌가 싶었다.

이런 생각이 들자 임금은 옆에 신하를 불러,

"여봐라 저기 앞에 뵈는 물살이 여울이 아니냐?"

하고 묻자

"네, 그러하온 줄 아뢰옵니다."

하며 뱃머리 앞쪽을 바라 본다.

"그런데 배가 저쪽으로 들어가면 위태롭지 않겠느냐?"

하자 신하는 비로소 의심이 생긴다는듯 사공에게로 다가가

"여봐라 사공!"

하고 날카롭게 불렀다.

열심히 노를 졌던 손돌 사공은 별안간의 부름을 받고

"네?"

대답함과 동시에 움칠 놀라며 그 신하를 돌아보는 것이다.

"저기 여울이 보이는데 어찌 이 배가 그 속으로 흘러가는 것같은데 괜찮겠는가?"

"네에 그저 소인 손돌이가 잘 보살펴 모실터이니 조금도 염려 놓으십시오."

264

그러면서도 여전히 여울을 향해 배를 모는게 아닌가!

얼마후 인조대왕께서는 불안하다 못해 초조한 표정을 지으시며

"여봐라 너 다시 한번 가서 사공에게 주의를 주고 오너라."

하고 분부를 내렸다.

그러나 사공은 조금도 염려말라고 하면서 그대로 여울 쪽으로 배를 모는 것이었다.

배는 점점 여울 한복판을 향해 들어갔다. 인조께서는 부쩍 의심이 생기자 다급한 생각마저 들었다.

필연 그 사공은 이괄의 사주를 받아 어떤 흉계를 꾸미고 있음이 분명하다고 믿게된 임금은,

"아무리 생각해도 저 사공이 수상하니 목을 베이도록 하여라."

고 명을 내렸다.

신하들이 그 사공을 베이려 하자 손돌이는 임금 앞에 엎드려,

"상감마마. 이 뱃길은 아주 험한 곳임에 틀림 없습니다. 저기 여울을 무사히 지나려면 이 길이 아니고는 없습니다. 마마 소인을 믿으시옵소서."

하고 몇번이나 그 이유를 설명하였으나 세상사를 잘 모르고 궁안에만 있던 임금이 하물며 뱃길에 대한 위치를 알턱이 없다.

아무리 그가 변명을 해도 임금의 의견으론 이해할 수가 없었다.

"그럼 그 여울을 피해 갈 길이 없단 말이냐?"

"마마, 이 길이 피해가는 유일한 길인줄 아뢰니다."

굳이 이 길만을 골라서 배를 모는 손돌의 그 이면에는 반드시 무슨 연유가 있으리라 생각한 임금은 좌우 신하들에게,

"이봐라. 어서 이놈을 참하여라."
고 호령하는 것이었다.

손돌도 이제는 모든 운명을 체념할 수 밖에 없었다. 그래서
그는 마지막으로,

"끝내 소인을 믿지 못하시고 참하시는데 더 무어라 아뢸 말씀이
있겠습니까. 그러나 여기까지 상감마마를 모시고 왔다가 조금
남은 앞길을 더 모시지 못함을 원통하게 생각할 뿐이옵니다.
이제 소인이 죽기전 단 한말씀 아뢸 것이 있사오니 소인 죽은
뒤에 배가 뱃길을 잃기 쉽습니다. 그 때에는 잊지 마시고 이
바가지를 물 위에 띄우시고 그 바가지가 흘러가는 대로만 배를
저어가면 무사하실 것입니다."
하고 배안에 있던 바가지 한개를 꺼내어 바치고 손돌이는 억울한
의심을 받은 끝에 비명에 갔다.

손돌이가 죽자 다른 사공으로 하여금 배를 젖게하였는데 아무
래도 손돌이에 비해 노젖는 것이 서툴러 배가 몹시 흔들리기 시작
했다. 뿐만 아니라 여울의 골수를 잘 잡지 못해 배는 나갈수록
점점 크게 흔들렸다.

이렇게 되자 인조대왕께서는 더욱 불안해져 신하에게,

"어떻게 되어 배가 더욱 흔들리느냐? 어서 나가 보아라."
하고 꾸짖는 것이다.

그러나 원체 수세(守勢)가 험한데다가 익숙치 못한 뱃길이라
물 흐르는 골수를 제대로 잡지 못하고 자꾸만 허둥거리기만 했
다.

시시각각으로 위험을 느낀 인조대왕께서는 손돌이가 죽기전에

하던 얘기를 생각해 내고,

"여봐라."

하고 측근의 신하를 불렀다.

"예이."

"어서 가서 바가지를 강에 띄워 골수를 제대로 찾도록 하여라."

고 명령했다.

사공은 곧 명령대로 바가지를 띄워 놓고 그것이 떠내려가는 대로 배를 저어 갔다.

때는 상달(十月)스무날이었다. 이를테면 초겨울이었다. 강바람 은 싸늘하게 옷깃에 스며들어 몸이 떨렸다.

그런데 손돌이가 죽자 맑은 하늘에 회색 구름이 덮히더니 매서 운 북서풍이 휘몰아 쳤다. 아무리 이를 악물어도 이빨이 달달 떨리도록 날씨가 추웠다.

물결이 미친듯이 뱃전을 때리니 배는 마치 가랑잎이 흔들리듯 춤을 추는 것이다. 금방 뒤집힐 것만 같았다. 그러면서도 배는 물결에 밀려서 줄곧 앞으로 달리고 띄워놓은 바가지는 일정한 간격을 두고 배 앞에 떠내려가는 것이었다.

이리하여 험한 여울을 간신히 벗어나 목적지인 강화까지 가게 된 인조께서는 그때야 비로소 손돌이가 억울하게 죽은 사실을 깨닫고 애석히 여기지 않을 수 없었다.

이괄의 난이 평정되자 인조대왕께서는 서울로 환궁하시고 손돌 이의 애매한 죽음에 애도를 금치 못하던차라 조정에 모인 신하들 에게,

"경들은 들거라. 과인이 강화로 피난가던 도중 공연한 의심을

품고 사공 손돌이를 애매하게 죽였는데 이제 와서 심히 괴로우
니 그 손돌이의 무덤 앞에 사당을 짓고 해마다 제사를 지내
그 원혼을 위로 하도록 하여라."
하고 명을 내렸다.

그런데 이상한 일은 그의 제삿날만 되면 반드시 그가 죽던 날과
똑같이 추위가 몰려오고 심한 바람이 불어닥치는 것이었다. 그리
고 강이나 바다에 풍랑이 심해 배가 위태롭게 되는 일이 많으므로
뱃사람들은 손돌의 사당에 제사를 지내어 억울하게 죽은 그의
원혼을 위로했다는 것이다.

이리하여 시월 이십일 만 되면 무섭게 추운 바람이 부는 것을
사람들은 손돌이가 원통하게 죽은 한숨이라고 하여 손돌풍(孫乭
風)이라 하고 손돌이가 죽음을 당한 여울 목을 손돌목이라고 부르
게 되었다.

지금은 당집도 없어지고 그 흔적이 사라졌으나 손돌목 만은
여전히 남아 있어 강화로 가는 선원들은 누구나 그곳을 지날때
마다 옛날 억울한 죽음을 당한 손돌이의 얘기를 하고 있는 것이
다.

금단백감(黔丹白監)의 유래

　전라북도 고창군 신원면 금단(全羅北道 高敞郡 心元面 黔丹)
의 금단 소금이라면 그 품질과 맛이 좋기로 근읍은 물론이요,
전국적으로 유명하다. 지금도 고창군 연해안(沿海岸)은 대부분
소금의 생산지로서 모두 갯벌을 갈아 상당한 인력과 자본을 들여
서 소금을 굽지만, 이 금단 소금만은 벌을 갈지 않고 다만 천연수
로 소금을 구워도 다른데 것과 비교하면 유난히 맛이 좋고 빛이
좋다.

　이 금단 소금의 유래를 살펴 보면 다음과 같은 재미있는 이야기
가 전해 내려오고 있다.

　지금으로 부터 약 천 사백 년 전인 백제 위덕왕(百濟 威德王)
때다.

　이글거리는 태양이 잔잔한 서해를 황금빛으로 물들이며 뉘엇
뉘엇 수평선너머로 기울고 있는 어느 날의 저녁 무렵, 이 눈부신
낙조를 전신에 받으며 조개를 줍고 있는 한 무리의 남녀가 있었
다. 예나 지금이나 서해는 간만(干滿)의 차가 심하다. 이렇게 해
질 무렵은 썰물 때로서 눈이 아물거릴 만큼 먼 곳까지 갯벌이

드러난다. 이 때를 맞추어 가난한 동내 사람들은 남녀를 불문하고 조개를 주우러 나온다.

"아니 저게 뭐야?"

조개 줍던 손으로 허리를 두드리고 섰던 한 노인이 바다를 바라보며 이상한 듯이 중얼거렸다. 옆에서 조개를 줍던 몇 사람도 노인의 말을 듣고 바다 쪽으로 시선을 돌렸다. 갯벌에서 그리 멀지 않은 물 위에 이상한 물체가 떠있는 것이다. 자세히 보니 그 물체는 그리 크지 않은 배(船) 같기도 하다.

"배 아냐?"

"배?"

"무슨 배가 저렇다냐?"

모두들 왁작지껄 하면서 물가 까지 접근해 보았다. 그 물체는 분명히 배였다. 그런데 기이하게도 그 배에는 사람의 그림자가 없었고 더구나 이상한 것은 돌(石)로 된 배였던 것이다. 동리 사람들은 난데 없는 돌배가 떠 들어왔으므로 신기히 여겨 모두 배 가까이 갔다. 그런데 이상하게도 그 배는 사람이 가까이 가면 밀려서 바다로 밀려가고 사람들이 뒤로 물러서면 해변으로 가까이 오는게 아닌가.

"거 참 이상도 하군!"

"돌배가 떠 들어왔다."

하는 소문은 입에서 입 퍼지고 순식간에 사방에 자자했다.

이 돌배가 나타난 갯 마을에서 산을 몇 고개 넘어가면 삼인(三仁)골이라는 마을이 있었다. 이 삼인골은 지금의 고창군 삼인리(高敞郡 三仁里)에 해당되는 마을이지만 당시는 첩첩한 산골로 일반 양민이 꺼리고 두려워하던 마을이었다. 왜냐하면 삼인골을 중심으로 오래전 부터 수백을 헤아리는 도적이 살고 있기 때문이었다. 행정력(行政力)이 미약하고 관리가 많지 않던 당시였으므로 도적들은 공공연하게 한 마을을 형성하고 인근 주민 을 괴롭히며 살고 있었던 것이다.

그런데 이렇게 많은 도적들이 득실거리는 삼인골에 한 도승(道僧)이 살고 있었다. 그는 삼인골 뒷산에 있는 천연석굴(天然石窟)에 홀로 기거하고 있었는데 뛰어난 지식과 비범한 선행(善行)으로 인근 주민은 물론이요, 흉악한 도적들 까지도 존경을 아끼지 않았다. 그 도승의 법명(法名)은 금단선사(黔丹禪師)라 했다.

갯 마을 앞 바다에 돌배가 나타났다는 소문은 자연 이 삼인골에도 흘러 들어 왔다.

석굴의 금단선사가 이 소문을 듣자,

"거참 이상한 것이로군."

하고, 자기 스스로 산에서 내려와 바다로 와 보니 과연 멀리 해변에 돌배가 한 척 닿아 있었다. 선사는 바닷가로 내려가 배를 향해 간즉, 사람이 가까이 가면 바다로 밀려 나간다는 이 돌배가 이번엔 이상하게도 도리어 선사 앞으로 다가오는 것이었다. 금단선사는 의아심을 품으며, 그 배에 올라가 보았다. 배 안에는 사람은 없고 단정한 모양의 돌 부처가 하나 실려 있었다.

"흠……기이한 일이로다."

의외의 돌부처를 발견한 선사는 경건하게 합장을 하고 염불을 외우기 시작하였다.

"나무아미타불. 나무아미타불……."

이렇게 몇 차례 염불을 외우는데 정신이 혼몽하여지며 비몽사몽(非夢似夢)간에 부처가 현몽해 하는 말이,

"금단선사 듣거라. 네가 살고 있는 삼인골에 훌륭한 절터 자리가 있으므로 서천 서역국(지금의 인도)으로 부터 부처님을 모셔 왔으니 하루속히 절을 건립(建立)토록 하라."

하고 앞장 서서 걷기 시작하는 것이었다.

부처는 산을 넘어 삼인골에 당도하자 선사가 기거하고 있는 석굴에서 그리 멀지 않은 곳에 이르러, 한 지점을 손으로 가리키고 홀연히 사라졌다.

꿈에서 깨어난 금단선사는 곧 돌부처를 배에서 내려, 모시고 부처의 지시대로 법당과 대웅전(大雄殿)을 부랴부랴 기공하여지었다. 그리고 배에서 내린 돌부처를 새로 건립한 대웅전에 모셨다. 지금 선운사(禪雲寺)의 참당(懺堂)이 곧 그때에 창설한 절인데 천여년의 세월이 흐르는 동안 많은 풍상을 겪어 여러번 개축을 하고 증수(增收)를 했으니 그 때의 석불(石佛)과 대웅전의 국화문 한 짝이 지금까지 그대로 남아 있다.

먼저도 말한 바와 같이 이 고을에는 수백이나 되는 도적들의 무리가 살고 있어 각지로 돌아 다니며 재물을 훔쳐 오기도하고 때로는 행인을 습격하여 노략질을 하는 등 악행이 그치지 않았다.

금단선사는 그들을 어떻게 교화시켜 양민이 되게 할 수 없을까하고 고심했다. 그리하여 그들을 보기만 하면 불러다 설법(說法)을 하고, 좋은 말로 일렀으나 아무런 효과가 없었다.

그러던 어느 날. 금단선사는 그곳에서 얼마 멀지 않는 고전리라는 동네아 살고 있는 한 부호의 초대를 받아 산을 내려 갔다. 선사를 초대한 부호는 신심(信心)이 두텁고 인심이 후하여 전 부터 선사와는 친교가 투터웠다. 부호 집에서 융숭한 대접을 받고 하루 밤을 지낸 선사는 이튿날 점심을 마치고 그 집을 나섰다. 계절은 마침 유월 중순 경, 찌듯이 내려 쪼이는 햇빛으로 하여 대지는 확 확 뜨거운 열을 토하고 있었다. 선사는 심한 갈증을 느껴 어디에 물이나 샘이 없을까 하고 두루 살피다가 길 옆 갯 바닥에 고여 있는 작은 웅덩이를 발견하였다.

"옳지! 이 물이라도 마셔야지."

하고, 선사는 웅덩이에 몸을 굽혔다. 그런데 웅덩이 주변에는 서리가 깔린 듯이 무엇이 하얗게 깔려 있는게 아닌가.

"?"

자세히 보니 그것은 모두 소금이었다.

"그렇다면 이 웅덩이 물은 바다 물 처럼 짠 물인가?"

선사는 적잖이 실망을 느끼며 두 손으로 물을 떠서 한 모금 마셔 보았다. 짜지 않다. 바다 물이 스며든 것은 분명히 아니다.

"허. 이상한 조화로군 담수(淡水)가 말라도 소금이 된단 말인가."

신기하게 여긴 선사는 오던 길을 되돌아 아까 떠나온 부호 집을 찾아 갔다.

작별을 하고 떠난 선사가 다시 찾아 왔으므로 그 부호는 무슨 일이라도 생겼느냐고 물었다. 선사는,

"이 마을에 소금굴을 만들고 소금을 구워야 되겠소이다."

"갯벌을 갈려면 적지 않은 품이 들텐데요. 이 동네 사람들의 힘으로는 도저히 불가능한 일이 옵니다."

"갯벌을 갈지 않아도 됩니다. 하여간 이 고장에서 소금이 생산된다면 동리 사람도 넉넉해 지고, 또 나에게 좋은 방안이 있오."

"좌우지간에 선사가 원하신다면 이 사람 힘껏 돕겠습니다."

그리하여 부호의 원조를 받은 선사는 웅덩이 옆에 소금굴을 만들고 웅덩이를 더 깊고 넓게 파서 많은 물이 고이게 한 후 소금을 구워 보았다. 동리 사람들은 선사의 소행을 보고 모두 손가락질을 하며 비웃었다.

"하하하, 저 양반 보소. 천연수로 소금을 굽는다고 저 야단이구만."

소금굴도 완성되고 웅덩이도 넓힌 다음, 선사는 시험 삼아 웅덩이 물을 퍼서 소금을 구워 보았다. 그랬더니 백설같이 흰 소금이 구워졌다. 이것을 본 동리 사람들은 하나 같이 입을 모아 불력(佛力)의 소치라고 경탄해 마지 않았다.

금단선사는 삼인골 절로 돌아와서 도적의 두목을 불러 말하기를,

"너희들은 어떻게 하여 인명을 살상하고 양민의 재물을 빼앗는 것으로 업을 삼으니 사람으로 태어나서 부끄러히 여기지 않느냐?"

하며, 인간의 도리와 불도(佛道)의 이치를 따져 차근 차근 타이른 후,

"내가 고전리에 소금굴을 만들었으니 너희들 모두 산을 내려가

내일 부터라도 소금 굽는 일을 업으로 삼아라. 자고로 소금을
가로대 소금(小金)이라 하여 귀히 여기는 물건이니 어진 백성
을 괴롭혀 오던 악업을 귀한 재물을 생산하여 만민에게 혜택을
주는 것으로 스스로의 죄를 씻어라."
하였다. 선사는 또 말을 이어,
"소금을 구울려면 으레히 벌을 갈고 생 바닷물를 끌어들여 가지
고 해야만 되는 법인데 내가 만든 소금굴은 벌을 갈지도 않고,
또 바다물도 쓰지 않고 천연수로 소금을 굽되, 역시 다른 소금
과 같이 짤 분만 아니라 바다물로 구운 소금 배 이상으로 맛이
좋으니 다투어 사갈 것이다."
도적의 무리들은 선사의 이 신기한 방법에 놀라는 동시에 자신
들을 갱생(更生)시키기 위하여 이 처럼 애써 주는 선사의 마음과
노력에 깊은 감명을 받지 않을 수 없었다.
그리고 천연수로 소금을 구우니 그리 품도 안들기 때문에 넉넉
히 생계가 유지될 뿐아니라 나쁜짓을 하지 않고도 살 수 있다는
기쁨을 깨닫게 되어 모두 산을 내려가 양민이 되었으며 소금을
굽는 것으로 생업을 삼았다.
그 뒤로 산의 도적은 한 사람도 빠지지 않고 다 고전리의 백성
이 되어 소금을 구웠으며 모두 부지런히 일했으므로 살기가 넉넉
하게 되었다.
그들은 금단선사의 은공을 감사하고 그의 덕을 높이 숭앙하여
해마다 선운사에 쓸만한 소금을 세로 바쳤다.
이 관습은 면면히 천여년 동안 실행되어 내려왔는데 차차 인심
이 각박해 져 이조말기(李朝末期) 때 부터 그곳 백성들은 그 소금

굴은 선운사와는 아무런 관계가 없는 것이라 하여 세 바치는 것을
중지해 버렸다.

동민들은 지금도 여전히 소금을 구워 팔아 사는데, 이러한 유래
가 있는 까닭에 금단소금은 아직도 유명하다.

지금도 이 금단 사람들은 이웃 동네 사람들에게 걸핏하면,

"자네들은 도적의 자손들이야."

하는 농담을 듣는다고 한다.

야담찾아 五千年

야담찾아 五千年

2001년 10월 25일 인쇄
2001년 10월 30일 발행

엮은이/ 편 집 부
펴낸이/ 최 상 일

펴낸곳/ 태을출판사
서울특별시 강남구 도곡동 959-19
등록/ 1973년 1월10일(제4-10호)

ⓒ2001, TAE-EUL publishing Co., printed in Korea
잘못된 책은 구입하신 곳에서 교환해 드립니다.

■ **주문 및 연락처**

우편번호 １００-４５６
서울특별시 중구 신당6동 52-107(동아빌딩 내)
전화 : 2237-5577 팩스 : 2233-6166

ISBN 89-493-0173-3   03810

이 책의 저작권은 태을출판사에 있으므로 출판사의 허락없이 무단
으로 복제·복사·인용 사용하는 것은 법으로 금지되어 있습니다.